간호사, 너 자신이 되어라

간호사, 너 자신이 되어라

펴   냄   2015년 11월 25일 1판 1쇄
          2023년 10월 10일 1판 11쇄
지 은 이   한화순
펴 낸 이   김철종
펴 낸 곳   (주)한언
등록번호   제1-128호 / 등록일자 1983. 9. 30
주   소   서울시 종로구 삼일대로 453(경운동) 2층
          TEL. 02-701-6911(대) / FAX. 02-701-4449
e - m a i l   haneon@haneon.com

'메디캠퍼스'는 (주)한언의 의료 서적 전문 임프린트입니다.
이 책의 무단전재 및 복제를 금합니다.
책값은 뒤표지에 표시되어 있습니다.
잘못 만들어진 책은 구입하신 서점에서 바꾸어 드립니다.
ISBN 978-89-5596-737-1 03810

이 도서의 국립중앙도서관 출판예정도서목록(CIP)은 서지정보유통지원시스템 홈페이
지(http://seoji.nl.go.kr)와 국가자료공동목록시스템(http://www.nl.go.kr/kolisnet)
에서 이용하실 수 있습니다. (CIP제어번호 : CIP2015030127)

간호사, 너 자신이 되어라

한화순 지음

메디캠퍼스

이 책에는 간호사 외길을 걸어온 저자의 자부심과 긍지가 녹아 있다. 간호인의 생생한 경험이 바탕이 됐기 때문에, 단순한 에세이를 넘어 행복을 꿈꾸는 간호사들의 좌표가 되기에 부족함이 없다. 간호사라는 힘겨운 여정을 택한 이들이 이 책을 통해 희망을 찾기 바란다.

남상조, 연세대학교 강남세브란스병원 간호국장

필자의 30년 돌봄의 경험이 하루하루 쌓여 지혜와 따뜻함으로 피어난 아름다운 글이다. '경험해야만 아는 체화된 앎'을 잔잔한 글로 진솔하게 담았다. 간호학에 입문하는 간호대학생들에게 많은 도움이 될 것이다.

서은영, 서울대학교 간호대학 교수

한화순 파트장은 내게 선배 같은 후배이며, 스승 같은 제자이다. 간호사로서의 책무와 긍지가 남다른 그는 자신이 돌보는 환자나 자신이 속한 조직에 대한 사명감을 한순간도 놓친 적이 없다. 간호사로서의 보람과 애환, 환희와 좌절, 자긍심과 소명감이 녹아 있는 이 책을 통해 독자들은 한 사람의 전문인이 열정적으로 자신의 직업과 삶을 정련시킨 과정을 확인할 수 있을 것이다.

조갑출, 중앙대학교 간호부총장, 전 대한간호협회 이사

혹독한 병원에서 살아남기 위해 꼭 필요한 간호사 처방전! 임상 간호사로 사는 것은 쉽지 않다. 전문 지식과 소양은 물론 환자를 간호하는 헌신적인 마음, 강인한 체력이 뒷받침되어야 한다. 간호사라면 누구나 고개를 끄덕일 내용을 담고 있는 이 책을 도약을 준비하는 모든 간호사에게 권한다.

송말순, 차의과대학교 분당차병원 간호국장, 병원간호사회 감사

힘든 순간에도 신념을 잃지 않고 간호사로서의 소신을 지켜온 한화순 간호사는 30만 간호사의 멘토가 되기에 부족함이 없다. 그의 진솔한 기록은 임상 현장에서 일하는 간호사는 물론 희망과 용기가 필요한 모든 이들에게 긍정적인 울림으로 다가갈 것이다.

우금명, 서울시간호사회 이사, 제주한라병원 간호자문위원

한화순 선생님은 남다른 면이 있다. 머무르지 않고 늘 새로운 것을 시작하며, 열정과 순수함이 공존하는 분이다. 퇴직 후에도 이렇게 멋진 책을 집필하여 2만여 명의 간호학생들이 궁금해하는 간호사의 병원 생활을 구체적인 사례로 생동감 있게 표현했다. 간호사의 한 주기가 담긴 이 책을 간호사를 꿈꾸는 모든 분께 추천한다.

유제복, 경남과학기술대학교 간호학과 교수, 회복마취간호사회 회장

30년 병원 간호사의 경험을 나누다

필자는 대학 병원에서 30여 년을 간호사로 근무하며 수많은 지침서나 관련 전문 서적을 접했습니다. 하지만 대부분이 관련 분야에 대한 단편적인 내용을 실은 딱딱한 이론서일 뿐 총체적이고 전인적인 간호인이 되는 데 필요한 경험을 담은 책은 없었습니다. 이에 따라 오래전부터 직접 책을 써 보고자 생각을 하고 있었습니다. 그 책에는 간호대학에 진학하고자 하는 고등학생, 간호대학생, 현직 간호사, 퇴직 간호사는 물론 간호 업무에 관심이 있는 일반인들에게 필요한 일반적이고 보편적인 내용을 담고 싶었습니다. 그러나 막상 간호사라는 직업에 대해서 느끼고 경험한 이야기를 한 권의 책으로 쓰자니 많은 부담이 됨을 어쩔 수 없었습니다.

병원마다 간호 현장의 여건이 다르고, 새로운 운영 시스템이 시행될 때마다 기존의 간호도 변화와 수정을 거치기 때문입니다. 또한 같은 병원에서도 간호사마다 생각과 경험이 다르므로 필자 개인의 생각들을 기술하는 데는 남다른 용기도 필요했습니다. 게다가 표현이 서툴러 생각이 마음속에서만 맴돌고, 글을 쓴 후에는 어색하고 마음에 들지 않아 여러 번 망설였습니다.

욕심 같아서는 간호사 생활 30년 동안 주변에서 받은 사랑과 은혜를 다 표현하고 싶었습니다. 무한한 신뢰를 보이며 따라 준 고마운 후배와 동료 이야기, 이끌어 주신 간호국 선배님들의 이야기 등 감동적인 소재들을 향해 마음은 달려갔습니다. 하지만 막상 표현하려니 펜은 점점 무디어지고 제 생각을 세상에 내놓기가 떨리고 조심스러워졌습니다. 여러 차례 접을까 고민하다가 다시 용기를 내어 펜을 들었습니다.

비가 세차게 쏟아져야 무지개를 볼 수 있습니다. 간호사로서 경험한 병원 생활이 어떤 이에게는 따뜻한 햇볕만 비추었던 행복한 기억으로 남아 있을 수도 있고, 어떤 이에게는 비구름이 세차게 불어 닥친 힘겨운 기억으로 남아 있을 수도 있습니다. 그래서 이 글을 읽는 분들이 공감할 수 있는 부분도 있고 그럴 수 없는 부분도 있을 것입니다.

학문적인 지식을 탐구하고 전문적으로 깊이가 있는 얘기를 나누기보다 경험을 통해 작은 공감을 불러일으키고, 소중한 소통을 바라는 마음이 간절합니다. 정답도 아니고 지켜야 할 규정도 아닌 30년 가까이 간호사로 근무하면서 필자가 느낀 생각과 경험을 나누고자 합니다.

30년 간호사 생활을 간호대학생, 신규 간호사, 일반 간호사, 책임 간호사, 파트장, 은퇴 간호사의 경험으로 나누어 기억을 더듬어 나누어 봅니다. 간호사란 소중한 이름으로 불리고, 앞으로 불릴 이들과 작게나마 공감을 나누고 싶습니다.

아무쪼록 간호사가 되려고 준비하는 학생과 간호학을 선택한 간호대학생, 그리고 오늘도 당당히 환자 곁을 지키고 있는 많은 백의천사 간호사들께 이 책이 조금이나마 도움이 되기를 기원하며, 아울러 힘찬 응원의 박수를 보냅니다.

Contents

1장. 간호대학생

간호사, 꿈과 도전의 시작

2장. 신규 간호사

신규 간호사 준비하고 교육하기

신규 간호사 살아남기

신규 간호사 응원하고 격려하기

3장. 일반 간호사

간호사 일터의 공감과 단상

1장

간호
Student Nurse
대학생

간호사, 꿈과 도전의 시작

간호대학 진학의 꿈

간호대학 진학의 꿈을 안고 무작정 서울로 상경했을 때의 일입니다. 중고교 시절, 미션스쿨에서 들었던 교목님의 말씀을 그대로 실행하고 있다는 생각에 가슴이 벅차오르던 것을 지금도 잊을 수 없습니다.

"여러분이 졸업 후 어느 곳에 가더라도 하나님의 인도 하심에 따라 평생 살아가길 소원하고 기도합니다"라는 교목님의 간절한 소망대로, 촌티 물씬 나는 시골 소녀는 서울로 떠나왔습니다. 짐 보따리 속에 작은 성경책 한 권을 고이 넣고 말이지요.

돌이켜 보면 하나님의 뜻대로 살기로 작정한 저의 순수한 다짐처럼 하나님도 저와 동행하시며, 저의 주권자로 언제나 함께하셨습니다. 그래서 필자는 요즈음처럼 힘겹게 간호사의 길로 입문하는 것

이 아니라, 마치 예비되어진 길처럼 자연스럽게 순리에 따라 간호
사의 길을 갈 수 있었습니다.

당시만 해도 간호대학을 졸업하면 취업은 보장되어 있었고, 지금
처럼 취업에 많은 스펙도 요구되지 않았습니다. 물론 비정규직으로
취업해야 하는 고민도 없었습니다.

요즈음에는 일반 회사에 취업을 하려면 외국 유학, 명문대 졸업,
토익 950점 이상의 스펙을 갖추고 여러 군데 입사 지원서를 내도 면
접조차 하기 어렵다고 합니다. 명문대를 나와도 '워킹 푸어'로 전락
하고, 토익이다 뭐다 스펙이 높은 청년들이 장기 실업의 굴레에 정
체되기 쉽다고 합니다. 그래서 많은 젊은이들이 대학을 나오고도
전공과 상관없이 공무원 시험을 보기 위해 신림동 고시원 등에서
장사진을 이루고 있습니다. 게다가 앞으로 10~20년 후에는 사라지
는 직업도 많을 것입니다.

간호사는 어떨까요? 세월이 지날수록 사람들의 건강에 대한 관심
이 높아지고, 삶의 질 향상에 따라 의료 수요 또한 증가 추세에 있습
니다. 의료 인력의 수요가 증가하는 만큼, 미래의 직업으로 간호사
는 희망이 있는 직업이라 할 수 있습니다.

보건 의료 부문 14개 직종의 인력 수요와 공급을 전망한 한국보
건사회연구원의 〈2013년 보건의료인력 수급 중장기 추계〉 결과에
따르면 2030년에는 의사·간호사의 인력이 부족할 것이라고 합니
다. 물론 미래의 인력 수요의 전망만 너무 개의치 말고 지금이라도
간호대학 진학을 선택한다면 이는 탁월한 선택이 될 것입니다.

이렇다 보니 타 대학과 비교하면 졸업과 동시에 취업이 잘되는 간호대학의 인기가 높아졌습니다. 공부를 잘한다는 조카도 간호대학에 가고 싶어 했지만, 내신 등급도 높아야 하고 수능 1~2등급은 받아야 서울 소재 간호대학에 안전하게 합격할 수가 있어 간호대학 지원을 포기했다고 합니다.

그래도 초지일관 간호사라는 직업에 대한 꿈이 계속된다면 이룰 가능성은 높습니다. 간호사가 되려는 꿈이 있다면 수능 점수에 짜 맞추기보다는 입시 공부 시작과 더불어 간호대학을 목표로 삼는 것이 바람직합니다. 그렇지 않고 꿈도 준비도 없이 간호대학에 입학한 탓에 전공 교육과 병원 실습 과정에서 힘들어하는 후배 간호사들을 간혹 보았습니다.

직업의 특성에 따른 전문인 양성의 일환으로 간호대학은 전문대학 3년 과정이 없어지고 4년제로 일원화되고 있는 추세입니다. 이는 시대적 요구에 따른 긍정적인 변화로 보입니다. 이에 따라 기존 대학 병원이나 종합병원에 근무하고 있는 간호사도 학사 편입을 하거나, 학사를 마치고 석사 공부를 하는 경우가 많습니다.

간호사를 목표로 간호대학에 지원한다면 입시 전략대로 준비하는 것도 좋지만, 영어만큼은 지속적인 관심을 갖고 열심히 공부해야 합니다. 그래야 나중에 임상에 관련된 외국 참고문헌을 읽거나 번역할 때 많은 도움이 될 것입니다.

컴퓨터가 사람을 먹고 있다

말이 나온 김에 취업에 대해 계속 이야기를 해 볼까 합니다. 대학에 진학할 때는 누구나 졸업 후 취업을 고민하기 마련입니다. 애석하게도 우리나라는 오래전에 '고용 없는 성장'의 시대를 맞이했습니다.

고용 없는 성장에는 여러 가지 원인이 있겠지만, 근본적으로는 컴퓨터의 등장을 들 수 있습니다. 컴퓨터의 등장에 따른 업무 자동화는 급격한 성장이라는 순기능과 함께 일자리 잠식이라는 역기능을 초래했습니다. 일찍이 영국의 토머스 모어는 그의 명저 《유토피아》에서 양모 생산을 위한 인클로저 운동을 가리켜 "양들이 사람을 먹어 치우고 있다"라고 표현했는데, 오늘날에는 컴퓨터가 사람을 먹어 치우고 있는 것입니다. 그 정도에 있어서 인클로저 운동이나 산업혁명과는 비교할 수도 없는 엄청난 노동력의 잠식이 이루어지고 있으며, 결과적으로 나타난 것이 고실업 현상입니다.

이러한 고실업 현상은 인구의 고령화 현상과 맞물려 쉽게 해소될 기미가 보이지 않고 있습니다. 바야흐로 우리의 고용 시장은 급격한 구조 변화를 위한 핵분열 과정에 있다고 해도 과언이 아닙니다. 분열의 요체는 그간 의식주 해결을 목적으로 하는 기초 산업에서 삶의 질 향상을 목적으로 하는 고부가가치 창출 산업으로의 구조적 변화와도 밀접한 관련이 있습니다. 그런데도 우리는 아직도 기초 산업에 초점이 맞춰진 고용시장구조를 지니고 있습니다. 선진 외국과 비교해 서비스업의 비중이 작고 그 경쟁력이 현저히 떨어지는 것도 낙후된 고용시장구조의 탓이 아닐 수 없습니다.

물론 다른 선진국도 실업 문제로 골머리를 앓고 있기는 마찬가지입니다. 나라마다 정부의 최대 현안이 일자리 문제에 귀착되는 실정입니다. 우리나라도 예외는 아니지만, 세계적으로 10퍼센트대를 오르내리는 청년 실업률은 각국의 지도자들이 특히 신경을 곤두세우는 부분이기도 합니다.

더욱 심각한 것은 이러한 국내외의 실업 문제가 단기간에 해소될 성격이 아니라는 데 있습니다. 컴퓨터에 의한 일자리 잠식은 이제 시작에 불과하다는 얘기입니다. 따라서 앞으로도 상당 기간 실업 문제는 해소되지 않고 악화될 전망입니다. 국내의 많은 대학생이 취업 문제 때문에 졸업을 늦추는 현상을 볼 때마다 필자는 안타까움을 금할 수가 없습니다. 졸업을 늦출 게 아니라, 어쨌든 취업에 도전하는 게 중요하다는 얘기를 해 주고 싶습니다.

사정이 이러함에도 불구하고 간호 인력에 대한 국내 수요는 당분간 지속적으로 늘어날 전망입니다. 한국보건사회연구원에 의하면 "2030년 한국에서 의사는 최대 1만 명가량 부족하고 치과 의사와 한의사는 지나치게 많을 것"이라고 합니다. 간호사는 2030년이면 18만 3,829명이 부족하리라고 전망하고 있습니다. 간호사 수요는 2015년 16만 7천여 명에서 2030년 27만 2천여 명으로 63퍼센트 정도가 증가할 것으로 전망된다고 하니, 침체된 국내 고용 시장에 비하면 간호사의 취업 전망은 매우 밝다고 할 수 있습니다.

의지 없이 간호대학에 갔다

부끄러운 고백입니다마는 필자는 소명 의식을 가지고 간호대학을 선택한 것이 아닙니다. 그보다는 일찍 철이 든 언니가 간호대학을 가도록 적극적으로 조언을 하고 정보 제공을 해 준 결과였습니다. 아울러 언니 친구가 근무하는 병원에 따라가 간호사의 일이란 것을 직접 보고 또 설명을 듣기도 했습니다. 이러한 과정을 통해 간호사에 대한 좋은 이미지를 얻고 동기부여를 받을 수 있었습니다.

결정적으로는 언니 친구가 근무하는 병원에서 간호사들이 머리에 쓴 캡이 강렬한 인상을 주었습니다. "나도 한번 써 보고 싶다"라는 생각으로 주저 없이 간호대학을 지원하게 됐습니다.

지금은 이전하고 많이 달라서 캡이 주는 상징성보다는 실용성이 강조되고 있습니다. 캡을 쓰고 일하다 보면 링거주사대(pole)에 캡이 걸려 불편할 때가 종종 있습니다. 그래서 요즈음에는 실제 근무 시에는 착용을 하지 않으며, 복장도 흰색 유니폼에서 실용성을 고려한 생활 유니폼으로 바뀌었습니다. 소아청소년과 병동은 활동성을 고려하는 것은 물론 어린이의 눈높이에 맞춰 동물 캐릭터를 활용하는 등 귀여운 디자인의 유니폼으로 바뀌고 있습니다.

또 간호사로 취직한 후에는 병원에서 받는 월급으로 기본적인 의식주가 해결되니 그것만으로도 만족을 했습니다. 요즈음이야 모든 것이 풍족해져 이해가 안 가겠지만, 그 당시만 하더라도 의식주 해결이 가장 급선무였으니까요. 예전에는 월급을 타면 타는 대로 아끼고 저금하느라 영화 한 편도 쉽게 못 보곤 했는데, 저와 달리 요즈음 세대는 놀 거리, 먹을거리가 풍족해 돈이 있으면 쓰고 즐기는 것 같습니다. 한편으로는 부럽기도 하고 격세지감을 느끼기도 합니다.

신규 간호사 면담을 하다 보면 간호대학에 지원한 동기가 "간호사 면허증이 있으면 평생 독립적으로 살 수 있고, 취업도 잘되며, 시집가는 데도 유리하다"라는 부모님의 권유에 따른 경우가 많습니다. 또 집안에 간호사가 있으면 아플 때 도움이 될 것이라는 가족들의 기대에 따라 간호대학을 선택한 경우도 많습니다.

가족이 아플 때 간호사가 도움이 될 거라는 믿음은 현실과는 다소 차이가 있는 부분인데요. 사실 간호사 생활을 오래 하다 보면 중증의 환자를 접할 일이 많습니다. 대학 병원에서 치료받는 환자는 중환자가 많으니까요. 그래서 정작 집안 식구가 아프다고 하면 대수롭지 않게 생각하거나 경청해 주지 않아서 "가족 중에 간호사가 있으면 아플 때 오히려 섭섭함을 느낀다"라는 말을 주위에서 많이 듣고 있습니다.

게다가 개인 차이는 있겠지만, 간호사들은 가족이 아프다는 말을 들으면 스트레스를 많이 받습니다. 그래서 웬만큼 아픈 게 아니라면 가까운 병원에 가도록 권하고 근무하는 병원으로 오는 것도 달가워하지 않는 편입니다. 필자 역시 병원에서 환자를 대하듯이 따뜻하게 가족을 돌보지 못하고, 바쁘다는 핑계로 가족을 회피했습니다. 지금 생각하면 매우 후회되는 부분이기도 합니다.

부모님의 권유라든지 여타의 외부 사정에 따라 간호대학에 지원한 경우라 하더라도 "내가 왜 간호대학에 왔지?"라는 질문을 끝없이 자신에게 던져야 합니다. 의지적으로 또 의식적으로 자신을 무장하고, 직업에 대한 소명 의식으로 내면을 견고히 다져야 합니다. 간호 현장의 임상 업무는 다른 직업과는 달리 종종 헌신적인 희생을 요하기 때문입니다. 그래서 소명 의식이 없다면 곧 탈진하고 맙니다.

그렇다고 걱정하지는 마세요. 의지와 상관없이 선택한 간호사라도 한 걸음 한 걸음 진정한 간호로 매진하다 보면 어느덧 보람을 발견하고, 가치는 자연히 생길 것입니다. 다만 적성에 맞지 않게 간호대학을 선택했다면 임상에서 근무하다가 중도에 포기하는 원인이 될 수 있다는 것도 염두에 두시기 바랍니다.

다시 말하면 간호사를 하기 위한 선택의 기준은 소명이나 직업 의식 등이 고려되는 것이 바람직합니다. 주위에서 권해서가 아니라 간호사를 하고 싶다는 자신의 의지에 따르는 것이 가장 확실한 선택이 될 것입니다

공부 다시 시작이다

간호대학에 일단 진학한 뒤에는 목표를 세우고 창조적인 도전을 시도해야 합니다. 어느 병원에 취업할 것인가를 미리 정하고 가능하면 일찍부터 준비하는 게 좋습니다. 간호대학 졸업과 동시에 목

표로 하는 병원에 취업하는 일은 하루아침에 이루어지는 것이 아니기 때문입니다.

그러려면 간호대학 입학 당시부터 학점 관리를 해야 하므로 공부는 끝이 아닌 새로운 시작입니다. 졸업 후 취업을 할 때 대부분의 대학 병원에 성적 증명서를 제출해야 하는데, 성적은 환자를 간호할 때 필요한 전문 지식을 얼마나 알고 있는지에 대한 객관적인 척도가 될 수 있기 때문입니다.

그래서 4년 동안 공부하면서 학점 관리를 잘해야 희망하는 병원에 취업할 수가 있습니다. 국내 여건상 소형 병원은 간호사의 근무 시간이나 급여가 일정 수준으로 형성되어 있지 않습니다. 취업 후 복지를 비롯한 간호사로서의 근무 여건을 생각하다 보면 대학 병원이나 대형 병원으로 취업이 집중되는 것이 현실입니다. 이러한 현실을 극복하기 위한 사전 대비책으로도 최소한의 학점 관리는 꼭 필요합니다.

필자의 대학 생활 역시 일반 대학생들과 달랐습니다. 낭만과 로망은 접어둔 채 중간고사와 기말고사 준비로 거의 도서관에서 지냈던 것이 기억납니다. 시험 기간이 되면 평소에 하던 화장도 안 하고 도서관에서 공부에 전념하는 친구들이 대부분이었고, 그래서 아침 일찍 서둘러 도서관에 가야 그나마 앉을 자리가 한두 군데 있었습니다. 이렇게 성적을 올리려고 시험 기간 내내 거울 보는 시간을 아끼며 도서관에서 죽치고 공부하는 친구들이 있으니, 야외로 놀러 가는 일은 상상할 수도 없었습니다. 간호학 전공인 친구들은 도서관에 자리를 잡고 시험 범위에 해당하는 책장을 넘기고라도 있어야 안심할 수 있는 분위기였습니다. 눈에 불을 켜고 공부하는 친구들이 면학 분위기를 조성하는 바람에 저도 이에 뒤질세라 공부에만 전념했습니다.

열정과 오기로 전공 서적과 씨름하던 친구들의 영향을 받아 저역시 모범생 부류에 속할 수 있었던 것은 지금 생각하면 다행스러운 일이기도 합니다. 그도 그럴 것이 간호대학에서 공부하는 전공과목은 이해하고 외워야 하는 내용이 많이 있습니다. 인체해부학부터 임상약리학, 지역사회간호학, 간호윤리 및 철학, 인체생리학, 의사소통론, 간호사(看護史), 간호행정, 건강사정법, 기본간호학, 임상미생물학, 부인과간호학, 간호사회학, 병리학, 간호학기술총론, 모성간호학까지. 특히 성인간호학은 저자 별로 내용이 달라서 출판사가 다른 책을 구입해서 공부했던 기억도 남다릅니다.

간호대학마다 전공과목과 교양과목이 다르게 운영되겠지만, 양호교사자격증(교원자격증 2급)을 따려면 대체로 교육심리학과 어려운 통계 과목을 수강해야 합니다. 일부 간호대학에서는 원서로 된 교과서로 강의를 들어야 합니다. 제가 학교에 다닐 때도 성인간호학 교수님께서 내외과간호학의 원서는 기본으로 필독하도록 했습니다.

빨간색 표지로 된 무거운 원서를 시험 때만 되면 끙끙거리며 들고 다녔던 일이 지금도 기억에 생생합니다. 요즈음이야 전자책이나 노트북, USB 등을 활용하니 편리한 시대지요. 그때는 가방에 들어가지도 않는 전공 서적을 두꺼운 고무 밴드로 묶어 들고 다녀야 했으니, 전공 서적만 보면 누구나 간호학과 학생임을 알 수도 있었던 게 당시 풍경이기도 했습니다.

졸업 전에는 매년 시행되는 간호사국가고시를 봐야 합니다. 대부분의 경우 실수를 하지 않고 시험 전 과목 평균이 60점 이상이면 합격이 보장됩니다. 간호사국가고시에 가장 떨리고 긴장되는 과목은 보건의료관계법입니다. 출제 문제 수도 상대적으로 적고 정확하게 외우지 않으면 헷갈릴 수 있거든요. 다른 과목을 모두 만점 맞고도 한 과목이 40점 과락이면 간호사국가고시에 떨어져 다시 1년을 기다려야 하는 불상사가 발생하기도 합니다.

3학년이 되면서부터는 이론 과목과 본격적인 병원 실습을 병행합니다. 첫 임상 실습 때 일입니다. 링거주사를 꼽아 보라는 선배 간호사의 지시대로 환자 옆에 갔을 때 심장이 터져 버릴 것 같은 떨림을 느꼈던 것을 지금도 잊을 수가 없습니다. 불행하게도 주사를 잘못 꼽은 바람에 환자 팔이 퉁퉁 부어서, 실습 내내 마음고생도 했습니다. 중환자실 실습 도중 환자의 사망을 목격한 일은 지금까지도 잊을 수 없습니다. 당시에는 커다란 충격을 받아 무섭기도 하고 삶이 너무 허무하다는 생각이 들었습니다. 여러 날 번민하면서 "과연 내가 간호사를 할 수 있을까?" 하는 회의감에 빠지기도 했습니다.

그러나 충격과 번민을 떨치고 두려움을 용기로 바꾸기 위해 노력하고 인내했습니다. 최선을 다해 학업에 전념하며, 하루하루 간호사의 미래만을 꿈꾼 결과 힘든 시기를 극복할 수가 있었습니다.

멘토가 되어 주신 교수님

누구나 대학에 입학하면 대학 입시를 위해 시간과 열정을 쏟아 버린 데 대한 허탈한 마음과 그동안 즐기지 못한 아쉬움을 보상받기 위해 잠시나마 자유를 만끽하고 싶은 유혹에 빠집니다.

입시 압박에서 벗어나 캠퍼스의 새로운 낭만을 접하면, 양어깨에 가벼운 깃털의 날개라도 단 것처럼 홀가분한 마음이 됩니다. 가끔은 푸른 하늘을 마음껏 날아 보고 싶은 열망에 압도될 때도 있습니다. 가끔은 불타는 금요일이 아니라도 일주일 내내 술잔을 기울이고 싶고, 멋진 이성 친구를 만나 풋풋한 사랑도 나누고 싶어집니다.

게다가 지금은 마음이 통하는 친구와 만남을 이어가기가 더 쉬워졌습니다. 카페에 마주 앉아 오랜 시간 대화를 하고 헤어진 뒤에도, 다시 스마트폰으로 이야기를 나누느라 밤늦도록 대화방에서 떠날 줄을 모릅니다. 이렇게 길게 이야기꽃을 피우고 새벽이 되어서 잠을 청하는 게 요즈음 사람들의 모습이기도 합니다.

불행인지 다행인지, 필자의 경우 대학 시절에 미팅 한 번 제대로 한 기억이 없습니다. 1학년 때는 다른 대학교 학생과 과대표로 만나서 미팅을 주선했는데 애프터 신청을 못 받고 제일 먼저 헤어지고 일찍 귀가했습니다. 그 뒤로는 자신감이 없어져서 미팅에 참여하거나 주선하는 일은 멀리하게 되었습니다. 그러나 대학 시절에는 낭만을 쫓아 남자친구와 데이트하는 것도 좋고 마음 통하는 친구들과 미래를 꿈꾸는 것도 좋지만, 진정한 스승을 만나는 것이 큰 축복이라고 생각합니다.

진정한 스승은 인생의 안내자이며 불빛을 비추는 항구의 등대와 같습니다. 대학 시절 스승으로부터 배운 학문적인 지식과 스승에게 받은 따뜻한 관심은 사회생활을 하는 데도 큰 격려가 됩니다. 대학 시절을 생각하면 북한산 골짜기의 맑은 물소리가 지금도 귓가에 선합니다. 그와 더불어 잊을 수 없는 것은 아낌없는 사랑과 관심으로 끊임없이 격려와 용기를 주신 성인간호학 지도 교수님과의 만남입니다.

북한산으로 함께 등산을 갔을 때 교수님으로부터 유학 시절 미국 병원에서의 임상 경험을 생생하게 들을 수 있었습니다. 미국 간호사와 한국 간호사가 어떤 환경에서 일하며 어떻게 의사소통을 하는지에 대한 지식을 간접적으로 경험하며, 잠시나마 미국 간호사를 해 볼까 하는 도전의욕을 불태우기도 했습니다.*

이렇게 미국 간호사로서의 경험담을 바탕으로 탁월한 전문 지식과 열정 그리고 제자 하나하나에 대한 사랑과 관심을 갖춘 위대한 스승을 만난 것이 제게는 대학 생활 중에 잊지 못할 소중한 만남이요, 행운이었습니다.

교수님은 병원 입사 초기에는 학문적인 멘토가 되어 주셨습니다. 그래서 이론과 임상에서의 실제가 다를 때, 질문을 하면 언제든 궁

---

* 최근에는 예전보다 미국간호사면허시험(NCLEX-RN/CAT; National Council Licen-sure Examination for Registered Nurse/Computerized Adaptive Testing)을 준비할 수 있도록 동영상 강의를 비롯한 자료가 잘 마련되어 있습니다. 그래서 직장을 다니며 공부하기도 편하고, 원서 접수부터 수험표(ATT) 수령까지 학원을 통해서 자세히 안내받을 수 있습니다. 합격 후에는 미국 병원에 대한 취업 설명회에도 참석할 수 있습니다. 열심히 공부했다면 가까운 일본, 홍콩, 대만, 괌 또는 미국에 가서 NCLEX- RN에 도전하는 것도, 간호사 생활에 변화가 필요할 때 시도해 볼 만합니다.

금증을 해결해 주셨습니다. 이렇게 저를 후원하고 지지해 주시는 교수님이 있다는 것은 간호사 생활을 하면서 힘들고 어려울 때마다 다시 일어설 수 있는 버팀목이 되기도 했습니다.

따뜻한 성품의 소유자였던 교수님은 한때 등록금이 없어 힘들어하는 친구를 위해 아무도 모르게 등록금을 대신 내주시기도 하셨습니다. 교수님은 오래전에 은퇴하시고 지금은 평범한 삶으로 돌아가셨습니다. 가끔은 제자들을 만나서 덕담도 해 주시고, 어려운 친구들을 경제적으로 후원도 해 주시며, 지역 사회에서 소외된 사람들의 친구로 남아 하모니카 연주를 하며 소일하십니다. 지금도 제자들과 만나서 대학 시절의 풋풋하고 따뜻한 낭만을 나누는 교수님은 제 일생일대의 영원한 멘토가 아닐 수 없습니다.

봉사활동을 하다
—간호대학 시절 일산 홀트아동복지원에 다녀와서

밤새 말이 통하지 않는 정신지체 아이들과 손짓 발짓을 하며 이야기를 나누는 꿈을 꾸었다. 그렇게 잠을 설치다 깜짝 놀라서 일어나니 새벽이었다. 홀트아동복지원에 봉사하러 가고 싶다는 무의식 중 갈망이 꿈으로 표현된 것일까? 어제는 가장무도회에다 모처럼 한 미팅에다 많은 일이 있었는데, 홀트아동복지원에 봉사하러 간다는 설렘에 선잠을 잔 것이다.

떨리는 마음으로 아침도 먹는 둥 마는 둥 하고 약속 장소인 서부역으로 달려 나왔다. 이미 몇몇 친구들이 옷가지와 아이들에게 나누어 줄 간식을 준비해서 기다리고 있었다. 향선 언니와 순실이는 야간 실습을 했지만 피곤한 것도 잊은 채 즐겁게 재잘거리며 하나가 되었다.

열차를 타고 40분 정도 지나자 일산에 도착했다. 일산역에서 복지원까지 가는 길은 비포장도로라 트럭이나 버스가 지나가면 먼지가 뽀얗게 하늘을 덮어 버렸다.

길가의 코스모스도 가는 가을을 재촉하듯이 앙상한 가지만 바람에 흔들리고, 들꽃은 드문드문 피어 오가는 길손을 맞이하고 있다. 벼를 추수하고 벼 자리만 남아 깨끗하게 정돈된 논두렁이 한층 평화로운 분위기를 자아냈다. 그렇게 기차역에서 1킬로미터를 걸었을까? 작은 산에 둘러쌓인 언덕 위로 깨끗하고 아담한 홀트아동복지원이 눈앞에 나타났다.

우리가 복지원에 도착하자 다리를 절룩거리며 몸도 제대로 가눌 수 없는 정신지체 아이들이 알아들을 수 없는 괴성을 지르며 다가왔다. 휠체어에 앉아 부자연스런 손놀림으로 모자 짜는 시늉을 하던 여덟 살 민이도 우리를 신기한 듯이 보며 다가왔다.

담당 선생님께서는 몰려드는 아이들을 잠시 진정시키더니 우리가 해야 할 일들을 설명해 주셨다. 홀트아동복지원에 있는 아이들은 입양이 불가능한 정신지체 아이들이 대부분이며, 보모, 보조 보모, 일반 직원들이 함께 이들을 돌보고 있다고 했다. 맨 처음 우리가 간 방에는 휠체어에 몸을 맡긴 채 사람이 왔는지 갔는지조차 모르는 뇌성마비 어린이들이 있었다. 제대로 자라지 못해 바짝 마른 팔과 다리는 만지면 금방이라도 부러질 것처럼 앙상한 모습이었다.

우리는 이곳의 어린이들이 너무 불쌍하고 안타까워 한동안 말이 없이 서로 얼굴만 바라보았다. 그리고 그런 뇌성마비 어린이들을 친자식처럼 소중히 대하며 정성스럽게 돌보는 보모님들을 보면서 따뜻한 마음씨를 배울 수 있었다. 뇌성마비 어린이들은 우리가 안아 주거나 머리를 쓰다듬어 주면 천사 같은 미소로 웃어 우리 마음을 짠하게 했다.

선천적으로 안구가 없는 윤호도 그런 따스함을 느꼈는지 연신 우리를 향해 천진난만한 미소로 화답해 주었다. 우리는 이곳에서 아이들을 안아 주고 밥도 먹여 주었다. 따스한 손길이 목말랐던지 한 소녀는 땀이 날 때까지 내 손을 꽉 잡고 놓을 줄을 몰랐다.

보모는 양지바른 계단을 지나 햇볕이 잘 비치는 언덕의 무덤으로 우리를 안내했다. 머나먼 이역만리에서 가난하고 불쌍한 정신지체 아들을 위해 복지원을 세운 해리 홀트 씨의 무덤이었다.

석양이 지고 집으로 돌아갈 시간이 되었다. 무심한 들판은 평화롭기만 하다. 얼마 안 있어 추운 겨울이 오고 찬 바람이 불 때는 정신지체 어린이들과 겨울을 보내기 위한 손길도 많았으면 좋으련만, 겨울이면 오히려 자원봉사자 활동도 줄어든다고 하니 안타까웠다. 많은 사람이 따스한 자원봉사의 손길을 보내 함께 살아가는 세상이 되었으면 한다.

이 가을에 따뜻한 도움의 손길을 아낌없이 베풀고자 친구들과 뜻깊은 봉사활동을 나섰다. 하루 동안이지만 잊지 못할 감사와 치유의 시간이었다.

간호대학 졸업생 리크루팅

고급 전문 인력의 재취업이나 스카우트를 중개하는 일을 하는 회사를 서치펌(search firm)이라 하고, 대개 서치펌에 소속되어 이런 일에 종사하는 소개업자들을 헤드헌터(head hunter)라고 합니다. 또 업체에서 자신의 조직에 필요한 사람들을 채용하기 위해 학교, 기업, 연구소 등에 채용 담당자를 파견해 필요한 인재를 확보하는 행위를 일컬어 리크루팅(recruiting)이라고 합니다. 간호대학생들이 취업을 하기 위해 개인적으로 포트폴리오를 준비하기도 하지만, 병원에서도 간혹 필요한 인력을 채워 나가기 위해 리크루팅을 통해 간호사 후보생을 찾아 나섭니다.

간호대학 졸업생 리크루팅 시기는 병원마다 다릅니다. 하지만 보통 병원에서는 졸업 시즌에 맞춰서 신규 간호사 채용 인원 및 채용 시기를 계획하고 간호대학을 방문해 병원 취업에 대한 유익한 정보를 제공합니다. 유능한 인재 채용 루트를 동일 간호대학 출신으로 한정하지 않고 다양한 대학 출신으로 확대해 훌륭한 예비 간호사에게 균등하게 기회를 주는 것이 리크루팅의 목적이기도 합니다.

필자의 간호대학 졸업식

병원에서는 채용 인력 홍보팀을 인사, 간호, 행정 등으로 나누어 간호대학 간호학과 졸업생에게 병원을 소개합니다. 그리고 '특색 있고 차별화된 고급 기숙사'라든가 '다른 병원과 차별화된 복지 제도' 등 지방의 인재들이 다니는 데 부족함이 없다는 정보를 제공해 지방대 출신들을 유치하기도 합니다.

그 밖에 교통 인접성을 비롯한 병원의 위치와 복지 제도, 간호국의 비전과 중요한 활동을 간단하게 소개하고, 병원을 선택할 때 필요한 정보를 간호대학에 직접 찾아가서 안내합니다. 이때 취업하고자 하는 병원의 상세하고 유익한 정보를 듣고 희망하는 병원에 취업할 기회로 삼으면 많은 도움이 됩니다.

취업을 준비하는 과정에서 다양하고 유익한 리쿠르팅 정보를 통해 유리한 고지를 선점하는 것도 성공적인 취업의 지혜라 하겠습니다.

2장

신규
New Nurse 간호사

신규 간호사 준비하고 교육하기

신규 간호사의 면접 준비

우리나라에서 가장 행복한 사람은 누구일까요? 현대경제연구원 설문 조사를 보면 행복도가 가장 높은 사람은 '20대 전문직 여성'이라고 합니다. 그렇다면 취업을 준비하고 있는 20대 예비 간호사들은 행복한 도전을 준비하고 있는 셈입니다.

지금 국내 고용 시장의 현실을 보면 청년 실업은 계속 늘어나는 추세입니다. 이에 따라 취업의 문을 통과하기 위한 경쟁이 치열해지고 있으며, 취업을 한다고 해도 비정규직이 대부분이라 근무 환경이 매우 열악하다고 합니다. 그러나 간호사는 대부분 정규직을 뽑고 비정규직으로 고용되는 경우는 소수에 불과합니다.

간호사로 병원에 취업을 하면 대학 병원 연봉은 3500~4000만원이며 그 이상인 경우도 있습니다. 기타 상여금, 야간 근무 수당,

가족 수당, 직책 수당 등 병원마다 복지 혜택이 다르게 적용되지만, 가족 의료비 혜택, 자녀 학자금 지원, 사학 연금 혜택이 마련된 곳도 있습니다. 임금과 복지 제도 등을 비교해 신중하게 결정하되, 병원이 추구하는 비전이 지원자의 생각과 동일하다면 꿈을 갖고 도전하셔도 좋습니다.

일반적으로 병원에서 간호사를 채용할 때는 먼저 신규 간호사 졸업 시즌과 맞춰서 해당 연도에 필요한 인력을 선발합니다. 그리고 인원 편성표(TO; Table of Organization)가 나는 대로 입사 시험, 실기이론 시험 등의 성적을 종합해 성적순으로 발령을 내기 때문에, 어떤 대기자는 합격하고도 1년 이상 기다리는 경우도 있습니다. 특히 대학 병원이나, 대형 병원은 대기 기간이 매우 긴 편입니다.

대기 발령 상태로 기다리는 동안 어학 공부, 아르바이트, 해외여행 등 다양하게 시간을 보낼 수는 있지만, 이렇게 대기 기간이 길어지면 길어질수록 신규 간호사로 발령받았을 때 업무에 적응하는 능력이 떨어지는 것은 안타까운 현실입니다.

병원 한 군데만 합격해도 다행인데, 어떤 신규 간호사는 성적이 좋아서 여러 병원에 동시에 합격하는 경우가 있으니 참 불공평한 노릇이지요. 이런 경우에는 최종 근무할 병원을 빨리 선택하고 다른 병원에 입사 포기 의사를 밝혀야 합니다. 그래야 병원에서도 다시 신규 간호사 채용 계획을 세울 수가 있습니다.

대학 병원이나 대형 병원 중에서도 소위 빅5 병원(세브란스병원, 서울대병원, 아산병원, 삼성병원, 서울성모병원)에 취업하려는 경쟁 또한 치열합니다. 그래서 간호대학 입시를 준비하듯 취업도 치열하게 준비해야 합니다.

특히 서울에 소재한 대형 병원은 지원자가 많이 몰리기 때문에 지원자 전체를 면접하려면 많은 시간과 인력이 필요합니다. 먼저 1차로 서류 전형에 합격한 대상자에 한해서 면접의 기회가 주어집니다. 필자가 근무한 병원에도 지원자가 많이 몰려 1차 서류 전형에서 전 학년 성적 증명서, 어학 성적 증명서, 제2외국어가 합격을 결정하는 데 큰 비중을 차지합니다.

서류 전형에 합격한 뒤에는 직무 능력 시험, 면접, 신체검사를 치러야 합니다. 서류 전형에서 합격했어도 면접을 그르치면 최종 합격자로 결정되지 못하고 취업이 좌절되고 맙니다.

간호대학을 졸업했다면 대부분 인성 적성 검사는 무리 없이 통과됩니다. 하지만 성적, 토익 점수, 제2외국어 등은 미리 준비하는 것이 취업의 성공적인 기반을 다지는 길이 됩니다. 요즈음은 국제의료기관평가위원회(JCI; Joint Commission International) 인증을 평가받는 병원이 늘어나고 있습니다. 아울러 글로벌 병원의 위상에 걸맞은 인재를 우대함에 따라, 외국어 우수자는 입사에 따른 유리한 조건을 확보하였다고 할 수 있습니다.

물론 병원마다 선발 기준이 다른 바, 어학, 전공 시험과 일반 상식 시험에 합격해야 면접을 볼 수 있는 병원도 있고, 자기소개서와 포트폴리오에 비중을 두는 경우도 있습니다. 따라서 병원 홈페이지나 인사팀의 공지를 통해 제공된 채용 정보를 미리 알아 둘 필요가 있습니다.

간호사 면접에 임하는 취업 준비생에게 중요한 것 중 하나는 외모입니다. 간호사는 첫인상에서 풍기는 이미지가 중요하므로, 복장이나 표정 관리에 대해서는 부연 설명을 할 필요조차 없을 것입니다. 또 하나 중요한 것은 병원에서 시행되는 면접관의 구술 질문에 충실하게 답변할 수 있도록 사전에 치밀하게 준비하는 것입니다. 간호사 면접관은 병원의 경영진과 간호국의 면접관, 인사팀 면접관 등 병원의 채용 계획에 따라서 그 구성이 달라집니다.

병원 면접은 병원과 관련된 상식이나 간호 전문 지식으로 준비하시면 됩니다. 간호사로서의 자세 또한 중요한 사항입니다. 일반 기업에서 "사회 윤리와 회사 이윤이 충돌할 때 당신은 어떻게 하시겠습니까?"라고 질문한다면 병원에서는 "사회 윤리와 병원 이윤이 충돌할 때 어떻게 하시겠습니까?"라고 질문한다고 응용을 할 수도 있습니다. 아무리 능력이 뛰어나도 윤리와 도덕을 외면하는 간호사 후보생이 합격하리라 보기는 어렵습니다.

다만 면접을 볼 때는 튀는 언어와 행동은 자제하는 것이 바람직합니다. 개인의 포트폴리오에 집중하는 것도 좋지만, 자신을 알릴 수 있는 키워드가 무엇인지를 가려서 신중하게 표현해야 합니다. 강렬하고 좋은 이미지를 남기려면 짧은 시간 안에 긍정적으로 자신을 소개하고, 면접관의 질문에는 요점만 간결하게 대답해야 합니다.

- 지원 동기를 명확히 한다.
- 병원에 대한 공감을 표현한다(병원 정보를 미리 수집한다).
- 지원 분야에 꼭 맞는 사람임을 표현한다.
- 위기 시 유머 감각을 발휘해서 모면한다.
- 순발력과 재치를 파악하는 질문의 답을 미리 준비한다.
- 직업관, 성격의 장단점 등 자신을 키워드로 소개한다.
- 입사 후 계획을 밝힌다.
- 최근에 읽은 책 소개 및 일반 상식을 준비한다.
- 기타 자신의 특기 등을 적극적으로 표현한다.

자신이 능력 있고 사람들에게 호감을 얻는 간호사임을 어필하며, 면접관에게 좋은 점수를 받아서 원하는 병원에 취업이 되는 것을 목표로 삼으시길 바랍니다.

신규 간호사의 오리엔테이션 교육

최종 합격한 신규 간호사는 전문 간호사로서 필요한 지식과 바른 자세를 준비할 수 있도록 근무 직전에 기본적인 필수 교육을 받습니다.

학점, 토익, 외국어, 인성, 적성, 면접 등의 관문을 거쳐 치열한 경쟁을 뚫고 병원에 입사한 새내기 간호사들은 뜨거운 열정과 에너지가 넘칩니다. 그리고 병원 발전에 한몫 보태겠다는 의지가 충만한 시기이기도 합니다. 이때 신규 간호사의 눈은 반짝반짝 빛납니다. 한결같이 예쁘고 단정한 모습은 부족함이라고는 하나도 없는 천진난만한 천사와도 같습니다. 가볍게 던진 질문에도 지혜가 번뜩이는 리액션과 긍정의 함성이 돌아오니 강의하는 강사에게는 충만한 기운을 북돋워 줍니다.

오리엔테이션 교육을 할 때는 병동마다 공통적인 이론과 실기 교육을 비롯해 꼭 필요한 시뮬레이션 교육을 제공합니다. 이렇게 신규 간호사가 임상에 적응하도록 2주간의 집중 교육을 하면서 관리자들과 소통하고 병원의 분위기를 익히며 근무하기 전에 간호 업무를 익히도록 돕는 것이 오리엔테이션의 목적입니다.

직접 환자에게 주사나 투약을 하지는 않지만, 마네킹에 주사를 놓기도 하고, 도뇨관(foley catheter) 삽입도 시행해 봅니다. 간호대학 수업의 연장 선상으로 병원에서 중요하게 생각되는 업무를 마네킹과 실습 도구로 연습하기 때문에 긴장하거나 두려워할 필요는 없습니다.

교육을 받는 2주 동안은 신규 간호사가 최고로 멋지고, 순수한 열정이 하늘을 찌르는 시기입니다. 자신감도 최고로 높아져 있을 때입니다. 치열한 경쟁을 뚫고 대학 병원에 취직되었다는 점에서 안도감을 느끼기도 하고 실전 간호 업무가 아니라 근무 전 실습 교육이라 실수에 대한 부담감도 없기 때문입니다.

2주간의 오리엔테이션 교육이 종료되면 병원의 TO와 이론, 실기

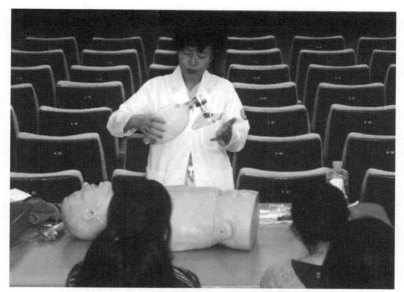

신규 간호사들에게 오리엔테이션 교육을 하는 필자

등 그동안의 성적 순서에 따라 입사 일자를 부여받아 근무를 시작하게 됩니다.

발령이 늦어지면 해외여행을 떠나거나 아르바이트를 하며 대기 발령 기간을 알차게 보내는 간호사도 있습니다. 하지만 오랜 대기 기간을 거쳐 발령을 받고 임상에 와서 근무하는 간호사들을 보면, 실습 교육 때와 달리 현장 감각이 떨어지는 일이 있습니다. 이런 경우 신규 간호사는 적응을 어려워하고 교육을 담당하는 프리셉터(preceptor)도 힘들어하기 때문에, 대기 기간이 길어지는 경우는 가능하면 정책적으로 지양하고 있습니다.

오리엔테이션 교육을 하면서 필자가 느끼는 바람은 매번 같습니다. 신규 간호사들이 교육받을 때의 열정과 패기 그리고 자신감을 퇴직하는 날까지 변하지 않고 유지한 채 이어가길 바란다는 것입니다. 신규 간호사 오리엔테이션 교육은 근무하는 동안 계속되는 어떤 교육보다 중요한 것이므로 최선의 노력을 기울일 필요가 있습니다.

미션을 실천하는 신규 간호사로 준비

한 집안의 가훈에는 가족 구성원들이 가족의 근본을 평생 마음에 새기고 그 뜻에 따라 살아가길 바라는 부모의 마음이 담겨 있습니다. 가족들이 가훈을 잊지 말고 마음에 담은 채 세상을 올바르게 살기를 원하는 간절한 기대가 부모에게는 늘 함께합니다. 가족과 마찬가지로 병원이라는 공동체에도 병원마다 추구하는 미션이 있습니다. 병원에 근무하기 시작한 순간부터 삶의 터전이기도 한 병원의 미션에 동행할 충분한 준비와 마음가짐이 필요합니다.

"하나님의 사랑으로 인류를 질병으로부터 자유롭게 한다."

필자가 근무했던 병원 어느 곳에 가도 쉽게 볼 수 있는 미션입니다. 직원 모두가 한시라도 미션을 잊지 말고 가슴으로 품기를, 또한 함께 실천하기를 바라는 중요한 의미가 담겨 있습니다.

국제의료기관평가위원회 인증의 중요한 기준 중에 하나가 바로 병원의 미션입니다. 왜 미션이 중요한 걸까요? 국민의 건강을 증진하기 위한 진료 행위는 고도의 공공성과 도덕성이 바탕이 되어야합니다. 병원마다 나름대로의 미션을 정해 시행하고 있는 것 역시 병원의 구성원 모두가 공감하고 공유하는 가치가 필요하기 때문입니다. 단지 외우고 있는 것 이상으로 병원이 지향하고 있는 미션을 직원이 함께 실천하고 있는가가 중요한 기준이 되기도 합니다.

병원이 추구하는 국가적·사회적 가치관을 직원들이 공감하고 실천한다면 성공한 병원이라고 할 수 있겠습니다. 우리를 많고 많은 직업 중에 간호사로 일할 수 있게 하신 섭리 안에서 미션에 부응하는 삶을 실천하기를 기대합니다. 신규 간호사에게는 취업한 병원마다 다른 미션이 있을 것입니다. 하지만 새로운 업무를 익히고 배우다 보면, 너무 바빠서 병원의 미션이 무엇인지 생각할 마음의 여유가 없을 것입니다. 그러나 조금씩 주위를 바라볼 수 있는 여유가 있다면, 그때부터라도 병원의 미션과 함께 멋진 간호사로 성장하는 꿈을 갖으시길 바랍니다.

프리셉터와 프리셉티가 있다

프리셉터(preceptor)는 사전적으로 개인 교사, 교사, 지도 의사 등을 의미합니다. 병원에서는 일반적으로 신규 간호사가 업무에 빨리 적응할 수 있도록 기본 간호 지식과 기술을 1:1로 교육하는 경력 간호사를 일컫는 용어입니다. 이때 교육을 받는 신규 간호사는 프리셉티(preceptee)라고 부릅니다.

발령을 받은 신규 간호사는 수습 기간에 선배 간호사를 통해 간호 실무를 배우게 됩니다. 교육 기간은 4~9주 동안이지만 병원 특성에 따라 또는 병원 상황에 따라 다르게 적용될 수 있다는 점도 염두에 두시기 바랍니다. 프리셉터는 자신에게 맡겨진 환자를 간호하는 업무를 하면서 신규 간호사를 가르치기 때문에 시간도 촉박하고, 바쁘게 실무 교육을 전수해야 하는 부담도 따릅니다. 신규 간호사는 간호 업무 하나하나가 모두 새로운 것이니 주어진 기간에 익혀야 할 업무량이 많아 머릿속에 과부하가 걸리기 쉽습니다.

선배 간호사와 새내기 간호사의 1:1 교육은 이렇듯 어렵고 험난한 만남입니다. 그러나 교육이 어려운 만큼 교육 후에 느끼는 보람도 큽니다. 가끔 발생하는 사례지만, 교육 도중에 적응하지 못하고 하차하는 프리셉티가 "프리셉터가 잘 알려 주지 못해서 하차했다" 하고 항변하는 경우도 있습니다. 반대로 프리셉터가 "도저히 프리셉티가 따라와 주지 않아서 못 가르치겠다" 하고 하차를 선언하는 경우도 있습니다. 이런 경우에는 파트장은 면담을 통해서 신중하게 프리셉터를 교체하거나 프리셉티의 미진한 부분을 보완하도록 과제물을 내서 교육받은 업무의 이해 정도를 재점검합니다.

교육하는 동안에는 정기적으로 파트장, 담당 프리셉터, 프리셉티가 면담과 소통을 통해 신규 간호사의 발전 가능성을 평가합니다. 그리고 부서에서 근무 가능성을 알아보는 업무 능력도 평가합니다.

어렵고 힘든 과정이지만 교육한 프리셉티가 간호사로 홀로 환자를 간호하는 모습을 보는 것은 프리셉터에게 세상 그 무엇보다 커다란 기쁨을 안겨 줍니다.

교육받는 동안 신규 프리셉티는 "내가 정말 할 수 있을까?" 하는 고민에 빠지고, 프리셉터는 "멋진 간호사로 성공하게 해야지!" 하는 의욕이 충만합니다. 프리셉터와 프리셉티 두 사람 모두 교육 기간 내내 최선을 다합니다.

새내기 프리셉티는 교육 중 어쩌다 실수를 하면 다음 날 출근하기가 부담스럽다고 합니다. 이때 가장 가까이에서 함께하는 친구와 동료조차 프리셉티의 실수를 이해해 줄 거라 기대하기는 힘듭니다. 간호는 연습이 아니라 실전이기 때문입니다. 프리셉터와 프리셉티는 한 생명을 간호하기 위해 함께 교육하고 훈련하는 관계입니다. 주어진 시간 안에 빠짐없이 가르치고 익혀야 하는 공동의 목표를 이뤄야 하는 절박한 상황에 처한 것입니다.

교육 과정을 멋있게 수료하려면 훌륭한 프리셉터를 만나는 것도 매우 중요합니다. 프리셉터는 훌륭하고 멋진 교육자로서 아는 지식을 최대한 전달해 주어야 하는 의무가 있습니다. 그래서 일상적으로 시행하던 기본적인 처치나 투약도 신규 간호사가 이해를 잘할 수 있도록 체계적으로 다시 공부해야 합니다. 그래야 무지한 프리셉터가 아니라 유능한 프리셉터라는 인정을 받을 수 있습니다.

프리셉터는 프리셉티가 순간순간 답답하게 느껴지고 화가 나도 끝까지 참고 품어 주는 넓은 아량과 이해가 필요합니다. 프리셉티는 프리셉터로부터 교육을 받을 때 최대한 많은 것을 질문하고 배워야 합니다. 프리셉터가 순간순간 최선을 다해 프리셉티를 교육했다면, 그는 신규 간호사의 머릿속에 영원히 잊지 못할 '멋진 나의 프리셉터' 선생님으로 기억될 것입니다.

병동 새내기 간호사에게 프리셉터가 보내는 글

　병원 입사 전에 떨리는 마음으로 면접 준비를 하고, 입사해서는 매일 혼나고 또 혼나면서 신규 간호사 생활을 했던 것이 엊그제 같습니다. 그런데 벌써 교육 담당자로 선정되어 프리셉티를 지정받은 것이 실감이 나지 않았습니다. 저도 아직 모르는 게 많고 간호 업무의 실무 이론도 정립하지 못했는데 새내기 간호사를 가르친다는 것이 두려움과 떨림으로 다가왔습니다.

　그날 이후 집에서 얼마나 많은 공부를 다시 했는지 모릅니다. 무지하고 부끄러운 프리셉터가 되지 않기 위해서입니다. 우선 프리셉터로서 나름의 철학을 가지고 교육하기로 했습니다.

　첫째, 병원이라는 환경에서 업무적으로 만난 사람이지만 인간적으로 존중하자는 것입니다. 내가 신규 간호사였을 때 실수를 하면 선배 간호사가 환자, 보호자, 의료진, 동료 등 여러 사람들이 보는 것은 아랑곳하지 않고 혼내던 것이 아직도 잊히지 않습니다. 장소를 가리지 않은 무차별적인 충고와 야단은 신규 간호사의 자존감을 저하시키고 환자들의 불신을 초래할 수 있습니다. 그래서 실수를 하더라도 꾸-욱 참고 적당한 장소에서 꾸지람을 하겠다고 결심했습니다.

아직도 잊히지 않는 기억은 신규 간호사 시절에 정맥주사(IV; in-travenous)를 잘못 놓았던 일입니다. 프리셉터는 환자가 있는 데서 혈관이 이렇게 좋은데 실수하면 어떡하냐고 큰 소리로 야단을 쳤습니다. 급기야 환자는 "담당 간호사 바꿔 달라!" 하고 요청을 했고, 자존심이 상한 저는 환자가 퇴원하고 나서야 홀가분하게 병실 출입을 했던 기억이 아직도 씁쓸하게 남아 있습니다.

둘째, 모르는 것이 있으면 언제든지 질문하고 물어보라고 얘기를 해 주고 싶습니다. 교육 기간이 지나서 물어보는 것은 어리석은 것입니다. 실수하지 않고 일하려면 자꾸 질문해야 합니다. 모르는 것도 흐지부지 넘어가다가 임상에서 커다란 실수로 이어지면, 돌이킬 수 없는 과오를 남기게 됩니다. 신규 간호사를 교육하는 것은 프리셉터 혼자가 아닙니다. 모든 선배 간호사들이 애정과 관심을 가지고 신규 간호사를 지지하고 격려합니다. 그래서 자기 몫을 하는 당당한 간호사가 되도록 도움을 요청하면 언제든 주변에서 도와줄 것입니다.

셋째, 교육하고 배운 내용은 그날 이해하고 복습해야 합니다. 힘들고 지치고 어렵겠지만 프리셉터가 준 지침서를 가지고 병원 도서관이나 사설 도서관을 방문하여 충분히 이해하고 하루를 마무리해야 합니다. 그렇지 않고 암기하고 실습해야 할 숙제가 쌓이면 포화 상태가 되어 하루하루가 힘겨워집니다. 가급적이면 다음 날 예정된 학습도 미리 예습을 해야 내일을 편안하게 보낼 수 있습니다.

지나고 보면 저 역시 불안하고 두려운 마음으로 간호 업무를 시작했습니다. 그래도 출발점에서 프리셉터로부터 철저히 훌륭한 교육을 받을 수 있었던 것을 다행스럽게 생각합니다. 그리고 이제 프리셉터가 되어 신규 간호사를 가르치는 것도 간호 업무를 새롭게 배우고 느낄 좋은 기회라고 생각합니다.

프리셉터가 혼자 하면 간단한 처치도 프리셉티에게 일일이 설명하고 직접 시행해 보게 하려면 시간이 두 배 세 배 걸립니다. 또 지켜보는 입장에서 신규 간호사가 실수할까 봐 받는 긴장과 스트레스는 이루 말할 수가 없습니다.

병동은 신규 간호사 교육을 4주 안에 마쳐야 합니다. 많은 업무량을 주입시키고 가르치기 위해 최선을 다하다 보면 4주는 금방 흘러갑니다.

엊그제만 해도 자신감 없이 축 늘어진 어깨를 하고 있었던 옆 병동의 간호사가 지금은 카리스마와 따뜻한 성품을 지닌 멋진 간호사가 되어 복도를 뛰어다닙니다. 내게서 떠나 홀로 간호 업무를 하는 신규 간호사도 저렇게 멋있는 간호사로 성장할 수 있도록 오늘도 마음으로 기도하고 응원합니다.

특수 부서 새내기 간호사에게 프리셉터가 보내는 글

병원 내 특수 부서는 수술실, 마취과, 회복실, 중환자실이며, 신규 간호사가 교육받는 곳은 대부분 환자 보호자와 격리된 근무 공간입니다. 특수 부서의 환자는 중환이거나, 수술 후 회복 중인 경우가 많습니다. 아니면 수술받기 전 대기 중인 환자로 마취전투약(premedi-cation) 때문에 진정된 상태입니다.

대부분 환자들은 수술에 대한 불안감과 긴장감으로 압도된 탓에 누가 신규고 누가 경력이 있는 간호사인지 주시하는 일이 드뭅니다. 그래서 신규 간호사 입장에서는 부담이 덜하다고 생각될 수도 있습니다.

그러나 어디든 신규 간호사 곁에는 프리셉터와 선배 간호사가 가까이, 아주 가까이에 있습니다. 신규 간호사가 교육한 대로 업무를 수행하는지 매의 눈으로 지속적인 관찰을 하는 것입니다. 돌이켜 보면 신규 간호사를 지켜보는 프리셉터 또한 "혹시 내가 잘못 가르쳐 준 것이 있나?" "혹시 실수하지는 않을까?" 하는 노파심으로 긴장의 연속이기도 합니다. 신규 간호사가 잘못하면 부메랑이 되어서 프리셉터한테 돌아오기 때문입니다. 그렇지만 지금 이 순간 씩씩하게 일하고 있는 프리셉티 모습을 보면서 한편으로는 마음 뿌듯함을 느끼게 됩니다.

수술실에 근무하면서 신규 간호사의 프리셉터를 해야 한다는 말을 들었을 때 기쁜 마음이 앞섰던 것은 아닙니다. 그보다 긴장감과 알 수 없는 부담감을 느끼며 하기 싫다는 생각이 먼저 들었습니다. 내가 누구를 가르칠 역량이 될까? 어떻게 가르치고 무엇을 가르쳐야 할까? 고민하다가 신규 간호사 교육 지침서를 참고해서 나름의 기준을 정해 교육하기로 생각을 정리했습니다.

첫째, 신규 간호사에게 어떤 경우라도 원리 원칙대로 업무를 수행하도록 가르치겠습니다. 간호 업무를 몇 년 하다 보면 가끔 쉬운 방법을 택하게 됩니다. 그러나 원칙을 멀리하다 보면 크고 작은 사고로 이어집니다. 예를 들어 투약 시에는 투약의 5기본 원칙(5R: Five Right)이 있습니다. 5회 확인하는 것이 원칙이면 5번 확인해야 합니다. 업무가 바빠서, 힘들어서, 한 번쯤 생략해도 될 것 같아서, 이런 변명은 통하지 않는다는 것을 가르치고 원칙을 지키도록 하겠습니다.

둘째, 성인군자의 마음을 조금이라도 닮아서 마음에 평강과 중심을 잃어버리지 않도록 노력하겠습니다. '버럭 프리셉터'가 되지 말고 얼굴에는 자애로운 미소를 유지하겠습니다. 신규 간호사는 못하는 것이 당연하다고 마음을 고쳐먹고 생각과 마음을 비우기로 작정했습니다. 그리고 못하는 것이 있으면 인상 쓰지 않고, 절대로 혼내지 않고 다시 가르쳐 주자고 다짐했습니다. 서로 존중해 주는 것이 아무래도 교육 효과가 높을 거라는 기대감이 있기 때문입니다. 더불어 간호대학을 성실하게 마치고 간호의 열정을 가진 후배를 가르치려면 당연히 인격적으로 교육해야 한다고 생각했습니다.

셋째, 예의 바른 신규 간호사가 되도록 도와주겠습니다. 일은 못해도 용서가 되나 예의 없는 행동은 용서가 안 됩니다. 그래서 선배 간호사에게 말대꾸를 한다든지 조직 내에서 상하관계를 망각하지 않도록 교육하기로 했습니다.

이렇게 각오를 했지만, 막상 신규 간호사에게 모든 업무를 가르치고 설명한다는 것은 쉬운 일이 아니었습니다. 목도 아프고, 신규 간호사가 나의 말을 이해하는지 못 하는지 도무지 알 수가 없었습니다. 대답은 잘하는데 알고 대답하는 것인지 모르고 대답하는 것인지 알 수가 있어야지요.

대부분의 신규 간호사가 그렇지만 전날 가르쳐 주고 다음 날 물으면 처음 들었다는 듯이 생뚱맞은 표정을 짓습니다. 그럴 때면 프리셉터 입장에서 당황스런 기분이 들기도 합니다.

점점 업무 지식이 늘어나고 이쯤 되면 혼자 수술 준비를 할 수 있겠다는 생각이 듭니다. 그래서 간단한 소독 간호사(scrub nurse)로 실습을 시켜보면 신규 간호사는 수술 시작부터 왜 자꾸 내 얼굴을 쳐다보는지…. 이 순간 적막이 흐르며, 서로가 똑같이 긴장되는 시간입니다. 생각과 기대만큼 못하는 것도 속상하지만, 마음을 비우고 지켜보려 해도 물가로 나간 아기를 바라보는 것처럼 불안하기만 합니다. 수술 기구는 왜 자꾸 떨어뜨리는지, 기구를 응급 멸균해서 갖다 대느라 온종일 달리기 연습을 하는 날도 부지기수입니다.

그래도 수술 종료 후에 수술복이 온통 땀에 젖어 힘들어하는 신규 간호사의 모습을 볼 때는 화가 나기보다 측은하고 안쓰러운 마음이 앞섰습니다.

교육 기간이 거의 중반을 지날 때쯤이면 업무 지식도 늘고 질문도 함께 늘어갑니다. 더 심도 있는 업무 지식을 가르쳐 주기 위해 따로 공부 시간을 마련하기도 했습니다.

이런 교육 과정을 거쳐, 신규 간호사에게 간호 업무를 가르치고 진정한 간호사로 독립시키게 됩니다. 그때는 후련함과 대견함도 느끼지만, 한편으로는 "혹시 내가 가르친 신규 간호사가 실수를 하지 않을까?" 하는 일말의 불안감도 감출 수가 없습니다. 저와 함께 교육을 마치고 지금 다른 선배 간호사와 함께 열심히 일하고 있는 신규 간호사에게 감사한 마음을 전하고 싶습니다. 가르침을 잘 따라와 줘서 고맙다고 말이지요.

신규 간호사 살아남기

진화된 신규 간호사가 답이다

필자가 어렸을 때는 쌀밥 한 공기 수북하게 양껏 먹는 것이 소원이었습니다. 점심시간이면 보리밥이 부끄러워 도시락 뚜껑을 덮은 채로 아래쪽 모서리부터 차츰차츰 도시락 뚜껑을 올리면서 밥을 먹었습니다. 그나마 도시락을 싸올 형편이 안 되는 날에는 운동장에 나가서 점심시간이 끝나길 기다리다가 수업이 시작되면 허기진 배를 쥐고 나머지 수업을 들었던 배고픈 시절이 있었습니다.

봄이면 그나마 사정이 나았습니다. 학교 수업을 끝내고 집으로 돌아가며 버들강아지 새 움을 따먹고, 연한 삘기를 뽑아 씹어 먹을 수 있었으니까요. 그래도 배가 안 차면 가시 달린 찔레나무를 헤집어 막 피어오르는 연한 순을 꺾어 단물이 나게 씹어 먹었습니다. 그러면 저혈당증세가 금방 사라져 단숨에 집으로 달려올 수 있는 영양 보충제가 되었습니다.

어떻게 보면 30년을 대학 병원에서 버틸 수 있는 작은 힘을 그때 기른 것은 아닐까요? 몸에 밴 헝그리 정신이 촉매제 역할을 했는지도 모릅니다.

그래서 고생도 모르고 배고픈 것도 모른 채 귀하고 풍족하게만 자라온 새내기 신세대 간호사들의 나약함과 힘겨운 임상 적응이, 한편으로는 많이 염려가 됩니다. 그렇지만 새내기 간호사에게는 나름대로 구세대가 갖지 못한 또 다른 강점이, 차별화된 그 무엇이 있을 거라고 확신합니다.

해마다 병원에서는 채용된 신규 간호사들을 대상으로 임상에서 필요한 이론 교육과 실기 교육을 합니다. 간호사들을 임상에 적응시키기 위해 최신 시뮬레이션 교육으로 정성을 들여 가르치고 훈련하는 것입니다.

신규 간호사 강의실에 가면 강의에 호응하는 뜨거운 박수 소리와 열정과 에너지가 가득합니다. 이는 강사에게 저들을 열심히 가르쳐 임상에 적응하는 데 도움이 되고자 하는 욕구를 불러일으키는 시너지 역할을 합니다. 그러나 실습을 마치고 막상 임상에서 근무를 시작하면 저 뜨거운 열정이 한숨과 좌절로 바뀔 날이 머지않아 다가올 거라는 생각에 안쓰러워질 때가 있습니다.

30년 전 필자가 신규 간호사였을 때는 환자 보호자나 환자는 의사와 간호사에게 볼멘소리조차도 못하던 시절이었습니다. 그러니 무조건 성실하게 묵묵히 일하면 어느 정도 인정받는 간호사로 자연스럽게 성장할 수 있었지요. 하지만 지금은 어떻습니까? 기대 수준이 높아진 환자와 보호자를 대하는 일은 심히 어렵고 힘겨운 업무입니다.

각종 TV와 신문 등 언론 매체를 통한 의료 상식의 매스컴 보도는 국민에게 의료 정보를 알려주고 적극적인 질병 예방을 돕는 순기능적인 역할을 합니다. 그러나 이러한 의료 지식이 때로는 과잉 진료 및 의료진과의 마찰을 불러일으키는 역기능도 초래하고 있습니다. 의료진으로서는 지적 수준이 높아진 환자와 보호자를 응대하고 간호하기가 예전보다 많이 힘들고 어려워 인내심을 쏟아야 합니다.

이처럼 환자의 기대 수준 상승, 바쁜 업무를 아랑곳하지 않고 신속함을 요하는 간호 수요, 각종 인증 평가로 늘어난 간호 기록 관리까지, 임상 환경은 신규 간호사가 실제 업무를 시작하게 되면 부딪히게 되는 높은 장벽이나 다름없습니다. 이러한 장벽을 극복하는 데는 많은 인내와 지혜가 필요합니다. 그것이 쉽고 평탄한 길이 아님을 알아야 할 필요도 있습니다.

병원 근무를 가벼운 걸음으로 안일하게 걷겠노라 생각했다면, 지금 당장 마음을 고쳐 진지하게 생각해 보고 새로운 마음가짐을 다질 필요가 있습니다.

간호는 무한한 인내를 필요로 합니다. 지금의 세대는 예전처럼 배고픈 것도 모르고 경제적·물질적으로 부족함 없이 풍요롭게, 부모님께 사랑만 받으며 곱게 자란 세대이기 때문에 자꾸 염려가 되는 것입니다.

업무에서 오는 스트레스, 선배 간호사의 질책, 까다로운 환자와의 만남으로 주춤하다 보면 체력이 고갈되기 마련입니다. 가끔은 한 발자국도 정진할 수 없는 힘겨운 상태가 되는 경우도 있습니다. 그럴 때면 끊임없이 환자를 향한 마르지 않는 사랑의 샘물이 흐르게 해야 합니다. 그래야 체력의 고갈에 따른 육체적 정신적 피로를 이겨낼 수가 있습니다.

하찮은 미생물조차도 환경에 적응하며 살아가기 위해 주위 환경에 따라 진화에 진화를 거듭합니다. 하물며 30년 전 구세대와는 달리 똑똑한 신세대 신규 간호사에게는 새로운 시대적 요구에 따라 잘 적응하도록 진화된 유전자가 있어, 환자를 더 잘 돌보고 훌륭한 간호를 할 거라고 믿고 확신합니다.

환자의 눈높이가 달라진 것처럼 신규 간호사들도 달라져야 합니다. 지적·정서적 적응력과 순발력으로 무장하고 한층 진화된 간호사로 준비되셨으리라 믿어 봅니다.

신규 간호사의 전신 무장하기

신규 간호사가 발령을 받아 근무를 시작하면, 실무 업무를 배정받아 직접 환자를 간호하게 됩니다. 본의 아니게 실수를 해서 앞으로 나갈 용기마저 잃어버린 이도 있을 것이고, 다행히 본인의 적성과 잘 맞아서 하루하루 환자를 돌보고 간호하는 데 의욕 충만, 행복

충만한 이도 있겠지요. 개중에는 유독 힘겹게 병원 생활을 하는 신규 간호사도 있을 것입니다. 앞서 말한 것처럼 적성에 맞지 않거나, 힘든 간호 업무를 이기지 못한 나머지 사직하는 경우가 많습니다.

2014년, 병원간호사회 사업보고서 발표에 따르면 병원 간호사의 전체 이직률이 평균 13.9퍼센트인데, 신규 간호사의 이직률은 30퍼센트에 달해 특히 심각한 것으로 나타났습니다. 간호사 이직 사유는 타 병원으로의 이직이 19퍼센트로 가장 많이 차지했다고 합니다.

필자가 임상에서 사직하는 신규 간호사와 면담을 해 보면 병원을 떠나는 이유는 이직, 학업, 가사 등 다양합니다. 간호사들이 근무하던 곳을 떠나간다면 개인은 물론이고 병원에도 손실을 초래하니 안타까운 현실입니다.

학업은 이직하지 않아도 근무하는 병원에서 계속할 수 있습니다. 또 타 병원으로 이직을 한다고 해서 간호 업무의 강도가 얼마나 달라지는지는 알 수 없습니다.

그러니 신규 간호사로서의 어려움을 이겨내고 단단히 무장하길 바랍니다. 중도 이직이나 사직을 줄이고, 첫발을 내디딘 병원에서 훌륭한 간호사로 뿌리내릴 길을 찾아 멋진 간호사로 성장하시길 바랍니다.

인생 여정도 마찬가지입니다. 삶이 버거워서 넘어지고 쓰러지고 하면서 쉴 만한 물가와 푸른 초장을 간구하며 끊임없이 기도하는 과정입니다. 성경에서는 우리를 대적하고 공격하는 어둠의 권세를 물리치기 위해 "하나님의 전신 갑주를 입으라!"라고 말합니다. 전신 갑주는 머리에는 구원의 투구, 가슴에는 의의 흉배, 허리에는 진리의 허리띠, 발에는 평안의 신발, 한 손에는 말씀의 검, 다른 한 손에는 믿음의 방패로 무장하는 것입니다. 이렇게 하나님께 의지해 앞으로 나갈 때, 넘어지거나 실패하지 않는 평안한 삶이 진리 안에서 보장된다고 말합니다.

그렇다면 신규 간호사는 어떻게 무장하면 좋을까요?

첫째, 머리는 전문 지식으로 무장해야 합니다. 환자를 간호하고 치료하는 일은 한 생명을 살리는 전문 의료인의 영역입니다. 일반 업무와는 다른 전문 지식을 필요로 하기 때문에 반복된 훈련과 교육을 통해 전문인으로 무장해야 합니다. 흔히 임상에서 선배 간호사가 후배 간호사에게 "머리와 가슴으로 일하라"라고 주문하는데, 이때 머리는 전문 지식을 의미합니다.

둘째, 가슴은 따뜻한 사랑으로 무장해야 합니다. 간호사가 행하는 모든 처치나 간호에 따뜻한 사랑이 없다면 어떻게 될까요? 환자의 치료는 늦어지고 환자의 불만으로 간호는 더 힘겨워질 것입니다.

셋째, 중심축인 허리는 간호의 사명으로 무장해야 합니다. 몸의 중심에는 간호의 사명이 함께해야 합니다. 중심축이 사명으로 무장된다면, 힘들어도 절대 넘어지거나 쓰러지지 않을 것입니다. 설령 내가 아무 소명 의식 없이 간호사를 택했다고 해도 오늘 완쾌되어 퇴원하는 환자를 보고, 아니면 몹시 힘들고 아파하는 환자가 나의 간호로 하루하루가 다르게 쾌유되어 가는 모습을 보고 간호의 사명을 발견해야 합니다.

넷째, 발은 건강한 체력으로 무장해야 합니다. 아무리 열심히 하려 해도 체력이 뒷받침되지 않으면 환자를 간호할 수가 없습니다. 식사도 거르지 말고 제때 끼니를 잘 챙겨 먹어야 합니다. 근무 중간에 간식을 먹거나 쉬는 시간은 없다고 각오하고, 출근 전에 충분한 식사와 휴식으로 자신의 건강을 관리해야 합니다.

다섯째, 오른손은 간호의 지혜로 무장해야 합니다. 임상에서 일하다 보면 도저히 방법도 없고, 숨 쉴 틈조차도 없는 막막한 상황에 직면하는 경우가 있습니다. 이런 때 지혜를 간구하다 보면, 의외로 간단하게 실타래가 풀리는 경험을 하게 됩니다.

여섯째, 왼손은 협동 정신으로 무장해야 합니다. 병원이라는 근무 환경에서는 환자를 중심으로 각기 다른 전문인들이 함께 협동해 의료 행위를 합니다. 의사, 약사, 영양사, 병리사, 간호사, 기능원, 모든 직종이 상호 협조해 일사불란하게 움직여야 환자가 치료됨을 알아야 합니다.

이렇게 전신을 무장하여 어떤 어려움이 있어도 끝까지 헤쳐 나가길 바랍니다.

신규 간호사의 첫 근무 부서 선택하기

신규 간호사의 첫 근무 부서 선택은 임상에서 뿌리를 내리며 근무하느냐 아니면 임상이 아닌 다른 길을 선택하느냐를 결정하는 중

대한 기로가 될 수도 있습니다. 왜냐하면 선택한 첫 부서가 적성에 맞지 않는다고 종종 임상을 떠나는 안타까운 사례가 있기 때문입니다.

사르트르는 "인생은 B-C-D, 'Birth(삶)'와 'Death(죽음)' 사이에 'Choice(선택)'만 있을 뿐이다"라고 말했습니다. 우리는 삶에서 탄생의 순간부터 셀 수도 없이 많은 선택을 하며, 긴 여정을 지나 죽음을 향해 갑니다. 때로는 지나친 신중함으로 선택을 못 하고, 여러 갈래의 길 위에서 고민과 갈등으로 망설이다 선택을 놓치는 경우도 있습니다.

태어날 때는 자신의 의지를 벗어나 지금의 부모님 아래 성장하도록 선택을 받았지만, 지금 간호사로서 근무하게 된 것은 온전히 자신의 판단과 선택의 결과입니다. 신규 간호사의 근무지 선택은 적성에 맞춰 자신의 자유의지대로 선택한 결과임을 잊어서는 안 됩니다. 그런데 일하고 싶은 병원이나 부서를 신중하게 선택하지 않았다면, 이직으로 이어지기 쉽습니다. 이는 개인과 병원의 손실은 물론이고 간호의 질이 떨어지는 악순환으로 이어집니다.

그렇다면 어느 부서에서 근무하는 것이 적성에 맞을까요? 선택이 가능하다면 적성과 성향을 판단해서 합리적이고 신중하게 근무할 부서를 고민해야 합니다. 때로는 내 의지와는 다르게 원하지 않았던 부서에서 일하게 될 수도 있습니다. 필자의 근무 경험에 비추어 보면, "어떤 부서든 상관하지 말고 일단 경험해 보라!"라고 말하고 싶습니다.

하지만 신규 간호사가 경황 중에 제대로 자신의 적성을 파악하지 못할 수도 있습니다. 특수 부서 수술실, 중환자실, 응급실, 마취회복실 등이 적성에 맞는데 병동으로 근무 부서를 신청했다가, "임상이 맞지 않는 것 같다" 하고 성급한 결론을 내릴 수 있으니까요. 비근한 예로 평소 우울증 기질이 있는 신규 간호사가 정신과 병동 근무를 선택하는 경우도 있습니다. 한두 달 정신과 병동에 근무하면서 기분이 우울해지고 힘들다면 섣불리 병원을 떠나지 말고 관리자와 면담을 통해 다른 부서로 이동해 근무하는 것도 고려해 볼 필요가 있습니다.

근무 부서는 가급적 신중히 고려해서 지원해야 합니다. 물론 자의든 타의든 일단 근무 부서가 결정된다면, 근무하는 부서를 천직으로 알고 간호사로서 그곳에 뿌리내리는 것이 가장 바람직합니다. 그래도 근무하는 부서가 적성에 맞지 않는다면, 병원 정책에 따른 정기 인사이동 시 부서를 옮길 수 있는 기회가 있기 때문에 크게 염려할 필요는 없습니다.

신규 간호사가 프리셉터에게 교육을 받는 동안, 담당 프리셉터와 파트장은 신규 간호사를 집중 관리하면서 근무 역량과 적성을 평가합니다.

이때 파트장의 역할은 매우 중요합니다. 프리셉터와 수시로 면담을 하며 신규 간호사가 단계별로 제대로 교육을 받고 있는지, 역량과 적성이 어떠한지를 체크해야 하니까요. 그리고 파트장은 신규 간호사가 교육 종료 후 홀로 직접적인 간호를 할 수가 있는지 정확하고 세심하게 판단해야 합니다.

간혹 1:1로 프리셉터 경력 간호사에게 9주간 교육을 받은 신규 간호사가 적성에 맞지 않는다며 간호사를 포기하는 경우가 발생합니다. 이러한 경우에는 투입된 인력과 시간과 노력이 물거품이 되어 커다란 손실을 줄 수 있습니다. 안쓰럽다거나 이런저런 사소한 정에 이끌린 판단을 하다 보니, 능력이 안 되는 신규 간호사를 9주간 데리고 교육을 한 것입니다. 그리고 교육 종료 후에는 역량도 안 되고 적성도 안 맞는 신규 간호사가 스스로 근무를 포기합니다. 중도 포기를 한 신규 간호사로서도 정신적·육체적으로 불필요한 에너지를 과도하게 낭비한 셈입니다. 그러니 신규 간호사의 역량을 미리 파악해서 대처하는 것이 모두에게 도움이 됩니다.

예를 들면 간호대에서 공부할 때는 수술실이 적성에 맞아 수술실을 선택했는데, 실제로 수술실로 발령을 받고 보니 하루하루 교육 받는 것이 힘들 수 있습니다. 복부를 열어 장기를 보면서 수술하는 것이 힘들고, 피를 보면 어지럽고, 수술 분위기도 무섭다는 이유로 말이지요. 여덟 시간 이상 수술복을 입고 마스크를 쓴 채 필요한 말 외에는 한마디도 못하며, 숨죽이듯 근무하는 상황이 적응하기 어렵다는 신규 간호사도 있었습니다.

교육을 받으면서 체험하는 현장이 자신과는 맞지 않는다는 생각이 들면, 시간이 더 경과하기 전에 면담을 할 것을 권합니다. 늦었다고 생각하지 말고 과감하고 빠르게 다른 부서로 옮기는 것도 고려해 보아야 합니다. "이왕 시작한 교육이니 끝까지 가자" 하는 생각

첫 근무지인 수술실에서 물품을 점검하는 필자

은 금물입니다. 특수 부서나 병동, 외래 등 임상이 맞지 않으면 신중하고 빠르게 결정을 해 부서를 바꾸거나 진로를 변경해야 합니다.

파트장도 신규 간호사가 부서에 배치되면 수술실, 중환자실, 응급실, 마취회복실, 일반 병동 등에서 지속적으로 근무가 가능한지, 업무 역량을 파악해서 결정하는 데 도움을 주어야 합니다. 가장 중요한 것은 선택된 부서에서 유능한 간호사로 뿌리를 내려 훌륭한 간호사로 정착하는 것입니다. 당장은 역량이 떨어지지만, 부족한 부분을 보충하면 더 성장할 수 있는 간호사도 있습니다. 그러니 근무할 능력이 있는지 잠재력을 따져, 미리 포기하지 말고 대기만성형 간호사로 이끌어 가는 것 또한 파트장의 역할입니다.

신규 간호사가 결정을 못 할 때는 면담을 통해 적절한 조언을 해 진로를 바꾸도록 조치를 취해야 합니다. 제가 면담을 할 때도 "임상이 맞지 않아서 후배를 가르치는 길로 가겠다" 하고 결정한 경우도 있고, 가슴 아픈 일이지만 중도에 사직서를 내고 병원을 떠난 경우도 있었습니다. 떠나는 날이 신규 간호사의 생일이라길래, 밥 한 끼 못 먹고 일한 것이 안쓰러워서 그날 약속도 포기하고 저녁을 사 주며 이별한 기억도 있습니다. 가정 형편도 어렵다고 했는데…. 지금쯤 심기일전해서 병원이 아닌 곳에서 양호교사, 교수, 의무실, 보건직 공무원 등의 길을 걷고 있을 거라고 믿습니다.

신규 간호사의 이론 시험 통과하기

오리엔테이션이 끝나면 교육받은 내용과 실무에 필요한 약물 계산법 등을 바탕으로 이론 시험을 보게 됩니다. 시험 결과 평균 점수 80점을 맞아야 통과가 되는데, 만약 80점 이하라면 재시험을 봐야 합니다. 재시험은 커트라인이 90점으로 높아져 더 힘들기 때문에, 무조건 재시험에 걸리지 말고 한 번에 통과해야 합니다. 심할 때는 3차까지 재시험을 보는 경우도 있습니다. 신규 간호사로서 적응하는 데 필요한 에너지를 재시험 준비에 쏟다 보면, 병원 일과가 힘들어지고 환자를 간호하며 느끼는 보람도 떨어지겠지요.

간혹 재시험을 여러 번 치는 신규 간호사를 보면 스트레스 관리가 안 되고, 자기 페이스를 잃은 경우가 많습니다. "내가 간호사를 해야 돼, 말아야 돼?" 하고 고민하면서 자신감도 잃었기 때문에, 이런 상태에 이르면 경쟁력을 회복하기 어려워집니다.

시험을 준비하는 동안 머릿속이 잡다한 고민과 갈등으로 차 있어 집중력을 발휘하지 못하는 경우도 있습니다. 간호대학 때는 공부를 잘하는 상위권 모범생이었는데, 운이 나빠 여러 번 재시험을 보는 사례입니다.

재시험을 치러야 하는 신규 간호사를 만나면 다음과 같은 지침을 제시합니다.

- 최근 힘든 일이 있는지 알아보고 문제를 해결한다.
- 공부하는 내용을 검토해서 올바른 범위를 학습하고 있는지 체크한다.
- 시험 기간에는 근무표를 조정해 근무 후 도서실에 가서 공부한다.
- 모의 테스트 문제를 작성해 올바로 공부했는지 체크한다.
- 숙식 등에 관심을 갖고 개선한다.

신규 간호사로서는 온종일 뛰어다니며 일하다가 도서실에서 시험공부를 하는 것이 힘들 수밖에 없습니다. 금세 졸음이 쏟아져 실제로 공부에 집중하는 시간보다 엎드려 자는 시간이 더 많다고 합니다. 그러나 이론 시험에서 낙오된 신규 간호사는 아주 적은 수에 불과하기 때문에 너무 걱정할 필요는 없습니다.

어쨌든 병동의 신규 간호사는 최소 1년 이상은 참고 견디며 간호 업무를 해 봐야 합니다. 그렇게 간호 감각을 익혀야 차츰 병동 근무에 적응이 됩니다. 수술실 등 특수 파트 신규 간호사는 최소 2~3년은 참고 인내해야 소독 간호사로서 적응이 됩니다.

안타깝게도 간호사가 병원에 적응하지 못하고 그만두는 이직률은 취업한 지 1년 안 되는 신규 간호사가 가장 높습니다. 그러나 신규 간호사 시절에는 힘이 들더라도 몇 개월 근무해보고 섣불리 포기하지 말라고 조언하고 싶습니다. 병원에서 시행되는 이론 평가, 실기 평가를 통과해, 병동은 최소 1년 이상, 수술실이나 특수 부서는 최소 2년 이상 근무해 보고 임상 간호 업무를 계속할지 아니면 임상을 영원히 떠날지 진로를 고민하기 바랍니다.

그리고 신규 간호사는 당분간 친구를 만날 시간과 마음의 여유는 접는 것이 좋다고 조심스럽게 조언하고 싶습니다. 가장 우선순위는 신규 간호사로 적응을 잘해서 안정을 찾는 것이기 때문입니다. 그 다음에 친구를 만나도 친구들은 기다려 줍니다. 하지만 간호사로서 중간에 낙오되면 두 번 다시 기회가 주어지지 않습니다.

다만 병원에 함께 입사한 간호사 동기는 시간을 내서라도 만나는 것이 좋습니다. 서로 격려가 되고 최고의 위로를 받을 수 있으니까요. 힘겨운 신규 간호사 적응기에는 동병상련을 나눌 수 있는 동기

간호사들이 서로를 이해하고 업무에 필요한 정보를 나눌 힘이 됩니다.

안 맞는 프리셉터, 상대하기 어려운 환자와 보호자, 진상 전공의나 진상 파트장 등이 있다면 동기를 만나서 흉도 보고 서로 공감하는 시간이 필요합니다. 그리고 시험에 나왔던 문제의 정보를 교환하거나 문제를 풀며 함께 시험을 준비하는 것도 좋습니다. 그렇게 쌓인 동기와 함께 피로를 풀고 스트레스를 날려버리는 것이야말로 신규 간호사 시절을 이겨내는 최고의 처방입니다.

신규 간호사 응원하고 격려하기

신규 간호사여, 태운다고 타지 마라

'태움'은 '태운다'라는 말에서 비롯된 말로, 선배 간호사가 일이 미숙한 후배 간호사를 업무적으로 심하게 질책하며 스트레스를 유발하는 것을 뜻합니다.

임상 현장에서 준비가 덜 된 여린 신규 간호사에게 "선배 간호사가 태운다고 타지 마라!"라며 내공을 키우라고 하면 "말이 되는 소리냐" 하고 웃음이 먼저 나올 것입니다.

물품도 챙겨야 하고, 환자 투약도 해야 하고, 환자 검사물 채취도 해야 하고, 수술 환자도 준비해서 보내야 하고, 신규 간호사의 머리는 온통 정신을 차릴 수 없는 지경입니다. 그런데 아침부터 선배 간호사는 호출을 하며 어제 데이(day) 때 시행한 간호 기록 누락을 문제 삼습니다. "왜 가르쳐 준 대로 못하지?" 한숨을 길게 내쉬며 한바탕 내뱉는 선배의 호통에 신규 간호사의 눈에는 눈물이 핑 돌았습니다.

어제 바쁘게 뛰어다니며 간호 업무를 수행한 탓에 걸음 걸을 때마다 종아리는 아려 오는데, 출근하자마자 야속한 선배 간호사는 야단부터 칩니다. 그나마 다행인 것은 환자가 보는 앞에서 자존심을 구기며 호통을 들은 것이 아니라는 것입니다. 그러니 신규 간호사는 웃음 띤 얼굴로 표정 관리를 해야 합니다.

그러나 신규 간호사가 잊지 말아야 할 것이 있습니다. 오늘 신규 간호사를 당당하게 태운 카리스마 넘치는 선배 간호사도 신규 간호사로 첫 출발을 할 때는 잔뜩 주눅이 들어 있었다는 것입니다. 그렇게 야단맞으면서 일했던 전력이 있는 선배가, 어느새 자신의 옛 모습을 까맣게 잊고 있다고 생각하면 조금은 위로가 될 것입니다. 애절했던 사랑과 이별하고 나서도 언제 그랬냐는 듯 씩씩하게 살아가는 것처럼, 인간에게는 세월과 함께 좋든 싫든 과거를 잊어버리는 망각의 기능이 있기 때문입니다. 필자 역시 간호에 전념하다 보니 신규 간호사 때 새까맣게 속이 탄 기억도 세월과 더불어 잊어버리고 30년을 버틸 수가 있었습니다.

불행하게도 필자도 신규 간호사 때는 수많은 실수와 시행착오를 거쳤지만, 후배 간호사들을 교육할 때는 신규 간호사 시절의 실수와 시행착오는 다 잊어버리고 잘한 기억만 남더군요. 그래서 수요자인 신규 간호사의 눈높이로 바라보지 않고 공급자인 자신의 눈높이에만 맞추어서, 눈물이 찔끔 나도록 엄하게 교육할 때도 있었습니다.

최악의 경우, 안 좋은 말로 무심코 선배 간호사가 호통을 치면, 신규 간호사는 그렇지 않아도 익혀야 할 업무가 많은데 말로 상처를 받아 점점 스트레스가 쌓이게 됩니다. 호통과 태움이 반복되다 보면 공황(패닉) 상태로 자신감을 상실하게 되고, 자신이 스스로 무능하고 한심하다는 생각에 압도당하기도 합니다. 실제 유능한 신규 간호사도 자신의 능력을 발휘하지 못하고 살벌한 분위기에 매몰되어 좌절하는 경우가 가끔 있습니다.

또한 파괴력이 강한 선배의 꾸지람이 날라 와서 가슴에 깊이 박히면 자기의 페이스를 잃어버립니다. "내가 많이 부족한 인간인가?" "간호사를 할 수 있을까?" 등의 부질없는 생각에 빠져 간호사에게 필요한 능력을 갖추기보다는 오히려 퇴보하는 경우도 있습니다.

신규 간호사여, 거목은 쉽게 자라지 않습니다. 거센 광풍과 눈보라를 잘 이겨내고 감당해야 합니다. 선배의 잔소리가 강하면 강할수록 훌륭한 간호사가 되기 위한 훈련 과정이라고 마음에 주문을 걸면 됩니다. 숲이 어두워야 나무는 하늘을 향해 높이 뻗어 갈 수 있습니다. 햇빛과 추위, 눈, 비, 바람이야말로 좋은 재목이 만들어지는 최고의 영양제입니다. 마찬가지로 선배 간호사의 질책과 꾸지람은 실수하지 않는 완벽하고 멋진 간호사가 되기 위한 비타민으로 생각하면 됩니다.

병원에서 경험하는 힘든 고충이나 현재 자신이 처한 힘겨운 상황을 주변 사람들에게 말해도 이해받지 못합니다. 퇴근 후에 집에 돌아와 병원에서 벌어진 일을 부모님께 털어놓아도 그 상황을 이해받기란 쉽지가 않습니다. 오히려 부모님은 자식이 병원에 취직한 것을 기쁨이자 자랑거리로 생각하시기 때문에, 힘들어도 당당히 이겨내길 바라는 마음이 간절합니다. 그래서 무조건 참아낼 것을 주문할 것입니다.

신규 간호사여, 이렇게 사방이 다 막혀 있어도 하늘은 항상 열려 있습니다. 봄이 오기 직전에 바람은 가장 매섭고, 해 뜨기 직전에 어둠이 가장 깊은 법입니다. 퇴근 후 유난히 버티기 힘겨운 날이라면 열려 있는 하늘을 향해 기도로 아뢰길 바랍니다. "하나님! 도와주세요! 정말 힘들어요." 그러면 하늘의 위로가 신규 간호사 시절부터 은퇴까지 분명 동행할 것입니다. 그렇다고 어떤 특정 종교에 의지하라는 것은 아닙니다. 다만 신앙을 갖는 것은 신규 간호사 시절을 이겨내는 데 큰 도움이 됩니다. 그리고 아래 다섯 가지를 실천하면 태움의 스트레스 강도가 약해질 것입니다.

- 예습 복습은 내일로 미루지 마라.
- 프리셉터에게 질문하라.
- 동료와 만나서 스트레스를 날려 버려라.
- 기도할 수 있는데 왜 걱정하는가?
- 타지 않는 무쇠의 마음으로 무장하라.

아무 것도 염려하지 말고 오직 모든 일에 기도와 간구로, 너희 구할 것을 감사함으로 하나님께 아뢰라. 그리하면 모든 지각에 뛰어난 하나님의 평강이 그리스도 예수 안에서 너희 마음과 생각을 지키시리라. 〈빌립보서 4:6-7〉

신규 간호사가 듣기 좋은 말과 듣기 싫은 말

근무 중인 간호사들에게 신규 간호사 때 듣기 좋았던 말과 듣기 싫었던 말을 질문했습니다. 그리고 그에 대한 답변을 듣고 한편으로는 부끄럽고 또 놀라운 마음을 이루 말할 수가 없었습니다. 아무리 경력이 오래되어도 신규 간호사 때 언어로 받은 상처는 가슴 깊이 남아 있습니다.

25년 경력의 간호사도 "신규 간호사 때 들었던 충격적인 말이 아직도 가슴에 남아 너무 생생하다"라며 그 당시 들었던 안 좋은 말들을 일사천리로 쏟아 냈습니다. 어떤 사람들은 신규 간호사 때 들었던 충격적인 말이 마음에 상처로 남아 없어지지 않은 나머지, 나중에 경력자가 되어서 똑같은 상황이 발생하면 후배들에게 되풀이하는 악순환을 이어가기도 합니다. "엄한 시어미에게 시집살이한 며느리가 더 지독한 시어미가 된다"라는 옛날 말이 딱 들어맞는 경우겠지요.

사람들이 무심코 걷어찬 돌에 개구리는 맞아 죽습니다. 생각 없이 던진 상사나 선배의 말 한마디가 듣는 후배에게 비수가 되어 상처로 영원히 가슴에 남아 있기도 합니다. 간호사를 그만두고 직장을 떠나도 나를 무시한 선배의 말 한마디는 잊히지 않는다고 합니다. 불행하게도 한 25년 경력 간호사는 한참을 망설이다 "신규 간호사 적응기에 정작 좋은 말은 들어 본 기억이 없다"라고 말하기도 했습니다. 이를 보며 신규 간호사를 대할 때 칭찬의 말 대신 앞뒤 안 가리고 말을 하는 것이 자라나는 푸른 새싹에 독한 거름을 주어 누런 떡잎으로 변하게 하는 사례가 됨을 알 수 있었습니다.

신규 간호사에게는 선배의 따뜻한 말 한마디가 힘든 병원 생활의 적응 기간을 이겨낼 힘이 됩니다. 신규 간호사를 대할 때에 기를 죽이는 언어가 아니라 기를 살리는 언어를 사용해야 합니다. 비방과 상처가 되는 말이 아니라 칭찬과 격려가 되는 말을 해야 합니다.

듣기 좋은 말	듣기 싫은 말
부지런하구나.	왜 이렇게 못하니?
힘들겠지만 힘내.	내가 가르쳐 줬니, 안 가르쳐 줬니?
잘할 수 있어.	표정 관리 좀 잘해라.
열심히 하니까 보기 좋아.	인사 좀 해라.
너 일 잘한다.	항상 웃고 다녀라.
얼굴도 예쁜데 일도 잘하는구나.	트레이닝 누가 시켰니?
기죽지 말고, 처음에는 다 그래.	이것밖에 못 하니?
오늘 하루 고생했어.	제대로 좀 해라.
생각보다 잘하네.	내가 몇 번 말했니?
고마워. 열심히 해 줘서.	내 말 이해 못 하니?
센스 있네.	지금까지 뭐 배웠니?

진짜 빠르네.	벌써 몇 번째니?
하나 알려주면 둘을 아네.	잘한다 잘해(쯧쯧).
인상 좋다.	정신 좀 차려.
지금 힘들겠지만 조금만 참아.	내가 이렇게 가르쳤니?
수고했어.	이거 하나는 잘하네(최악의 칭찬).
이해가 빠르네.	너무 느리다. 빨리 좀 해라.
무던하다.	언제 다 배울래?
수술 준비상 깔끔하게 차린다.	적지 말고 머리로 기억해.
성격 좋다.	공부는 하니?
신규 같지 않게 능숙하네.	아는 게 뭐니?
다른 신규보다 잘하네.	그것밖에 못 하니?
연습 많이 했나 보구나!	당장 그만둬라.
넌 우등생이야.	누가 그렇게 하래?
눈썰미가 좋다.	나 신규 때는 말이지.
좀 쉬고 차 한잔 마시고 와.	뭐 하시는 거예요?

아름다운 말은 간호사의 인격과 품위를 지키고 신규 간호사 마음에 평생 용기를 줍니다.

신규 간호사도 멘토가 있다

새벽에 일어나 오늘도 정맥주사를 실수하지 않고 한 방에 놓을 수 있게 해 달라고 기도하고 출근했습니다. 그런데 야간 근무(night duty) 신규 간호사가 링거주사를 잘못 꼽아 퇴근도 못 하고 엄하게 혼나는 것을 보니 정신이 번쩍 듭니다. 냉랭한 분위기를 피하기 위해 약삭빠르게 주사약을 챙겨 병동으로 이동합니다.

엊그제는 아침 일찍 병원에 도착해서 유니폼 갈아입고, 물품을 챙기고, 주사약과 재고를 파악하는데 1년 먼저 입사한 간호사가 물품 카운트가 늦다고 어찌나 시비를 거는지, 아니꼽고 치사해서 더 일찍 출근하기로 마음먹었습니다.

그래서 발바닥은 아프고 종아리는 땡기고 몸은 천근만근이지만 남들보다 일찍 출근했습니다. 밥도 10분 안에 입에 들이붓듯이 먹고 커피는 미리 타 놓아 식은 다음에 들이킨 후 종일 동동거리며 뛰어다닙니다. 그나마 책임 간호사(charge nurse) 선생님을 잘 만나면 그런 날은 감사한 날입니다. 책임 간호사 자신은 밥도 못 먹고 일하면서, 액팅 간호사(acting nurse)는 밥을 먹을 수 있게 해 주니까요.

이토록 힘겹게 고군분투하면서 하루하루 업무에 매진하다 보면, 때로는 너무 힘겨워 포기하고 그만두고 싶다는 마음에 한 걸음도 나아갈 수가 없습니다.

그래서 실무를 배우다가 소속된 병원에 적응하지 못하고 이러저러한 이유로 이직을 하거나 간호사를 포기하고 사직을 하는 경우가 있습니다. 신규 간호사 입장에서는 이리저리 병원을 옮기는 데 시간과 에너지를 허비하고, 정신적인 갈등을 겪느라 경쟁력이 떨어집니다. 게다가 차세대 간호 발전에도 지대한 영향을 줍니다.

멘토링은 작게는 신규 간호사의 사직을 줄이고 크게는 병원에 적응을 잘할 수 있도록 돕는 제도입니다. 그리고 신규 간호사가 힘든 상황에 처해 움직일 힘조차 없이 낙심할 때 손을 잡아 이끌어 주는 제도라 할 수 있습니다.

멘토의 어원은 그리스 신화에서 비롯되었습니다. 트로이로 출정하는 오디세우스가 아들 텔레마코를 절친한 친구인 멘토에게 맡겼다고 합니다. 멘토는 오디세우스가 돌아올 때까지 친구이자 스승또는 조언자가 되었으며 때로는 아버지의 역할을 기꺼이 수행하며 텔레마코를 잘 돌봐 주었습니다. 그 후로 멘토는 지혜와 신뢰로 인생을 이끌어 주는 지도자를 뜻하게 되었고, 멘토의 조언을 받는 사람은 멘티라고 합니다.

오리엔테이션이 끝나고 발령을 받아 근무하게 된 신규 간호사는 다른 부서의 업무도 알 겸 부서 탐방을 합니다. 필자가 부서 탐방을 맡을 시에는 특별히 멘토의 마음으로 역점을 두고 하는 일이 있습니다. 먼저 신규 간호사가 근무하면서 힘든 것이 없는지 20분 정도 이야기를 나누고 나머지 시간에 부서 업무를 소개하는 것입니다. 이때 신규 간호사 대부분은 1년 미만으로, 실무 현장에서의 겪은 이야기를 하나둘씩 털어놓다 눈물을 흘리는 경우가 부지기수입니다. 필자는 짠한 마음이 들어 말없이 휴지를 건네거나 신규 간호사들의 이야기를 들어 줍니다.

또한 간호국의 파트장이 근무 부서가 다른 신규 간호사의 멘토역할을 하기도 합니다. 경험과 지식이 풍부한 파트장은 신규 간호사에게 지도와 조언을 아끼지 않고 상담을 통해 심리적인 안정을 제공합니다. 나아가 멘티인 간호사가 실력과 잠재력을 함양하도록 적극적으로 돕고 있습니다.

멘토는 힘겨워하는 멘티의 목소리에 귀 기울이고, 멘티가 멋지고 당당한 신규 간호사로 자리 잡을 수 있도록 물심양면으로 지원을 합니다. 멘토는 멘티와 정기적으로 만나서 맛있는 저녁도 사 주고, 분위기 있는 곳에 가서 차를 마시기도 합니다. 그러는 동안 신규 간호사들의 애로사항을 귀담아들어 주고, "이럴 때는 이렇게 하라!" 하고 해결 방법을 알려 주는 등 상담자 역할도 합니다. 이러한 상담을 통해서 신규 간호사가 병원에 적응해서 간호사 업무를 잘할 수 있도록 지속적인 관리를 하고 있습니다.

즉 멘토는 간호를 하면서 조직 내에서 필요한 정보도 제공해 주고, 간호 업무 방식이나 어려운 의사 결정 과정에 조언을 해 주기도 합니다. 신규 간호사가 새로운 병원 환경과 업무에 적응하는 과도기에 든든한 지원군의 역할을 하는 것입니다.

파트장과 신규 간호사의 멘토링은 파트장에게도 축복의 시간입니다. 신규 간호사가 가지고 있는 젊음과 참신함 그리고 발랄함과 풋풋함을 접하다 보면, 파트장도 젊고 청순한 마음이 되어 멘티와 동화됩니다. 그래서 매너리즘에 빠지지 않고 에너지를 주고받는 윈윈의 상호관계로 발전시킬 수 있습니다. 파트장이 아니라도 마음이 통하는 선배 간호사가 있다면 멘토로 삼기를 권합니다. 이러한 만남이야말로 직장 생활의 활력소가 되고 축복된 병원 생활의 밑거름이 될 테니까요.

신규 간호사의 첫돌잔치

아기가 태어나서 1년이 지나면 질병이나 위험에 노출되지 않고 건강하게 자라 준 것에 대한 감사로 첫돌잔치를 합니다. 이때 가족들이나 가까운 친지들을 초청해서 음식을 대접하는 것처럼, 병원에서는 간호사가 입사해서 1년을 맞으면 첫돌잔치의 주인공이 됩니다.

선배 간호사는 신규 간호사가 입사 1년이 되면 진심으로 첫돌을 축하해 줍니다. 그리고 그동안 포기하지 않고 씩씩하게 간호 현장에서 업무에 매진한 노고를 인정해 줍니다. 환자 곁을 지키는 동료 간호사로 함께할 수 있어 기쁘고 감사하다는 의미로 머리에 축하의 화관을 씌워 주거나, 가슴에 꽃을 달아 주고 격려합니다.

파트장은 첫돌이 된 신규 간호사를 단상으로 올라오게 해서 한 명씩 돌아가며 덕담도 해 주고, 품에 안아 주기도 합니다.

이때 신규 간호사를 보는 선배 간호사의 마음은 부모가 첫돌이 된 아기를 바라보는 것처럼 뿌듯함과 대견함이 이루 말할 수가 없습니다. 부모가 친지를 불러 잔치를 벌이듯 동료 선후배는 즐거운 마음으로 한바탕 축제를 벌입니다.

통상 맛 좋은 음식이 나오고 분위기 좋은 호텔에서 돌잔치를 벌입니다. 첫돌을 맞이하는 신규 간호사는 잔치의 주인공으로, 이날만큼은 마음껏 노래와 춤으로 젊음의 끼를 발산하고 흥겨운 첫돌을 보냅니다.

이때 인기 있는 선물은 신규 간호사에게 유용한 반창고 가위입니다. 어떤 친구는 환자를 청진하는 데 필요한 청진기를 선물로 받기도 합니다. 신규 간호사의 첫돌잔치는 진정한 간호인으로 거듭나는 동시에 앞으로 노력하며 힘든 난관도 이겨내겠다는 굳은 결심을 하는 자리이기도 합니다.

어떤 신규 간호사는 엄습해 오는 책임감이 버거워 준비된 음식을 제대로 먹을 수가 없고, 축제가 오히려 부담으로 다가온다고도 합니다. 어떤 간호사는 첫돌잔칫날 저녁에 들뜬 마음에 새벽까지 밤을 설치며 뜬눈으로 밤을 새우다가, 늦게 잠드는 바람에 이튿날 출근 준비가 늦기도 합니다. 어찌 됐든 첫돌을 치른 간호사는 쟁기를 잡힌 소처럼 이미 뒤를 돌아보거나 물러설 수 없는 단계에 발을 들여 논 셈입니다. 걷고 또 걸으며 목표를 향해 끊임없이 정진하는 간호사로 거듭나는 수밖에 없습니다.

첫돌을 지낸 간호사는 누구의 도움 없이도 걸어갈 수 있습니다. 넘어져도 다시 일어나고, 상처가 나면 약을 바르고 상처를 치료하면 됩니다. 상처받은 자로 머물러 있지 않고 상처받은 자의 치유자로 우뚝 서야 합니다. 조금은 미숙한 상태에서 첫돌을 맞이한 신규 간호사의 앞길에 무궁한 발전을 기대하는 시간이기도 합니다.

신규 간호사 첫돌잔치를 보면 저의 신규 간호사 시절이 떠오릅니다. 예전에는 신규 간호사 첫돌잔치도 없었고, 요즈음보다 험난한 하루를 보내면서도 무던히 참아야 했습니다. 한 케이스 수술이 끝나야 밥을 먹을 수 있기 때문에 수술이 오후 2~3시에 끝나면, 수술상 정리하고 다음 수술을 준비하느라 점심을 거르는 일은 아무것도 아니었습니다. 화장실 갈 수 있는 시간과 여건이 안 되어, 참았던 소변을 급하게 보고 다음 수술이 시작되면 곧바로 소독 간호사로 투입이 됩니다. 퇴근할 때는 배가 고프고 지쳐서 눈물을 머금고 집으로 왔던 기억도 있습니다.

이렇게 어렵고 험난한 과정을 거치고 신규 간호사가 첫돌을 맞았다는 것이야말로 간호사로 적응할 수 있다는 보증수표입니다.

3장

일반
간호사
Staff Nurse

간호사 일터의 공감과 단상

나는 어떤 간호사일까?

사람들은 명예를 남기기 위해, 지나온 자취를 돌아봤을 때 후회하지 않기 위해 열심히 살아갑니다. 제가 30여 년을 간호사로 근무하면서 느낀 성공적인 직장인이자 성공적인 간호사의 표상을 정리해 보았습니다. 이는 함께 근무했던 주위 사람들에게 어떤 사람으로 불리고 기억되기를 원하는가에 대한 답이기도 합니다.

- 환자의 편에서 일하는 간호사
- 따뜻한 마음과 전문적인 지식을 겸비한 간호사
- 동료와 소통을 잘하는 간호사
- 환자의 이야기를 잘 듣는 간호사
- 한쪽으로 치우치지 않는 중용의 성품을 지닌 간호사

- 롤모델로서 인생을 멋지게 사는 간호사
- 예수님의 삶을 실천하는 간호사
- 영적 멘토로서 도움을 주는 간호사
- 열정과 도전 정신을 갖춘 간호사
- 언제나 함께 일하고 싶은 간호사
- 긍정적이고 협조적인 간호사
- 업무 능력이 탁월한 간호사
- 마음이 따뜻하고 정이 많은 간호사
- 환자와 동료에게 인기가 많은 간호사
- 다방면으로 완벽한 간호사

간호사란 이름 아래 훌륭하고 멋진 삶을 사시길 바랍니다.

자기 계발 미루면 간호 발전 없다

히말라야 산맥에는 할단새라는 전설의 새가 있습니다. 이 새는 "날이 새면 집을 지으리라"라는 독특하고 긴 이름을 갖고 있습니다. 히말라야 산은 낮에는 봄처럼 따뜻하지만, 밤이 되면 매서운 찬바람이 불어 온도가 급격히 떨어진다고 합니다. 이 새는 낮에는 둥지도 짓지 않고 이곳저곳을 날아다니면서, 맛있는 벌레를 잡아먹고 노래를 부르며 시간을 보낸다고 합니다. 그러다 해가 지고 밤이 되면 살을 파고드는 찬바람과 눈발에 고통스러워합니다. 그래서 다른 새들과 달리 낮에 집을 짓지 않은 것을 후회하면서 "날이 새면 집을 지으리라"라고 밤새워 울어댄다고 합니다. 그러다가 동이 트고 따뜻한 햇볕이 비추면 어젯밤 추위를 까맣게 잊어버리고 또 노래하고 놀면서 하루를 보냅니다. 그리고 날이 어두워지면 "날이 새면 집을 지으리라"라고 후회를 반복하면서 일생을 보낸다고 합니다.

하지만 이러한 새의 어리석음을 손가락질할 수만은 없습니다. 필자 또한 임상에 근무하면서 공부에 대한 계획을 여러 번 수립했지만, 계획을 세웠다가 미루기를 반복하다 보니 어느덧 은퇴 날짜가 다가왔습니다. 경력이 쌓이면 쌓인 만큼 경력에 맞는 자기 관리를 스스로 해야만 합니다. 학습하고자 하는 열의가 식어간다는 것은 삶이 마무리되고 있다는 안타까운 현상의 발로(發露)이기도 합니다.

임상에서 근무하는 대학 병원 간호사는 대부분 학사 이상의 학력 소지자들입니다. 요즈음에는 3년 과정의 간호전문대학을 나온 사람들도 간호학사편입(RN-BSN; Registered Nurse Bachelor Science of Nursing), 방송통신대학교나 사이버대학 편입을 통해 학사 학위를 마치는 경우가 많습니다. 근무를 하며 석사 공부를 하는 간호사도 많고요. 끊임없이 변화하고 발전하는 간호 현장에서 경력을 끌어올리고 자신을 발전시키고자 한다면 박사학위에도 도전하는 것이 좋습니다. 그와 더불어 다방면에 지식을 쌓는다면 간호 발전에 촉진제 역할을 할 것입니다. 더불어 업무에 대한 자신감이 고취되고, 배운 지식을 곧바로 임상 간호 현장에서 적용할 수도 있습니다. 그리고 병원에서 승진은 물론 보다 다양한 분야에서 일할 기회도 주어질 것입니다.

하지만 이렇게 석사나 박사 공부를 하려고 해마다 각오를 다지더라도, 한해 두해 미루기 쉽습니다. 큰맘 먹고 공부를 시작하더라도 육아 문제, 직장의 과다한 업무, 체력과 기억력의 저하 등으로 한계를 느끼고 다시 차일피일 미루게 되는 것이 현실입니다. 그러나 전문직 간호사로서 임상에서 계속 일하고자 한다면, 공부는 내일로 미루지 말고 차근차근 준비해야 합니다.

날이 새면, 덜 바빠지면, 체력이 좋아지면 등의 이유를 붙여 공부를 미루지 말아야 합니다. 여러 가지 공부할 수 없는 환경을 조성하는 요인을 극복하고 자기 계발에 나서길 권합니다. 그래야 임상에서 경력이 쌓일 때마다 근무하면서 받는 암묵적 압박과 경쟁의 부담에서 자유로워지고, 스스로 경쟁력을 갖출 수 있지 않을까요?

요즈음은 다른 학과 전공보다 상대적으로 취업이 잘되어서 그런지, 신생 간호학과가 증가하고 있습니다. 더불어 간호학과 교수 채용도 늘어나고 있습니다. 임상에서 퇴직하고도 박사학위가 있으면 간호대학교 교수로 어렵지 않게 채용되는 경우가 많습니다.

인간의 한평생이 길다면 길고 짧다면 짧습니다. 사실 우리 인생은 구름이 일듯이 순간적으로 일었다가 사라지는 극히 짧은 찰나에 불과합니다. 저만 해도 신규 간호사로 일을 시작한 게 엊그제 같은데, 금세 정년을 맞게 될 줄 누가 알았겠습니까? 이런저런 이유와 핑계로 근무에 필요한 최소한의 일정만을 소화한 채 자기 계발을 하지 못했다면, 정작 기회가 왔을 때 많은 후회를 할 수도 있습니다.

사건 사고 보고서에 위축되지 마라

병원에서 근무하다 보면 누구나 한두 번쯤 뜻하지 않은 오류로 힘들어한 경험이 있을 것입니다. 투약 사고, 낙상 사고, 분실 사고, 기타 간호 현장의 갖가지 사고들은 아무리 경미한 것이라도 두 번 다시 떠올리기조차 꺼려집니다.

신이 아닌 이상 실수는 하기 마련입니다. 간호사가 간호 업무를 수행할 때도 오류가 일어날 수 있다는 것을 전제하고 상황을 풀어 내야 합니다. 중요한 것은 실수가 바로 사고로 이어지지 않는다는 점입니다. 한 번 실수를 하더라도 이를 대비하는 다른 여러 가지 방어선이 존재하기 때문에 실수에 너무 집착할 필요는 없습니다. 그렇다고 실수를 가볍게 여기라는 말은 아닙니다. 다만 실수에 매여 있지 말고 재발 방지에 최선의 노력을 기울이자는 것입니다.

방어선이 허물어지는 것은 늘 같은 유형의 실수가 반복되지는 않기 때문입니다. 실수는 없다가도 있고, 상황이나 순서가 그때그때 바뀌기도 합니다. 흔히 낙상이나 투약 사고, 분실 사고 등은 여러 종류의 방어선이 동시에 무너져 내릴 때 발생합니다. 임상에서도 미리미리 방어선을 점검하면 사건 사고 발생을 미연에 방지할 수가 있을 것입니다. 보고서를 작성하는 것은 방어선이 동시에 무너져 내려 치명적인 사고가 발생하지 않도록 예방하기 위함입니다. 즉 자료 분석에 필요한 수단으로 사건 사고 보고서를 제출해야 합니다.

사고의 원인은 여러 가지가 있을 수 있습니다. 시스템적인 문제가 있거나, 확인 절차가 한 단계 누락되거나, 누군가 명확하게 시행하지 않아서 부주의하게 진행되었거나 하는 등의 이유가 있을 수 있지요. 여러 가지 방어선이 동시에 무너져 오류가 발생한 것을 특정 간호사의 잘못으로 단정 짓고 비난하지 말아야 합니다.

사건 사고 보고서는 당연히 비밀이 보장되어야 합니다. 이는 사고가 다시 발생하지 않도록 시스템을 보완하고, 원인 규명을 명확히 해서 교육을 하기 위한 것이지, 절대로 개인을 탓하기 위한 것이 아닙니다. 최근 국내 의료기관의 사건 사고 보고서는 미국 국제의료기관평가위원회 인증 평가의 영향을 받아 개인의 잘못에 집중하기보다, 미리 보호막을 세우고 예측해서 한 번 일어난 사건 사고가 다시는 일어나지 않도록 예방하는 데 주력하고 있습니다. 국가적으로는 환자안전법이 있어 환자안전에 대한 사고 보고와 사후 관리를 강화해 나가고 있습니다.

같은 사고나 비슷한 사고가 다시 발생하지 않도록 반드시 시스템적 요인, 인적 요인, 물적 요인 등을 살펴 다각도로 원인을 명확히 규명하되, 개인에게 불이익을 주거나 심각한 책임을 전가하는 일은 지양해야 합니다. 물론 사건 당사자의 마음에 많은 부담이 남는 것은 어쩔 수 없습니다. 다만 환자에게 치명적인 손상이 아니라면, 본인 스스로 자책하는 마음을 접고 업무 수행에 지장이 안 가도록 빨리 회복을 하는 것이 중요합니다.

최근에는 안전사고로 환자가 손상을 입는 적신호 사건(sentinel event), 위해 사건(adverse event), 잠재적으로 위험한 사건 및 환자가 사고를 당할 뻔한 근접 오류(near miss)까지 보고를 합니다. 기타 크고 작은 사건 사고를 모두 적정관리팀에 자발적으로 보고하게 되어 있으며, 사고 예방 효과에 따라 포상을 하기도 합니다.

이렇게 보고된 사건 사고는 검토한 후 근본 원인을 분석하거나, 업무 프로세스 개선 활동(QI; Quality Improvement)을 합니다. 결과적으로 환자안전에 적극적인 방안을 모색하며 재발 방지 및 예방에 최상의 목표를 두고 있습니다.

사고를 쳤다고 해서, 사건 사고 보고서를 작성했다고 해서, 그 상태에서 주저앉아 고민하고 마음 앓이를 해서는 안 됩니다. 고민의 영향이 고스란히 다시 환자에게 전해진다면 참으로 안타까운 일이 아닐까요? 홀홀 털어버리고 환자의 안전과 간호에 집중하는 길이 최선입니다. 사건 사고 보고서는 병원마다 전산 보고, 자필 보고 등 양식과 절차가 다릅니다. 아래의 사건 사고 보고서 작성 요령을 참고하시어, 사건 사고 재발 방지 대안을 제시하는 것도 바람직합니다.

- 사건 보고서 형식에 맞춰서 일시, 장소, 사건 종류, 보고자를 기록한다.
- 내용은 육하원칙에 의해 작성한다.
- 투약제가 있다면 정확한 용량을 기입한다.
- 시간을 정확하게 기입한다.
- 문제점을 요약해서 서술한다.
- 재발생하지 않도록 대안을 제시한다.

병원에서 최고의 가치는 환자의 안전입니다. 일반 회사와 달리 간호 현장의 사고는 환자의 생명과 직결되기 때문에 사소한 실수도 간과하고 지나가는 일이 없이 철저히 관리를 해야 합니다. 작은 사고가 발생할 때 무시하거나 면피하면 결국 큰 사고로 이어지기 때문입니다. 관리자는 간호사의 작은 실수라도 관심을 갖는 것은 물론 해결에 대한 적극적인 의지를 가지고 적극적으로 대처해야 합니다.

때때로 발생한 사고가 해결되기까지 많은 시간이 걸리기 때문에, 당사자로 하여금 정신적·육체적으로 에너지가 많이 소모되지 않도록 해야 합니다. 엊그제 일어난 사고가 해결이 안 된 상태에서 설상가상으로 또 다른 사고가 이어지는 바람에 스트레스와 좌절감으로 간호사가 일을 할 수 없는 상황에까지 이르는 경우도 종종 목격할 수 있습니다. 그러나 날마다 간호를 하려면 맑은 정신으로 집중해야 하는데, 실수 때문에 필요 이상의 에너지를 소비해서는 안 된다는 것을 유념하시기 바랍니다.

힘든 의사 결정은 보고 라인 활용

리더십이란 "어떤 상황에서 목표 달성을 위해 개인이 다른 개인, 집단의 행위에 영향력을 행사하는 과정"이라고 정의할 수 있습니다. 리더십에서도 가장 중요한 것은 '결정'입니다. 어느 조직이든 리더의 역할을 맡았다면 조직을 이끌기 위해 중요한 고비마다 의사 결정을 해야 합니다. 일상적이고 반복적인 업무야 상관없지만, 새롭고 특별한 업무를 맡았을 때는 리더의 의사 결정에 따라 그 업무의 성패가 좌우되기도 합니다.

관리자는 결정의 고비마다 혼자, 때로는 윗사람과 소통한 뒤 소관 업무를 추진합니다. 그 결과 어떤 일은 성과도 좋고 깔끔하게 마무리가 되어 흡족하지만, 어떤 일은 "다시는 이런 결정을 하면 안 되겠구나!" 하는 반성과 후회가 뒤따릅니다. 그러나 한편으론 잘한 것 같기도 하고 다른 한편으론 못한 것 같다는 생각이 들어, 시간이 지날수록 의사 결정의 성패 여부를 판가름하기 어려운 일도 많습니다.

일반 간호사도 간호 업무를 하며 중요한 순간에 의사 결정자(decision maker)로 임무를 수행해야 합니다. 때로는 상황이 나빠 결정하기 곤란할 수도 있습니다. 간호사의 현장 업무는 육체적·정신적으로 정적인 상태에서 이루어지는, 반복적이고 일상적인 일이 아닙니다. 까다로운 환자에게 정신을 뺏기거나 업무가 폭발 직전으로 과도할 때, 이렇게 크고 작은 사건이 이어져 소위 말하는 '멘붕' 상태일 때 사건이 터진다면 신중하게 결정해서 문제를 해결하는 것이 더 어려워집니다.

그러나 한 사람보다 두 사람 이상이 의견을 모아 결정을 내린다면, 결정이 실패로 이어질 확률은 반으로 줄어듭니다. 일단 누군가와 소통하겠다고 마음먹는 것만으로도, 폭발할 것 같은 감정의 게이지는 절반으로 낮아집니다. 그래서 크고 작은 소통이 이성적인 의사 결정에 도움이 됩니다.

함께 일하는 부서의 간호사와 소통한다면 가장 좋겠지만, 고객인 환자와의 문제로 갈등이 야기됐다면 우선 환자의 입장에서 안전하고 올바른 방법을 모색해야 합니다. 발생한 사건에 대한 매뉴얼이 없다면, 매뉴얼을 만들어 비치하고 정착될 때까지 지속적인 교육을 진행해야 합니다.

결정하기 어려운 상황에 직면했을 때, 많은 간호사들은 혼자서 해결하려고 머리를 싸맵니다. 그러나 가장 좋은 방법은 상위 책임자와 상의해서 결정하는 것입니다. 그렇게 하면 비교적 합리적인 해답을 얻을 수 있습니다. 그리고 혼자 의사 결정을 내리는 것이 아니라면, 설령 결정이 잘못됐다 하더라도 책임에서 어느 정도는 자유로워질 수가 있습니다.

난관에 처했을 때 일반 간호사는 책임 간호사와 논의해서 결정하고, 책임 간호사는 파트장과 논의해서 결정하고, 파트장은 팀장과 논의해서 결정하면, 힘들고 어려운 의사 결정의 실마리를 찾을 수 있을 것입니다.

상생의 노사 관계, 간호사 옆에 환자 있다

노동 시장에서 노동력을 제공해 임금을 받는 노동자와 노동력 수요자인 사용자가 형성하는 양자 관계가 노사 관계입니다. 단위 사업장에서 개별 노동자와 사용자가 형성하는 관계를 '개별적 노사 관계'라고 하며, 노동자 집단과 개별 사용자 혹은 노동자 집단과 사용자 집단이 형성하는 관계를 '집단적 노사 관계'라고 합니다.

일반적으로 노사 관계란 노동자와 사용자의 집단적 노사 관계를 의미합니다. 그러나 노동자와 사용자뿐 아니라 정부 역시 노사 관계의 주요한 주체입니다. 왜냐하면 노사 관계는 사업장 내의 관계에서 그치는 것이 아니라 국가와 사회에 미치는 파장이 크기 때문입니다. 그래서 정부는 노사 관계에 대한 규칙의 제정이나 이해관계의 조정, 나아가 노사 관계 행위의 감시 등 필수적 기능을 수행합니다.

우리나라의 근로기준법은 노사 관계의 기본 근간을 다음과 같이 규정하고 있습니다.

제 4 조 (근로조건의 결정) 근로조건은 근로자와 사용자가 동등한 지위에서 자유의사에 따라 결정해야 한다.
제23조 (해고 등의 제한) 사용자는 근로자에게 정당한 이유 없이 해고, 휴직, 정직, 전직, 감봉, 그 밖의 징벌(懲罰)(이하 "부당해고 등"이라 한다)을 하지 못한다.

즉 우리나라의 노동법은 노사가 대등해야 함과 근로자에 대한 사용자의 인사 조치에는 법령에 근거한 정당한 이유가 있어야 할 것을 규정하고 있습니다.

또한 헌법 제33조 제1항은 "근로자는 근로조건의 향상을 위해 자주적인 단결권·단체교섭권 및 단체행동권을 가진다"라고 규정하고 있습니다. 이를 통해 근로자는 근로조건의 향상을 위해 노동3권을 행사할 수 있음을 알 수 있습니다. 아울러 노조법 제2조 제5항은 "노동쟁의라 함은 노동조합과 사용자 또는 사용자 단체 간에 임금·근로시간·복지·해고 기타 대우 등 근로조건의 결정에 관한 주장의 불일치로 인해 발생한 분쟁상태를 말한다"라고 규정하며, 단체 교섭의 대상이 되는 근로조건의 범위를 열거하고 있습니다.

필자 역시 병원에서 30년간 근무하는 동안 심각한 노사 갈등으로 대규모 파업을 두 번이나 겪었습니다. 당시 파업 장소에 있는 직원들과 마음으로 소통하며 "빨리 환자를 위해 업무에 복귀하게 해 달라!" 하고, 파업이 정상 복귀되도록 엎드려 간절히 기도했던 기억이 납니다. 노사분규가 시작되면 노사 양자 간에 감정이 격양됩니다. 그래서 신중하지 못한 언행이나 발언을 하면 파업 중에 상황이 더 꼬이는 양상으로 발전하게 됩니다. 이는 파업을 연장하거나 불난 데 부채질을 하는 결과로 이어질 수 있으니, 노사분규 때는 언행을 신중하고 조심스럽게 해야 합니다.

노사분규는 병원의 경제적 손실, 환자의 치료 지연, 직원 상호 간의 불신 풍조라는 결과로 이어집니다. 이러한 갈등의 후유증을 없애는 데는 파업 후에도 많은 노력과 시간이 필요합니다. 홀홀 털어 버리고 노사가 이해하고 공감하며 제자리로 돌아와 정상적으로 업무에 복귀하려면 어렵고 험난한 길이 펼쳐집니다. 그러나 비 온 뒤에 땅이 굳어진다고 하지요. 이런 어려운 과정을 극복한다면 노사

분규는 노사 간 상생하는 협조 분위기를 조성하고 나아가 병원 발전에 이바지하는 것은 물론, 직원 복지도 향상시키는 긍정적인 역할을 합니다.

그렇다면 간호 현장에서의 불만이나 고충은 어떻게 해결하는 것이 좋을까요? 먼저 우리나라의 '근로자참여 및 협력증진에 관한 법률'을 참고하길 바랍니다. 위의 법 제26~28조에 따르면 근로자가 30명 미만인 사업·사업장을 제외한 모든 사업·사업장에서는 근로자의 고충을 청취하고 이를 처리하기 위해 고충처리위원을 두어야 합니다. 그리고 고충처리위원은 근로자로부터 고충 사항을 청취한 뒤 10일 이내에 조치 사항과 그 밖의 처리 결과를 해당 근로자에게 통보해야 합니다.

그러나 다른 직원으로부터 인격적으로 부당한 대우를 받았거나 처벌 및 직원 복지에 개인적인 불만이 있다면, 노동조합을 방문하기 전에 먼저 담당 직속 부서장에게 면담을 신청해 해결의 실마리를 찾는 것이 현명한 방법이라 생각합니다. 이렇게 면담을 했지만 아무런 조치가 없거나 해결이 안 될 때는 차선책으로 고충처리위원회, 노동조합에 신고하는 것도 대안일 것입니다.

대화하고 소통하면 아무것도 아닌 문제라도, 때로는 작은 불씨가 커지듯 문제가 커져 병원 전체를 뒤흔들기도 합니다. 그렇게 되면 건널 수 없는 강을 건너는 것처럼 심각한 문제로 발전하게 됩니다.

이렇게 문제가 커져 파업으로까지 가는 대규모 집회로 확대되면, 정부가 중재를 나서야 함은 물론이고 이해관계자들이 개입해 사태는 걷잡을 수 없어집니다. 파업 장기화로 환자들의 치료가 제때 이루어지지 않고, 이러한 상황이 매스컴에 보도되면 환자와 시민이 곱지 않은 시선을 보내 병원의 이미지가 타격을 받기도 합니다.

과거의 노사 관계가 단체 교섭만을 고려하는 대립적 노사 관계였다면 요즈음은 협력적 노사 관계의 필요성이 강조되고 있습니다. 병원을 둘러싼 경영 환경이 급격히 변화하면서 대립적 노사 관계로는 병원 경영이 어렵다는 인식이 공유되고 있기 때문이지요. 협력적 노사 관계란 근로자의 삶의 질을 향상시키고 병원의 경쟁력을 향상시키기 위해 노사가 함께 노력하고 타협하며 상생하는 관계를 말합니다. 특히 환자를 간호하는 간호사는 모든 행동의 우선순위가 환자임을 생각하면 올바른 정답을 찾을 수가 있습니다. 병원에는 간호사의 돌봄이 필요한 환자가 있습니다. 그런 병원에서 극단적인 노사 문제가 발생하고 파업으로 이어진다면 누가 이기더라도 그 승리는 상처뿐인 영광이며 상생의 노사 관계에서 더 멀어질 것입니다. 어느 편에 기울기보다 노사가 대등하다는 우리나라의 노동법을 되새기고, 병원에서는 환자를 돌보는 것이 우선임을 되새기는 것이 중요합니다.

노후 생활의 동반자, 연금

직장을 은퇴한 후에도 매월 25일이 되면 월급처럼 정확하게 통장에 입금되는 연금이 있어, 고맙고 감사한 마음으로 하루하루를 보내고 있습니다. 은퇴 후 일하지 않아도 지급되는 연금이야말로 인생 2막 노년에 꼭 필요한 제도임이 분명합니다.

필자의 경우 병원 입사부터 퇴직까지 30년을 재직하는 동안 병원과 개인이 적금처럼 매달 납입한 금액을 사립학교교원연금법에 따라 지급받고 있습니다.

취업을 할 때 막연히 빅5 병원을 좇기보다 연금 혜택을 받을 수 있는 병원인지를 먼저 알아볼 것을 권합니다. 기업 병원과 사학연금이 해당되지 않는 일부 대학 병원과 달리 필자가 근무한 병원은 의료인에게도 사학 연금이 적용되어 은퇴 후 연금 혜택을 받을 수 있습니다. 그러나 연금 혜택의 여부를 확인하는 가장 좋은 방법은 취업하고자 하는 병원에 문의하는 것입니다.

필자의 경우 퇴직을 하려고 마음을 굳힌 계기는 매스컴을 통해 연일 보도되는 연금 개혁에 대한 부담이었습니다. 공무원과 사립학교 교직원의 퇴직자가 증가하는 현실에 동참한 셈입니다. 필자가 퇴직한 해에 전년 대비 병원 직원의 명예퇴직 신청이 급증한 것을 보면, 다른 이유도 있겠지만 연금 삭감에 대한 부담이 원인이 되어 퇴직을 결심한 직원들도 적지 않으리라 봅니다. 긍정적으로 보면 20~30년 이상 장기 근속한 직원들이 대거 퇴직을 했으니, 새로운 신규 직원을 채용하며 병원 분위기도 새롭게 변화했을 것입니다. 그리고 고액 연봉 지급자의 퇴직으로 병원 경영도 도움을 받았을 것입니다. 그러나 연금 삭감에 대한 사회적 이슈가 없었다면 정년

60살까지는 환자를 돌보는 간호의 삶을 이어갔을 것이라는 아쉬움도 있습니다.

연금은 산업 사회에서 구조적인 변화에 대한 정책적 대응으로 등장했습니다. 개인의 연금 계획을 책임지는 것은 국가지만, 실제로는 각 부처 또는 권한을 위임받은 공적 기관에서 관리하고 있습니다. 우리나라에서 정부가 운영하는 공적 연금제도는 일반 국민을 대상으로 하는 국민연금제도와 특수직 종사자를 대상으로 하는 세 가지 연금제도, 즉 군인연금, 공무원연금, 사립학교교원연금이 있습니다.

공무원연금제도는 1960년 시행된 우리나라 최초의 공적 연금제로, 중앙 및 지방의 일반직 공무원, 판검사, 경찰직을 대상으로 하고 있습니다. 군인연금제도는 공무원연금제도에 포함되어 시행되다가 1963년에 별도로 분리되었으며 장기 복무 부사관과 장교를 대상으로 시행되고 있습니다. 사립학교교원연금은 1975년 국·공립학교 교사를 제외한 사립 초·중·고등학교, 전문학교 교사와 교수를 대상으로 시행되었으나 1978년부터 사무직까지로 확대되었습니다. 이로 인해 필자는 은퇴와 더불어 사립학교교원연금 혜택을 받을 수 있었습니다.

필자가 입사할 당시만 해도 노후 연금을 보고 병원을 선택해 취업을 한 것은 아닙니다. 당시에는 노후 경제에 대한 대책도 없었고, 연금을 받는 병원과 못 받는 병원을 고려해서 지원을 하거나 보류하는 일은 없었습니다.

물론 세상에 공짜는 없습니다. 20년 이상 일정 금액을 내야 하고 일정 기간이 지나야 연금 수급이 가능합니다. 연금 혜택이 안 되는 병원이라 하더라도 연금에 불입하는 금액이 월급으로 산정된다거나 다른 복지 제도가 제공될 수 있습니다. 그러니 연금 혜택이 있고 없고는 여러 가지 이유와 더불어 병원마다 차이가 있습니다.

필자로서는 30여 년 전 사립학교교원연금을 수령할 수 있는 병원에 취업이 된 것이 100세를 바라보는 장수 시대에 새삼 행운이라는 생각이 듭니다. 그러나 요즈음같이 연금에 대한 여론몰이가 지나쳐 공직을 떠나는 공무원, 학교를 떠나는 교사, 병원을 떠나는 의료인을 보면 안타까운 마음이 들기도 합니다.

30년간 아픈 환자를 돌보고 열심히 일한 대가인 연금이 질타의 대상이니 말입니다. 고도성장 시대의 주역인 공무원연금, 이 시대의 교육을 이끌어온 교직원연금, 국토방위를 지켜온 군인연금 등이 특혜 시비에 휘말리고 있어, 당사자들로 하여금 많은 부담을 느끼게 하고 있습니다. 진심 어린 대화를 통해서 사회적 합의를 이룩하고 연금 개혁이 성공적으로 이루어지길 바랍니다. 물론 수술 집도의가 아프지 않게 암 덩어리만 도려내는 수술을 하기란 불가능하지요. 마찬가지로 국가적인 이슈가 되고 있는 사안이 진통이 없이 간단히 처리되기는 어려울 거라 예상합니다.

노후를 미리 설계해서 행복한 노년을 준비하는 것도 지혜로운 간호사의 자세입니다. 간호사로 일하며 환자를 돌보고 정신없이 바쁜 일상을 보내다 보면 세월은 유수같이 빠르게 흐르는데, 자칫 "우물

쭈물하다가 내 이렇게 될 줄 알았다!"라는 버나드 쇼의 묘비명처럼 후회할 수도 있으니까요. 지금부터 작은 연금 저축이라도 가입하는 것이 어떨까요?

소명에 충실한 간호사

병원에 발령받고 근무를 시작한다면 병원이 지향하는 소명의 실천에 간호사도 동참해야 합니다. 기업 병원이든 개인 병원이든 모든 병원에는 나름의 미션과 경영 철학이 존재합니다. 간호사는 자신이 근무지로 선택한 병원의 핵심 소명이 무엇인지 성찰하고 동행할 준비를 해야 합니다.

간혹 의지와 상관없이 병원에 근무하게 된 경우도 있을 것입니다. 그러나 삶의 터전이 된 이상 병원이 추구하는 정신에 맞추어 자신도 정진하는 자세가 필요합니다. 신규 간호사 때는 정신없이 보냈다면, 이젠 자신을 돌아보며 병원의 미션을 실천하는 간호사로 한 번쯤 고민하며 나아가야 합니다.

21세기 들어 많은 병원에서 환자의 관리와 질병 치료가 높은 수준을 이룩했습니다. 진료 체계는 눈부신 발전을 거듭했으며, 그 발전의 속도를 측정할 수 없을 정도입니다. 암에 걸리면 죽는다던 과거의 믿음과 달리 암 환자의 생존율도 높아지고 있습니다. 이제 암은 조기에 발견하면 완치가 가능한 경우가 대부분입니다. 이렇듯 병원은 환자의 질병을 치료하기 위해 진료와 교육, 연구에 매진하고 있으며, 질병의 완치율은 눈부실 정도로 높아지고 있습니다.

그런데 질병 치료 시스템의 성장이 속도를 내는 만큼, 간호사는 병원의 소명을 고심하고 실천에 옮겨야 합니다. 필자의 경우 국내 최초의 서양 의학의 발상지인 병원에서 간호사로 일하며 그에 대한 자부심과 긍지를 느낄 수 있었습니다. 간호사로 근무하는 동안 하나님의 사랑을 실천하는 그리스도의 소명을 잊지 않기 위해 노력하기도 했습니다.

과거 양화진외국인선교사묘원을 방문한 적이 있습니다. 그곳에서 한국을 사랑하고 한국의 영혼을 구원하기 위해 힘쓰다 생을 마감한 외국인 선교사들을 떠올렸습니다. 그들이 위대한 선택을 할 수 있었던 것은 명예나 권력을 위한 것이 아니고 오직 그리스도의 복음을 실천하기 위한 것이었습니다. 그리스도의 복음이 바탕이 됐기 때문에 선교사들은 죽을 때까지 조선 땅을 사랑하고 은혜를 베풀며 간호에 전념할 수 있었던 것입니다.

웹스터 간호 선교사는 "하나님께서 원하신다면 저는 언제나 죽을 준비가 되어 있습니다. 그러나 좀 더 살아서 한국을 위해서 일하고 싶습니다"라고 말했습니다. 한국을 사랑했던 서양 간호사는 자신의 소원을 이루지 못한 채 눈을 감았습니다. 이러한 은혜를 어찌 보답해야 할까요? 생각할수록 필자의 마음 한편에는 언제나 빚이 남아 있는 것 같습니다.

필자는 우리나라 간호와 의료 성장에 밑거름이 되어 준 외국인

선교사들에게 빚을 진 사람입니다. 그래서 "하나님의 사랑으로 인류를 질병으로부터 자유롭게 한다"라는 병원의 미션에 동참하며, 환자의 영성(spirituality)까지 돌보는 간호사로서 하나님의 사랑을 실천하는 데 충실하고자 했습니다. 그렇게 노력을 했지만 늘 부족함을 느꼈습니다.

병원 업무로 인정을 받고 세속적인 성공을 거두었더라도 그것만으로는 충분하지 못합니다. 소명 의식에 충실하지 못한 간호사였다면 어딘가 한쪽이 공허할 수밖에 없을 것입니다. 그러나 나이팅게일 정신까지 운위(云爲)하지 않더라도 나름대로 소명 의식에 충실한 간호사로서 직장 생활을 이어간다면 더 바랄 것이 없을 것입니다.

떠난 남자 간호사

우리나라 제1호 남자 간호사는 1962년 서울위생간호학교(현재 삼육보건대)를 졸업하고 면허증을 받았습니다. 이런 오랜 역사에 비하면 임상에서 남자 간호사가 성공적으로 근무하는 여건은 그리 쉽게 조성되지는 않았습니다. 사람들의 왜곡된 인식 때문입니다.

20여 년 전 필자가 수술실 간호사로 근무할 당시, 두 명의 남자 간호사가 입사해서 함께 근무를 했습니다. 그때는 남자 간호사 채용이 획기적인 일이었는데, 안타깝게도 두 간호사 모두 1년도 못 채우고 임상을 떠났습니다. 20년 전에는 남자 간호사에 대한 시선이 그리 곱지 않았기 때문입니다. 남자 간호사를 긍정적으로 바라보기보다 "오죽 할 게 없으면 남자가 간호사를 하지?" 하는 부정적인 면이 강했습니다. "어느 대학 간호학과에는 남학생이 다니고 있다"라는 것이 뉴스가 되기도 했고, 사회면의 가십거리가 되어 필자의 병원에까지 이야기가 전해지곤 했습니다. "간호 현장에서 어떻게 남자가 간호를 한단 말이야?" 하고 의심에 찬 눈초리로 회의적인 시각을 보내는 사람들도 적지 않았습니다.

당시 수술실에 발령받은 남자 간호사 중 한 명은 수술 기구가 무거운 정형외과와 신경외과에 배치되었고 다른 한 명은 비뇨기과 수술팀에 소독 간호사로 배치되었습니다. 이미 20년 전 이런 발상의 전환을 통한 선각자적인 생각과 실천에 앞장섰던 만큼, 필자가 근무했던 병원에는 지금도 많은 남자 간호사들이 환자 곁을 지키고 있습니다.

필자와 함께 근무했던 남자 간호사는 "앞으로는 분명히 남자 간호사가 많이 배출될 것이며, 훌륭한 직업으로 정착할 것입니다"라고 당당하게 미래를 예견했습니다. 하지만 필자로서는 주위의 곱지 않은 시선과 편견을 이기며 근무하는 남자 간호사를 지켜보며 안타까운 마음이 들었습니다. 힘들어하는 그들의 하소연을 들어 주는 것밖에는 할 수 있는 것이 없었습니다.

계속 근무하기를 원했던 그 간호사는 사람들의 편견과 따가운 시선 때문에 결국 간호사의 길을 포기했습니다. 대신 "외국 유학을 갔다 와서 후배를 가르치는 교수라도 되겠다"라고 뜻을 밝혔습니다.

힘든 여건에서도 간호에 대한 열정만은 굽히지 않았던 대단한 동료였습니다. 대학 선배인 간호사와 결혼을 한 그는 간호에 대한 열정과 사랑으로 뭉친 행복한 가정의 가장이었습니다.

유능하고 책임감이 강했던 그 남자 간호사는 미국 유학 준비를 이유로 1년이 채 되기 전 짧은 근무를 접고 아쉽게 병원을 떠났습니다. 이어 다른 남자 간호사도 함께 병원을 떠났습니다.

간혹 수술팀에 남자 간호사가 소독 간호사로 배치되면 수술을 집도하는 교수(staff)는 노골적으로 "남자 간호사가 싫으니 여자 간호사로 바꿔 달라"고 불만을 말하기도 했습니다. 이런 상황을 빗대어 "남자와 여자는 성질이 자석과 같아서 극이 같으면 밀고 극이 다르면 당긴다"라고 말하기도 했지만, 여담으로 넘기기에는 안타까운 시대적 편견이 담겨 있습니다.

편협된 사고방식이지만 당시에는 나긋나긋하고 부드러우며 섬세한 여자 간호사와 수술을 해야 한다고 생각했습니다. 여자가 눈치도 빠르고 공감 능력도 뛰어나기 때문에 수술실의 살벌한 분위기를 얼음장 녹이듯 녹일 수 있다고 말이지요. 이렇게 수술을 집도하는 교수들마저 남자 간호사와 함께 일하는 것을 달가워하지 않으니, 어쩔 수 없이 남자 간호사는 병원을 떠나야 했습니다. 그 뒤 강산이 변할 만큼 세월이 흐르는 동안에도 남자 간호사는 쉽게 수술실에 배치되지 않았습니다.

여성만 모인 근무 집단에 성이 다른 남성이 직무를 공유하며 상호 협력하는 것은, 여러 장애 요인이 많았던 만큼 각별한 각오를 해야 합니다. 더구나 사회 인식이 많이 낙후되어 있던 20여 년 전, 남자 간호사로 일한다는 것은 사회적 편견을 깨는 전쟁터의 투사 정신이 필요했습니다. 어렵고 험난했던 시절에 선각자적인 역할을 기꺼이 수행하며 함께 근무했던 그 남자 간호사의 안부가 그립습니다.

남자 간호사가 증가한다

직업의 패러다임이 변화하고 있습니다. 남녀 간 성별 차이에 따른 차별의 벽이 무너져, '유니섹스'라는 말이 실감이 나는 시대에 살고 있습니다. 금기시되었던 직업에서 오히려 이성(異性)이 두각을 나타내는 직종도 많아지고 있습니다.

이제는 간호사가 여자만의 고유 영역이라는 편견을 허물고 남자들이 간호의 영역에 많이 진출하고 있습니다. 대한간호협회 통계에 따르면 남자 간호사 수는 2001년만 해도 46명에 불과했지만 2014년도에는 7,443명으로 급증했습니다.

필자가 근무했던 병원에도 최근 5~6년 사이 남자 간호사가 근무하는 비율이 급증했습니다. 이들은 모두 책임 있는 역할을 맡아 전문 간호사의 소임을 성실하게 수행하고 있으며, 남자 간호사들끼리 네트워킹도 잘되어 있습니다.

한동안 수술실, 마취과, 중환자실, 응급실, 비뇨기과, 정신과 병동 등 남자가 근무할 수 있는 부서가 구분되기도 했지만, 최근 들어서는 일반 병동에서도 남자 간호사가 간호 업무를 수행하고 있습니다.

아직 환자들에게는 일반 병동에서 남자 간호사가 간호 업무를 한다는 것이 보편화되어 있지 않습니다. 그래서 간호사를 "의사 선생님" 하고 부르는 경우도 가끔 있습니다. 이 또한 시간이 지나면 자연스럽게 간호사로 호칭이 바뀔 것입니다. 간혹 남자 간호사에게 치료를 받는 환자들이 신체 일부를 보이는 것에 거부감을 느끼기도 합니다. 하지만 이 역시 과도기적인 현상입니다. 남자 간호사는 설명도 잘하고 친절해 대부분의 환자들에게 큰 호응을 얻고 있습니다.

20여 년 전 남자 간호사가 사회적인 편견을 이기지 못하고 수술실을 떠난 것과 달리 시대가 바뀐 요즈음은 수술실에서도 잘 적응을 합니다. 수술 시 소독 간호사 역할도 깔끔하게 잘하고, 전반적으로 남자 간호사에 대한 평가도 우호적으로 바뀌었습니다.

하지만 아직도 남자 간호사는 소수에 머물고 있습니다. 그래서 여자 간호사가 많은 환경에서 업무 처리에 관련된 의견을 내보이거나 적극적으로 의사 표현을 하기엔 다소 어려움이 있습니다. 성별이 같은 간호사와 함께 일할 때도 그 생각을 알 수가 없는데, 성별이 다른 간호사와 일하려면 성별의 차이를 먼저 극복해야 하니 어려움이 적지 않습니다. 남자 간호사로서도 여자 동료가 훨씬 많고 상사 또한 여자인 직장에 적응하기가 쉽지 않을 것입니다. 남자 간호사는 뒷말 한번 제대로 못 하고, 속 시원하게 화풀이도 못 하는 경우가 많습니다.

초창기 남자 간호사가 근무했던 시대보다 근무하는 환경은 좋아졌고 인식도 제고됐지만, 여전히 남자 간호사에게는 남모를 고충이 남아 있습니다. 그러나 중요한 것은 환자가 바라는 것이 성별에 따라 간호에 차이를 두는 것이 아니라는 점입니다. 환자는 진정성 있는 간호를 받길 원하며, 완성도 높은 간호가 제공된다면 간호사의 성별은 아무런 문제가 되지 않습니다.

남자 간호사의 증가에는 임상에서의 안정적인 인력 확보는 물론 양질의 간호 제공이라는 긍정적인 기능이 있습니다. 우리나라에서는 '육아는 전적으로 여자의 몫'이라는 전통적인 인식이 아직도 팽배합니다. 그래서 여전히 육아는 여자의 책임으로 분류가 되며, 여자 간호사들의 육아 휴직도 늘어나고 있습니다. 일반 기업과 마찬가지로 병원에서도 급격히 증가하는 육아 휴직 및 생리 휴가의 수요는 적지 않은 부담으로 작용합니다. 여자 간호사의 휴가로 생긴 인력 공백은 환자 간호에 영향을 미치니까요. 반면 남자 간호사는 여자 간호사보다 개인적으로 사용하는 휴가 일수가 적습니다. 그래서 휴가로 인한 인력 보충의 문제가 다소 해소될 수 있는 긍정적인 측면이 있기도 합니다. 물론 시대가 바뀌면 남자 간호사도 육아 휴직을 내며 공동으로 육아를 책임지고, 남자 간호사의 아내는 직장에 나가게 될 것입니다. 이렇게 점차 육아가 부모의 공동 책임으로 받아들여지는 인식이 자리 잡겠지요.

필자는 두 아들을 두었지만, 만약 아들들이 간호사를 한다면 간호사라는 직업을 큰 긍지로 알고 감사한 마음을 간직하겠습니다. 왜냐하면 취업 활동이 전쟁과 다름없는 요즈음 세태에 비추어 봐도 간호사의 취업은 보장되어 있고, 병원의 복지 제도도 잘되어 있으며, 무엇보다 간호사는 사람들을 돕는 훌륭한 직업이기 때문입니다.

묵묵히 간호 업무를 수행하는 남자 간호사를 보면 나도 모르게 부러운 마음이 들고, 멋져 보이기도 합니다. 그래서 이따금 어깨를 두드려 주며 남자 간호사를 격려하고 환대한 기억도 있습니다. 꼼꼼하게, 때로는 세심하고 깔끔하게 업무 처리를 하는 것을 보면서 "딱 체질이 간호사"라고 감탄한 일도 여러 번 있습니다.

대부분 병원에서 남자 간호사를 채용할 때는 군대를 갔다 온 군필자를 채용합니다. 이들은 다른 전공을 공부했지만 간호대학에 다시 입학해 병원에 입사한 경우도 있고, 간호사를 소명으로 알고 처음부터 간호대학을 선택한 경우도 있습니다. 배경이 어찌 됐든 남자 간호사들은 병원에서 전문직 간호사로 일하며 환자 간호에 보람을 찾고 인정을 받고 있습니다.

은퇴 전 필자가 근무했던 병원을 생각하면 다른 병원에 비해 남자 간호사가 많아서 적응하기도 훨씬 수월하고, 남자 간호사끼리 의사소통과 친목도 활발한 편이었습니다. 그러다 보니 간호사 커플도 많이 생겨나고, 병원 내 결혼도 많이 이루어졌습니다. 결혼 후에는 서로 근무 번(duty)을 맞춰서 육아를 담당하기도 했습니다.

그러나 남자 간호사가 속해 있는 부서에서는 오해를 받지 않도록 언행을 서로 조심하며 각별한 주의를 기울여야 합니다. 사소한 행위라도 다수의 여자 간호사 속에서 소수자로 근무하는 남자 간호사에게는 성차별로 비칠 수 있습니다. 날로 증가하는 남자 간호사를 칭찬해 주고 격려해 주면, 전심으로 충성하며 고도로 능력을 발휘하는 훌륭한 간호사가 될 것입니다.

동료 간호사와 절친하면 롱런한다

간호사로 직장 생활을 오래 하길 원한다면 물론 성실해야 합니다. 그리고 '죽어도 함께 죽고 살아도 함께 사는' 끈끈한 동지애로 뭉친 친구가 있어야 합니다. 물론 죽는 것은 병원을 사직하는 것이요, 사는 것은 병원을 함께 다니는 것입니다. 그만큼 병원에서는 격려하고 위로하며 마음을 나누는 친구가 꼭 필요합니다.

필자가 병원 근무를 처음 시작한 30여 년 전에는 지금보다 직장의 시설과 근무 환경이 낙후되어 있었습니다. 필자를 비롯한 다섯 명의 동료 간호사들은 어려운 육아 문제와 열악한 환경을 딛고 꿋꿋하게 근무하며 5인방 간호사로 불렸습니다. 그러다 보니 어느덧 대학 병원에서 평균 근속 연수가 30년 가까이 되는 입지전적인 인물들이 되었습니다.

5인방 간호사는 똘똘 뭉쳐 초창기 수술실 근무에 적응하는 데 서로에게 큰 힘이 되었습니다. 당시에는 살아남아야겠다는 절박한 심정으로 하루하루를 극복해 가는 힘겨운 날의 연속이었습니다. 병원은 원래가 상하 위계질서가 엄격한 곳이지만, 수술실은 특히 선후배 간의 위계질서가 분명했습니다. 학교 공부보다 어려운 새내기 간호사의 사회생활이 수술실에서 시작된 것입니다.

수술 중 기구를 떨어뜨리는 실수를 하거나, 수술 준비를 할 때 낱개 기구를 빠뜨리거나, 수술하는 집도의 교수와 손발이 안 맞아서 집도의가 소리를 지르거나 하는 날은 쥐구멍에라도 숨고 싶은 날입니다. 사소한 실수라도 있으면 수간호사에게 낱낱이 상황이 보고되고, 곧바로 질책이 이어집니다. 그런 날은 새내기 간호사가 힘겨운 하루를 보내게 됩니다. 수간호사의 불호령에 얼굴을 들지 못할 정도로 창피하고 자존심이 상합니다. 당장 병원을 그만두고 싶은 마음이 든 것도 한두 번이 아니었습니다. 코가 쭉 빠지고 기가 죽어 힘이 들어도, 연장 근무는 피할 수가 없는 시절이기도 했지요. 퇴근도 못 하고 해가 넘어가 깜깜할 때까지 근무하는 것도 힘겨운데, 이렇게 수술 중에 실수까지 하면 희망도 용기도 잃어버리고 맙니다.

낮 근무 시간에 힘든 일을 겪으면 동료들은 어떻게 알았는지 퇴근 후 병원 근처의 찻집에 모여 기다려 주었습니다. 그러나 휴대전화가 없을 때라 따로 연락을 할 수도 없었고, 근무하는 사람에게 전화하는 것도 선배 눈치가 보입니다. 그래서 뒷말이 나오지 않을 간호사를 통해서 "지금 병원 앞 찻집에 동료들이 기다리고 있으니 빨리 그리로 오라"라는 기쁜 연락을 받을 때면 축 처진 몸이 생기를 얻곤 했습니다.

찻집에서 모인 5인방 간호사는 배가 고픈 줄도 모르고 수다 삼매경에 빠졌습니다. 필자를 위로한다고 모인 동료들은 그날 의사와 수간호사, 간호사 몇 명을 들었다 놨다 하면서, 뒷이야기로 화풀이를 했습니다. 다들 그날 수술을 하면서 필자를 태운 집도의를 흉보고, 필자를 두둔하며 공감을 표시해 주었습니다.

동료들은 "나도 그랬어!"라는 격려와 공감의 말로 위로를 해 주었고, 맛난 음식을 사 주며 허기진 배까지 채워 주었습니다. 친구들의 따뜻한 환대와 수다로 부글부글 끓어 올랐던 마음은 어느새 진정이 됩니다. 그리고 수술 중 잃어버린 자존심도 회복되어 다음 날 다시 용기를 내어 소독 간호사로 설 수가 있었습니다. 이렇게 마음과 귀를 열고 진심으로 경청해 주는 동료들과 속 깊은 얘기까지 다 털어놓다 보면, 병원 근무에도 자신감이 생겼습니다. 필자를 포함한 5인방 간호사는 힘든 와중에 따뜻한 우정을 다지며 아울러 동지애를 확인할 수 있었습니다.

수술실에 같이 입사했던 5인방 간호사는 그 후 세월이 지나며 하나씩 둘씩 흩어졌습니다. 서로 다른 부서에서 성실하게 일하긴 했지만, 직장에서 외롭고 어려울 때마다 따뜻한 위로와 격려를 아끼지 않았습니다. 30년 병원 생활의 버팀목이 되었다고 할까요? 5인방 간호사는 살아도 함께 살고 직장 생활도 영원히 함께할 것처럼 진한 의리를 다져 왔습니다. 분당에 사는 한 명이 사직을 하려고 하자, 다른 동료들이 총출동해서 늦은 밤까지 사직을 말렸던 적도 있었습니다.

하나둘 병원을 퇴직한 지금도 5인방 간호사는 가끔 만나 여행도 하고, 간호사 생활의 아기자기한 추억도 나누며 돈독한 관계를 유지하고 있습니다. 이제는 아름다운 노후를 보내는 것이 모두의 공통된 관심사입니다.

경력의 쏠림은 간호가 고단하다

　병원에 근무하다 보면 신규 간호사가 많아서 사고가 터질까 봐 조바심 나는 병동이 있는가 하면, 경력자가 많아서 손발이 잘 맞는 병동도 있습니다. 신규 간호사와 함께 데이(day) 근무를 한 간호사들은 "살얼음 위를 걸으면서 하루를 보냈더니 하루가 일 년 같다"라며 힘들었던 속내를 털어놓기도 합니다. 신규 간호사는 신규 간호사 나름대로, 정신없이 뛰어다녔는데 정시 퇴근은 엄두도 못 내고 실수를 한 것이 미안해 고개를 들 수가 없습니다. 그렇다고 신규 간호사가 현장을 떠나면 남은 간호사들에게 과중한 업무가 이어져 이 또한 문제입니다.

　신규 간호사의 사직이 증가하면 병원에서는 결원을 채우기 위해 다시 신규 간호사를 채용해야 합니다. 간호사 본인도 경력이 단절되어 고통을 받지만, 병원에서도 안정적으로 인력을 확보하기가 어려워 간호 업무의 경쟁력이 떨어집니다. 이럴 때 병원에서는 인사이동을 통해 신규 간호사가 많은 병동에 경력이 높은 간호사를 배치합니다. 그렇게 함으로써 경력의 쏠림에서 오는 업무의 편중 현상을 인위적으로 조정하려는 것인데, 근본적인 대책으로는 여전히 한계가 있습니다.

간호사가 액티브하게 일하며 베테랑으로 불리려면 임상 경험과 전문 지식을 갖추고 10년 이상의 경력을 쌓아야 합니다. 물론 이에 대한 생각은 간호사마다 다를 수가 있습니다. "아냐! 경력이 5년 정도만 되어도 일반 간호사로 액티브하게 일할 수 있지!"라든가 "그래도 간호사 경력 10년은 되어야 안정적으로 일하지!" 하고 말입니다. 부서의 업무 특성과 근무 현장의 간호사 수에 따라 간호사의 경력 기준은 다를 수 있습니다. 다만 임상에서 근무를 하면서 "우리 부서는 신규 간호사가 많아서 간호 업무가 힘들다"라고 생각이 된다면, 그것이 바로 경력의 쏠림 현상일 것입니다.

필자가 생각하는 이상적인 근무자의 비율은 부서나 병동에 경력이 많은 간호사가 25퍼센트, 중간 경력 간호사가 50퍼센트, 신규 간호사가 25퍼센트로 유지되는 것입니다. 이렇게 구성함으로써 부서의 업무 효율을 높일 수 있다고 생각합니다.

경력이 많은 책임 간호사는 간호 실무를 하면서 간호 관리를 겸하기도 합니다. 신규 간호사는 아직 독자적으로 간호를 시행할 수 없습니다. 경력이 많거나 적은 간호사가 과도하게 많으면 팀워크가 매끄럽게 유지되지 못해 질 높은 간호를 제공하기 힘들어질 수 있습니다. 반면 한참 능동적으로 일할 수 있는 중간 경력의 간호사 그룹은 50퍼센트 정도로 비중이 높아야 합니다.

최근에는 근무 여건의 향상과 더불어 맞벌이 부부도 증가했고, 여성의 사회 참여 확대 및 국민의 건강 증진 등이 배경이 되어 정년까지 일할 수 있는 사회 여건이 조성되었습니다. 이에 따라 경력이 많은 간호사의 수도 늘어나고 있습니다. 결과적으로 간호의 질을 높일 수 있는 긍정적인 측면으로 작용하고 있습니다.

그런데도 경력의 쏠림 현상이 사라지지 않는 것은, 경력이 1~2년도 안 되는 신규 간호사들의 사직에서 그 원인을 찾아볼 수 있습니다. 신규 간호사의 사직에 대한 적극적인 방안을 찾아서 병원을 떠나는 일이 없도록 관심을 기울여야 할 때입니다. 많은 병원에서 신규 간호사가 근무한 지 1년이 되는 시점에 첫돌잔치를 하고 축하를 해 주는 등 노력을 기울이기도 합니다. 그러나 신규 간호사의 이직률을 줄이는 데는 역부족인 실정으로, 좀 더 적극적인 대안이 없나 고민해야 합니다.

간호사가 커리어를 이어가지 못하는 또 다른 원인으로 육아 휴직이 있습니다. 결혼 후 아이를 낳고 2~3년 쉬다 보면 업무 감각이 떨어지기 쉬우니까요. 그래서 업무에 적응이 어려워 사직하는 경우도 있습니다.

혹독하고 고된 훈련과 교육을 거쳐 사회에 첫발을 내딛는 신규 간호사들, 이들이 병원에 적응하지 못하고 조기에 사직하는 것은 국가적·사회적으로는 인력의 손실이며 임상 현장에서는 인력 구조의 불균형을 초래해 업무 효율을 떨어뜨리는 요인이 됩니다. 결과적으로 현장의 간호 업무가 고단해지고, 이를 못 이긴 신규 간호사가 병원을 그만두는 악순환으로 이어집니다.

2015년 봄, 한국 사회는 메르스(MERS) 사태로 혼란에 빠졌습니다. 일부 로봇 전문가들은 전염병 확산에 대비하기 위해 병원 내 신체적

지원, 낙상 및 욕창 방지, 건강 정보 처리에 로봇을 사용할 것을 제안하기도 했습니다. 정부 또한 열악한 근무 환경을 견디지 못하고 떠난 17만 명의 유휴 간호사들의 교육과 재취업을 지원하고, 야간전담 간호사제를 도입하여 간호사의 근무 환경 개선에 힘쓰고 있습니다. 그리고 노령 인구의 증가 및 의료 복지 수요 확대에 대비하는 포괄 간호서비스가 속도를 내면서 진행되고 있습니다.

그러나 우리나라에서 활동하는 간호사 수는 2012년 기준 인구 1만 명당 47명입니다. 이는 경제협력개발기구(OECD) 가입국 평균 (91명)의 절반 수준입니다(한국보건사회연구원 보고서). 이러한 간호 인력 부족 문제에 대한 다각적인 검토가 선행되어야 합니다. 그래야 열악한 병원 근무 환경이 개선되고 신규 간호사들이 임상을 떠나는 경력 단절의 문제가 해소됨은 물론, 간호 환경이 개선되는 견인차의 역할을 하게 될 것입니다.

직무 분석 논문을 쓰다

필자가 근무했던 병원에서는 간호사가 부서나 병동 별로 격년에 1편 정도 논문을 써야 했습니다. 임상에서 근무하는 간호사로서는 적지 않은 부담이었지만, 그래서인지 논문을 쓰면서 생긴 에피소드도 잊히지 않고 기억에 오래 남아 있습니다. 바쁜 일과 속에 시간을 내서 팀원들과 만나고 결론을 도출하는 힘든 과정을 극복했기 때문일 것입니다. 논문을 작성하는 과정에서 주제 선정 등으로 의견 대립이나 격론이 벌어지기도 하고, 때로는 논문을 완성하지 못하고 도중에 포기하는 경우도 있었습니다.

논문을 쓰고자 한다면 가장 먼저 염두에 두어야 할 것은 논리적이고 일관적이며 독창성, 보편성, 실용성을 갖추는 것입니다. 그리고 부서에서 실천 가능한 것이나 적용 가능한 것을 주제로 선정해야 합니다. 이를 기반으로 업그레이드된 간호를 수행하고 업무의 발전을 도모할 수 있는 방향으로 나아간다면 바람직하다 볼 수 있습니다.

이제 와 생각해 보니 좋은 논문을 쓰려면 사소한 의견 대립은 있을 수도 있는 일입니다. 그러나 당시에는 기간 내에 마무리해야 한다는 시간적 제약에 치이고, 다른 사람들과 날 선 공방을 주고받는 동안 심신이 피곤해집니다. 그래서 환자를 돌보고 간호 업무를 하기에도 바쁜데 논문을 완성해야 하는 간호사로서는 심리적 압박을 받아 속이 타들어 가는 경험을 하게 됩니다.

지금도 기억에 남는 논문이 있습니다. 특수 부서의 간호 파트는 업무가 논문으로 잘 정리되어 있고, 수술실 간호사도 이미 직무 분석 업무가 나와 있었습니다. 그러나 중앙공급실은 간호사 직무 분석이 되어 있지 않았기 때문에 이를 논문 주제로 선정했습니다. '중앙공급실 간호사 직무 분석'을 통해 간호사의 실무 임무를 명확하게 하는 것이 목적이었습니다.

이렇게 하나의 논문을 작성하기 위해 각 병원의 간호사들이 한자리에 모였습니다. 업무 외에 시간을 쪼개서 기일 내에 마무리해야 하는 부담이 있기 때문에 모두가 스트레스를 받는 상황이었지요. 그러나 논문 진행 과정에서 발생한 불협화음은 팀원 간 소통의 중요성을 다시 확인하는 잊지 못할 경험이 되었습니다.

논문을 쓰기 위해 워크숍 모임이 열린 것은 무더운 여름이었습니다. 아침 8시까지 서울성모병원에 모이기로 약속했기 때문에 서둘러 자동차로 출발을 했습니다. 때마침 장대 같은 소낙비로 도로에는 물이 흘러넘치고, 세차게 후려치는 비와 천둥·번개가 무서워서 운전하는 것이 겁이 났습니다. 이른 시간인데도 주변은 온통 밤처럼 깜깜했고, 앞이 보이지 않아 도로의 차들은 일제히 비상등을 키고 운전을 했습니다. 워크숍 참석을 포기해야 하는 것은 아닌지, 못 가겠다고 연락을 해야 하는 것은 아닌지 고민도 됐지만, 위험을 무릅쓰고 빗속을 달리다 보니 어느덧 강남고속버스터미널 근처에 도착했습니다. 곳곳에 물이 넘친 도로와 천둥소리에 놀란 마음을 다스리며 워크숍 장소에 서둘러 들어갔습니다.

역시 간호사들의 책임감은 알아 줘야 했습니다. 폭우도 아랑곳하지 않고 세차게 내리는 빗속을 뚫고 도착한 간호사들이 이미 간호사 직무 분석을 진지하게 논의하고 있었던 것을 보면 말입니다. 각 병원의 간호사와 임원을 중심으로 데이콤 기법 활용에 대한 정리를 본격적으로 시작했습니다. 그러나 중앙공급실 특성상 병원의 임무가 다르기 때문에, 쉽게 진행이 안 되고 의견이 꼬이기 시작했습니다. 정리하려고 할수록 점점 의견이 벌어지면서 난감한 상황이 이어졌습니다.

결국 늦은 저녁까지 논의가 계속되었습니다. 진도는 나가야 하는데 시간은 촉박하고, 가뜩이나 진행이 잘 안되는데 설상가상으로 팀 리더까지 논문 작성을 포기하고 워크숍 장소를 떠나 버렸습니다. 그러니 다들 갈팡질팡할 수밖에요. 더 이상의 진행은 어렵겠다는 판단을 내려야 했습니다. 우리는 대화를 하고 워크숍 과정에서의 문제를 분석했습니다. 시간이 없다고 리더에게 진행을 맡긴 것이 오히려 오해를 불러일으킨 것이 아닌가 하는 반성을 하게 됐지요. 결국 팀워크를 재정비하고 다시 내용 정리에 박차를 가했습니다.

좋은 논문을 쓰려면 참고 자료가 많아야 합니다. 그러나 팀원들과의 활발한 의사소통 및 역할 분담이야말로 좋은 논문을 완성하는 데 꼭 필요한 요소입니다. 쓰던 논문을 중단해야 하는 것은 아닌가 안타깝고 고민되는 순간이 있었지만, 서로가 한 걸음씩 다가서는 노력이 가장 중요하다는 것을 깨달았습니다. 그래서 활발한 의사소통으로 팀원 간의 우의를 다지고, 우여곡절 끝에 결론까지 마무리할 수가 있었습니다.

논문을 작성하기란 쉽지 않습니다. 논문이 완성된 후에는 크고 작은 에피소드도 빛이 되지만, 논문을 도중에 포기한다면 어려웠던 모든 과정이 잊혀 버리고 맙니다. 팀원들 간의 불협화음을 이겨내고 병원간호사회 논문 발표 때 우리가 완성한 논문을 소개할 수 있었던 것은, 팀워크의 중요성을 일깨워 준 소중한 경험이었습니다.

JCI와 의료기관 인증 평가는?

군대를 갔다 온 남자는 군대 시절의 무용담을 잊지 못하고, 출산한 여자는 분만의 고통을 잊지 못합니다. 두 경우 모두 힘들고 어려운 과정을 통과했다는 공통분모가 있습니다. 필자가 간호사로 일하는 동안 병원이 국제의료기관평가위원회(JCI; Joint Commission International)와 의료기관의 인증 평가를 우수하게 통과한 것은 필자에게 군대나 출산 못지않게 자랑스러운 기억입니다.

국제의료기관평가위원회, 즉 JCI는 1994년 미국의 병원을 중심으로 시작되었습니다. 인증에 앞서 먼저 기본적인 준비 과정을 점검하고, JCI 전문 감독자로부터 상담을 받습니다. 그리고 병원은 여러 차례 자체 모의 평가를 한 후, 본 평가와 유사한 모의 조사(mock survey) 평가를 시행합니다. 이렇게 수도 없이 자체 평가를 반복하지만, 가장 어렵고 긴장되는 것은 역시 인증 획득의 여부를 결정하는 본 평가입니다. 인증을 획득하는 과정은 어렵고 험난하지만 이러한 노력은 결과적으로 환자의 안전과 병원 전체의 의료 질 향상으로 이어집니다.

본 평가에서는 환자가 병원에 들어서는 순간부터 퇴원까지 치료의 전 과정이 JCI의 전문 평가단, 의사, 간호사, 행정가로 이루어진 팀에 의해 평가받습니다. 이때 병원 현장 조사, 서류 점검, 경영자와 직원 및 환자 인터뷰, 환자 추적 활동이 증거 기반(evidence based)이 됩니다. 평가받는 병원의 다빈도 질환을 중심으로 추적 조사법(tracer methodology)이 행해지는데, 병동에서 평가가 이루어지다가도 갑자기 예정되지 않는 곳으로 평가자가 발길을 돌리는 경우가 있어 매 순간 긴장을 놓을 수 없습니다. 매년 평가 항목은 늘어나고 까다로워지는 데다 평가자의 요구도 높아지고 있습니다. 병원의 안전 및 관련 설비, 서비스, 약물과 감염 관리, 임상 연구, 교육, 리더십, 인사 평가, 의료 전반에 관한 실태 등이 평가의 대상이 됩니다. 평가 항목은 1,200여 개지만 평가 시점에 따라 달라지기도 합니다. 엄격한 규정에 의해 감점이 되기도 하지만, 평가 항목에 따라 우수한 점수로 인증을 받는 병원도 있습니다.

JCI 인증 평가 경험은 필자의 간호사 근무 시절의 잊지 못할 기억입니다. 심혈을 기울여 준비하고 노력한 끝에 좋은 평가를 받고, 평가 후 기쁨을 느꼈던 것은 실로 감동의 순간이었다고 거듭 말하고 싶습니다. 평가 준비에 따른 부담이 하루 이틀에 끝나는 것도 아니고, 평가가 끝날 때까지 오랜 시간 준비하면서 긴장 속에 근무를 해야 합니다. 병원 JCI 테스크포스팀(TFT)과 간호팀의 지시에 대응해, 모든 준비 과정이 완벽하도록 혼연일체가 되어 준비해야 합니다.

가장 긴장된 시기는 5일에서 7일 남짓 평가를 받는 기간입니다. 병원의 모든 부분을 낱낱이 평가하기 때문에 스트레스가 절정에 이릅니다. 간호 기록이나 정책 표준 지침이 잘못되었거나, 평가자의 질문에 오답을 말하면 인증이 실패할 수 있습니다. 그래서 평가를 받는 5~7일 내내 평가에 대비해야 합니다. 물론 긴장의 끈을 놓아서는 안 되지요. 평가자는 수술실에서 평가를 하다가도 불시에 환자가 입원해 있는 해당 병동으로 추적 조사를 위해 들이닥칩니다. 반대로 병동에서 평가를 하다 갑자기 수술실로 방문하는 경우도 있으니, 긴장감이 이루 말할 수가 없습니다. 이때 병원의 의료진들은 수시로 연락을 하며 평가자의 동선을 알리기 위해 일사불란하게 움직입니다.

JCI 인증을 준비하고 평가받는 동안 병동에서는 재난 훈련, 직원들의 화재 훈련, 감염 관리 훈련 등을 수없이 시뮬레이션합니다. 이렇게 지속적으로 실전에 대비하는 훈련을 하고, 매뉴얼을 만들고, 원칙을 고수하며 근무하도록 교육도 받습니다. 현장에서는 모든 것이 철저하게 감시·관리되도록 엄격한 기준이 적용됩니다.

미심쩍은 곳이 있으면 평가자는 하루에 3번이든 4번이든 같은 병동과 부서를 오갑니다. 회진을 오려던 의사가 부담스러운 평가자를 피해 다른 부서로 회진을 가는 경우도 있습니다. 병동의 기능원도 약국으로 약을 수령하러 가면 평가자를 피할 수 있습니다. 그러나 환자 옆에서 간호하는 간호사는 환자를 두고 자리를 피한다는 것은 상상조차도 할 수 없으니, 언제 올지 모르는 평가자를 초조한 심정으로 맞이할 준비를 해야 합니다.

모든 직원은 질문 공세에 대비해 가상 인터뷰를 반복해 연습하고, 평가자가 요구하는 정답을 준비하며, 예상 질문에도 완벽하게 대비해야 합니다. 평가자가 병동이나 특수 부서에 오면 파트장은 질문에 대답하고 브리핑도 준비합니다. 어떨 때는 평가자가 한 번에 두세 명씩 오기 때문에 책임 간호사도 똑같이 긴장하고 준비해야 합니다. 평가자에게 1:1로 응대를 해야 하기 때문입니다.

평가가 시작되면 부서마다 잘 훈련된 정예 멤버를 평가자 앞에 전진 배치하고, 질문에 약한 신규 간호사는 병실 쪽 후방에 배치해서 평가자의 질문을 대비합니다. 그러나 간혹 신규 간호사를 불러 달라고 난감한 요청을 하는 경우도 있으니, 실제로는 직원 모두가 힘을 합쳐 오랜 시간 필요한 규정을 외우고 평가를 준비해야 합니다.

학생들이 시험을 싫어하는 것처럼 평가받기를 좋아하는 사람은 아무도 없을 것입니다. 간혹 휴직한 간호사의 복직 시기가 의료기관 인증 평가 또는 JCI 인증 평가와 겹치기도 하는데, 이럴 때 평가에 대한 부담 때문에 복직을 뒤로 미루고 휴직을 연장하는 경우도 있습니다.

평가를 앞두고 외부 병원의 간호사를 만나면 모임의 화두는 병원마다 다른 '평가 준비'입니다. 서로 평가에 관한 질문을 하고, 평가 때 경험한 잊지 못할 에피소드와 정보를 나누면서 이야기를 주고받습니다. 최근에는 간호사들이 "인증 기간에 평가받지 않고 지나간 병동은 신이 도운 병동, 한 번에 평가가 끝난 병동은 신이 긍휼을 베푼 병동"이라고 농담으로 말하기도 합니다. 우스갯소리긴 하지만 인증 평가가 얼마나 힘들고 어려운지를 단적으로 보여주는 사례겠지요. 그럼 평가자가 여러 차례 방문하고 질문 세례를 한 병동은 어떨까요? "신의 노하심을 받았기 때문에 당분간 알아서 선행을 실천해야 하는 병동"이라고 합니다.

2007년 5월, 세브란스병원이 국내 최초로 국제의료기관평가위원회 인증을 획득한 이래 최근에는 많은 병원에서 인증 평가를 준

JCI 인증 기념 사진

비하고 있습니다. 많은 평가 항목을 통과해 좋은 점수로 인증을 획득하면 병원은 일순간에 축제의 공간이 됩니다. 그때까지 힘들었던 평가 준비의 기억은 사라지고, 모두가 하나 되어 해냈다는 기쁨을 만끽하는 소중한 경험을 합니다.

국내 의료기관 인증은 과거 의료기관 평가제를 개선해 2010년부터 보건복지부가 시행하는 제도입니다. 병원급 이상 의료기관이 자율적으로 신청해 일정 수준을 통과하면 4년간 유효한 의료기관 인증 마크가 부여됩니다.

의료기관 인증 평가는 의료의 질 향상을 위한 병원의 개선 활동, 의료 서비스의 제공 및 성과의 적절성, 병원 내 조직 인력 관리와 운영 등을 조사합니다. 이때 정확한 평가를 위해 의료진과 간호사, 환자 인터뷰, 의무 기록 검토, 추적 조사를 실시합니다. 2014년 3월까지 500개 기관이 의료기관 인증을 획득했고, 2015년 1월 790여 기관이 인증을 획득했습니다.

간혹 의료기관 인증 평가가 JCI와 유사한 평가라고 생각하는 간호사도 있습니다. 하지만 JCI 인증은 평가자가 외국인이기 때문에 전문 통역가가 필요한 반면, 국내 의료기관 인증 평가는 통역이 필요 없는 만큼 더 정확한 답변이 요구됩니다.

JCI 인증을 획득했다고 기뻐한 것이 얼마 되지 않은 것 같은데, 분주히 병원 생활을 하다 보면 재평가 시기는 어쩜 그렇게 빨리 다가오는지 모르겠습니다. JCI 인증 평가는 3년마다, 의료기관 인증 평가는 4년마다 재인증을 준비해야 합니다. 간호 업무는 평가와 연결되어 있다 보니 하루하루가 평가의 연장선이고 항상 평가받는 자세로 근무를 하는 것이 부담이 되기도 합니다.

그러나 병원이 비용을 감수하면서까지 JCI 인증 평가를 받는 것은 외국인 환자를 유치하는 데 필요한 경쟁력을 확보하기 위한 것만은 아닙니다. 여행을 할 때도 아는 만큼 보이는 것처럼, 평가를 준비하는 동안 쌓은 지식으로 의료의 질 향상, 나아가 최고의 목표인 '환자의 안전'을 기대할 수 있기 때문입니다.

JCI와 의료기관 인증 획득은 병원의 기쁨입니다. 또한 모든 직원이 노력한 보람의 결실이며, 모두가 하나가 되는 축제이기도 합니다. 인증 평가 획득은 일 회로 끝나는 것이 아닙니다. 의료 질 향상과 환자안전을 위한 노력을 멈추지 않고 지속적으로 할 때 병원의 발전과 국민 건강 증진의 디딤돌이 될 것입니다.

JCI와 의료기관 인증 평가를 부담스럽거나 두렵게 생각할 필요는 없습니다. 병원에서 이루어지는 간호 업무의 원칙과 전문 지식을 가장 잘 알고 있는 사람은 평가자가 아니라 임상을 지키는 간호사들이기 때문입니다.

메르스, 최전선에 간호사가 있었다

이 책의 원고를 탈고할 즈음, 대한민국은 메르스, 즉 중동호흡기증후군의 공포와 불안으로 온통 들끓고 있습니다. 메르스는 호흡기 감염으로, 감염된 지 2~14일 이내 증상이 발생하며 주된 증상으로는 발열, 기침, 호흡곤란이 있습니다. 그 외에도 두통, 오한, 인후통, 콧물, 근육통뿐 아니라 식욕부진, 오심, 구토, 복통, 설사 등의 증상이 있습니다. 명확한 감염 경로는 밝혀지지 않았으나, 사우디아라비아 낙타 접촉에 의해 최초로 감염·전파된 것으로 보고되었고, 사우디아라비아에서는 치사율이 40퍼센트가 넘은 것으로 알려졌습니다. 그런데도 아직 치료 약과 예방 백신이 없어 전 세계가 두려워하는 바이러스이기도 합니다.

카타르를 거쳐 인천공항을 통해 귀국한 68세의 남성 환자(1호)가 2015년 5월 20일 국내 최초의 감염 환자로 확진 판정을 받았습니다. 이 환자로부터 시작된 감염은 급격한 속도로 전국에 퍼져 나갔습니다. 이어 확진 환자와 격리 환자가 증가했고, 병원 내 감염의 최대 진원지가 된 초대형 병원이 부분 폐쇄를 하기도 했습니다. 메르스 양성 환자가 경유한 병원의 응급실마저 줄줄이 폐쇄를 결정하는 바람에, 환자들은 진료받을 곳을 찾아 헤매기도 하고, 심지어 양성 환자가 발생한 병원에서 온 환자를 병원에서 진료 거부하는 사태까지 발생했습니다.

학교에서는 의료인 자녀들이 차별 대우를 받는데, 정작 양성 환자와 접촉한 격리 대상자는 대중교통을 이용하는 등 거리를 활보하기도 했습니다. 여기저기서 초기 대응이 잘못되었다고 질타하기도 하고, 선제 대응이 불안을 초래하였다고 목소리를 높이기도 하며 메르스보다 무서운 반목과 갈등이 번져 나가고 있습니다. 이 와중에 최전방의 의료진들은 밀려드는 메르스 환자와 힘겨운 전쟁을 치르고 있으며, 부족한 의료 인력으로 격무에 시달리고 있습니다. 아울러 의료인 감염도 늘어나기 시작했습니다.

2015년 6월 16일 자 조선일보 1면에 보도된 기사를 요약해 보면, 그 내용은 다음과 같습니다.

의료진 감염이 메르스와의 싸움에 큰 변수로 등장했다. 현재 150명의 메르스 확진자 중 의사·간호사를 포함한 병원 의료진 확진자는 13명이다. 의료진은 메르스 환자를 치료하는 최전선에서 싸우고 있지만, 그 과정에서 의료진이 감염 위험에 노출되고 있다. 건양대병원에서 우려했던 일이 벌어졌다. 메르스 환자 응급 상황을 알리는 코드블루(심폐소생술을 해야 할 환자가 발생했다는 병원 내 알람)가 뜨자, 내과계 중환자실의 신수연 수간호사(39)는 음압격리병실로 달려갔다. 20여 분간 심폐소생술을 하면 환자의 상태가 잠시 좋아지고, 그러다 나빠지면 다시 20여 분간 심폐소생술을 하는 상황이 한 시간 넘게 반복됐다. 모두가 방호복을 입은 채 심폐소생술을 하느라 땀에 흠뻑 젖었다. 의료진은 "방독면을 쓰고 우의를 입고 100미터 달리기를 하는 것과 유사했다"라고 상황을 전했다. 당시 음압격리병실에는 의사 3명과 간호사 3명이 있었다. 의료진의 사투에도 환자는 죽음을 맞았다. 탈진 상태에서 신씨가 무의식적으로 땀을 닦다 환자의 체액이 몸에 닿은 것으로 추정된다. 이후 발열 등 증상을 보인 신 간호사는 메르스 확진 판정을 받았다.

이처럼 전파력과 치사율이 높은 메르스는 의료인에게도 공포의 바이러스가 되었습니다. 메르스 슈퍼 전파자 옆 침상의 환자를 치료하다가 메르스 양성 판정을 받아 죽음과 사투를 벌이는 의사도 있습니다. 이렇게 점점 늘어나는 메르스 환자를 지키기 위해 최전선에서 싸우는 의료인의 체력은 고갈되고, 의료인의 가족이란 이유로 학교와 유치원에서 따돌림을 당하는 자녀의 고통까지 더해져 무거운 어깨의 짐이 되고 있습니다. 힘을 모아 질병과 싸워 나가야 할 때 몇몇 병원을 비난하거나 의료인을 질책하는 것은 모두의 마음에 또 다른 상처가 되었습니다.

필자가 근무했던 병원의 경우, 감염 환자가 발생하면 감염관리실 간호사는 환자가 제대로 관리되고 있는지 추적 관찰 및 직접 감시 활동을 벌입니다. 그리고 감염 환자 가이드라인을 안내하고 철저한 관리에 들어갑니다. 사실상 모든 간호사가 감염 차단을 위해 최전 방에서 싸우고 있다고 보아도 좋습니다. 국제의료기관평가위원회 인증을 준비하는 동안 재난 훈련, 화재 훈련 외에도 감염 관리 시뮬레이션을 수없이 반복한 결과입니다. 지속적으로 실전에 대비하는 훈련을 받고 원칙을 고수하며 근무하도록 교육도 받습니다.

필자도 병원에 근무하면서 에이즈(AIDS) 환자 수술에 참여한 경험이 있습니다. 혈액을 통해 감염되는 무서운 병이긴 했지만, 메르스처럼 호흡기 감염이 아니기 때문에 "방호복으로 무장하고 감염 원칙을 숙지하면 된다"라는 생각으로 불안과 두려움을 극복했던 기억이 있습니다. 한편으론 간호사란 이름이 불러일으키는 소명 의식 때문에 가능했던 일이기도 합니다.

방호복은 입을 때는 물론 벗을 때도 원칙이 있습니다. 이를 따라 시행해야 전파의 여지를 차단할 수 있습니다. 광우병 의심 환자나 광우병 환자가 병동에 입원하면 기구나 물품은 일회용을 사용해야 하며, 사용 후에는 소각하는 것이 원칙입니다. 소각이 불가능한 기구는 파트장에게 직접 연락을 합니다. 그러면 방호복을 착용한 파트장이 가압 멸균기(autoclave sterilizer)를 이용하여 일반 멸균을 할 때보다 온도를 높이고 시간을 늘려 기구의 균을 완전히 사멸시킵니다.

이처럼 감염 차단 관리를 철저히 해야 하는 업무는 파트장이 직접 맡거나 경력이 많은 간호사가 맡습니다. 감염 환자 관리 방법을 모르는 신규 간호사가 감염의 매개체가 되거나 위험한 상황이 발생하지 않도록 교육하고 관리하는 일도 중요합니다.

지금도 잊지 못할 감동의 드라마가 있습니다. 2009년, 신종플루가 유행하고 사망자가 계속 늘어나는 위험한 상황이었습니다. 선별격리진료실에서 환자를 진료할 간호사를 모집했는데, 간호사 모두가 신종플루와 싸우겠다고 적극적으로 동참 의사를 밝혔습니다. 그중에는 유치원에 다니는 어린 자녀를 둔 간호사도 있었습니다. 주변에서는 그 간호사를 제외하기 위해 극구 말렸지만, 정작 그 간호사는 "치료받기 위해서 병원을 찾아온 환자의 간호를 포기할 수 없다"라며 주변의 만류를 뿌리쳤습니다. 그때의 일은 지금도 필자의 마음속에 아름다운 기억으로 남아 있습니다.

메르스의 위협이 거세질수록 의료인의 감염 또한 늘어나고 있습니다. 대한민국을 공포와 불안에 떨게 하는 메르스와 최전선에서 싸우고 있는 전국의 의료인이여! 힘내십시오. 그리고 메르스 환자를 간호하다 감염이 되어 질병과 싸우고 있는 백의 천사여! 빠른 회복을 기원합니다.

환자는 무엇을 원하는가?

처음 병원을 방문한 환자의 진료 경험에 따라 그 병원의 인상이 좌우됩니다. 첫 진료에서 좋은 인상을 받은 환자는 평생 고객이 되지만, 그렇지 않고 불쾌한 경험을 했다면 다시는 그 병원을 찾지 않게 됩니다. 심할 때는 주위 사람에게도 해당 병원에 가는 것을 극구 말리고, 다른 병원에 가도록 조언하기도 합니다. 이렇게 환자의 병원 첫 방문은 환자 뇌리에 깊이 남는 경험이며, 병원의 경쟁력을 좌우하는 큰 변수가 됩니다. 그래서 처음 방문한 환자를 어떻게 맞느냐에 따라 해당 병원의 경쟁력이 극대화될 수도 있고 약화될 수도 있습니다.

잭 캔필드의 《마음을 열어주는 101가지 이야기》에는 누구나 고개를 끄덕일 만한 이야기가 한 토막 실려 있습니다. 주인공은 암에 걸린 아버지를 모시고 병원에 갔습니다. 병원에서 주인공의 아버지는 직원들의 불친절한 대우를 받으며 인간으로서의 위엄과 자존심을 박탈당한 채 다섯 시간을 이리저리 끌려다녀야 했습니다. 의사의 빠르고 웅얼거리는 말을 알아듣지 못한 아버지가 되묻기라도 하면 의사들의 표정은 대번에 일그러졌습니다. 그 모습을 줄곧 지켜본 주인공은 이렇게 말합니다.

"당신들이 그렇게 취급한 나의 아버지는 온갖 어려움 속에서 나를 키워 주셨고 내가 슬픔에 잠겼을 때 위안이 된 분입니다."

유감스럽게도 우리나라의 병원 풍경도 이와 크게 다르지 않습니다. 이렇게 병원에서 불쾌한 대우를 받은 경우, 환자는 발길을 돌려 다른 병원에서 치료받기를 원하겠지요. 병원에서 환자와 보호자는 최고로 존중받아야 합니다. 환자를 관리할 때는 혁신적인 태도로

환자들을 대상으로 상담 봉사를 하는 필자

환자들의 요구를 이해하고 다각도에서 최선을 다해야 합니다.

요즈음에는 국내 많은 병원에서 고객 관리에 힘쓰고 있습니다. 병원 간의 경쟁도 치열해져서 환자에게 친절한 응대하기, 대기 시간 줄이기, 문자메시지 보내기, 이메일로 예약 시간을 알려 주기 등 다양한 방법으로 이용 고객의 불편을 줄이기 위해 노력합니다. 발레파킹을 해 주거나 병원의 특수성을 살려 고객을 관리하는 등, 기발한 아이디어로 고객 관리의 노하우를 개발하는 병원도 있습니다.

하지만 가장 중요한 것은 "환자가 가장 간절히 원하는 것이 무엇인가?"라고 질문을 던지고, 이에 대한 환자의 대답을 경청하는 것입니다. 모든 환자의 공통된 바람은 아마도 '건강에 대한 희망'이 아닐까요? 병원을 찾는 환자들은 생(生)과 사(死)의 갈림길에서 두려움과 공포에 압도된 경우가 많습니다. 사소한 검진이나 진찰을 받는 환자라도 "죽을 수도 있지 아닐까?" "혹시 암이라도 걸린 게 아닐까?" 하면서 진료실의 의사와 간호사의 표정을 초조하게 살핍니다. 두려움과 공포감에 휩싸인 채 떨리는 마음으로 진찰실로 들어서는 환자일수록 "치료될 수 있어요", "괜찮아요"라는 말을 듣고자 기대합니다.

대부분의 경우, 환자들은 내시경 검사 결과를 보러 갈 때도 "혹시 나쁜 병에 걸린 건 아닐까?" 하는 두려움 때문에 크게 겁을 먹습니다. 모든 사람이 병원 문턱에 가면 두렵고 떨리는 기분이 드는데, 병원은 이러한 심정을 이해하고 환자의 심리 상태에 공감하는 데 초점을 맞춰야 합니다.

설령 몇 개월 내에 죽을 병이 걸렸더라도 '의료진이 어떻게 말하느냐'에 따라 환자에게 희망을 줄 수도, 절망을 줄 수도 있습니다. 그래서 환자의 생명이 연장되는 경우도 있지만, 환자가 심한 충격을 받은 나머지 까맣게 타들어 가는 마음으로 하루하루 지내다 사망에 이르는 경우도 있습니다.

어떤 환자는 위암 4기라는 사실을 병원 측으로부터 통보받았을 때, 담당 교수가 따뜻하고 믿음직스럽게 "치료될 수 있습니다. 걱정하지 마십시오"라고 말한 것이 큰 위안이 되었다고 합니다. 이런 정성이 담긴 말 덕분에 환자는 5년여간 완치에 대한 희망의 끈을 놓지 않을 수 있었고, 건강하게 암을 극복할 수 있었다고 합니다. 절망의 끝에서 희망의 말을 들은 환자는 오히려 위암 발생 전보다 체중도

4kg이 늘 정도로 건강해졌다고 합니다. 물론 여러 가지 약물과 치료제의 효과일 수도 있겠지요. 하지만 그때 의사에게 들은 희망의 말이 환자에게는 암을 이길 수 있는 항암제 주사처럼 강력한 효과가 있었던 것이 분명합니다.

이처럼 의사나 간호사의 긍정적인 따뜻한 말 한마디가 환자에게는 엄청난 영향을 미친다는 것을 알 수 있습니다. 환자의 사소한 불편이나 요구에도 귀 기울이고, 환자가 필요로 하는 것을 발견할 수 있어야 하며, 머리카락 한 올이 닿는 것도 느낄 수 있을 만큼 세밀한 관심이 있어야 합니다.

또한 역지사지(易地思之)로 환자의 입장에서 바라볼 줄 알아야 합니다. 환자가 병원에 왔을 때, 환자의 마음을 움직이는 것은 거창한 것이 아닙니다. 환자의 고객 경험(patient experience)에 관심을 갖고 이해하는 것, 환자의 입장에서 생각하고 적극적으로 도움을 주는 것이 간호사에게는 필요합니다. 환자는 자신의 경험을 이해하고, 경청하고, 적극적으로 수용하며 신속하게 관리하는 병원에서 치료받기를 희망하기 때문입니다.

키워드로 말하는 부서별 간호 업무

수술실 간호사, 무균 원칙을 지켜라

필자는 수술실에서 간호사로서 첫발을 내디뎠습니다. 그리고 "간호사 하면 누가 뭐래도 수술실 간호사가 최고지"라는 긍지로 20여 년을 일했습니다. 하지만 따지고 보면 간호 현장에서 최고가 아닌 부서가 어디 있겠습니까? 모두가 최고고, 다 같이 중요한 일터입니다. 그래도 필자로서는 병원의 첫 근무지로 수술실을 지원한 것이 잘한 결정이었다고 생각됩니다. 왜냐하면 사교적이지 못하고 무뚝뚝한 성격 탓에 환자를 상냥하고 부드럽게 응대하거나, 항상 표정을 밝게 할 자신이 없었기 때문입니다. 병동이나 외래에서 환자를 응대하는 환자 접점 부서에 근무했으면 아마 일찍 퇴직했을지도 모릅니다. 그래서 근무 시간 내내 모자와 마스크를 쓴 채 눈만 내놓고 근무하는 것이 차라리 마음에 들었고 적성에 맞았던 것 같습니다.

수술실 간호사는 교육 기간도 길고, 환자 보호자나 병원 직원과 자주 만나는 병동과는 달리 수술실의 선배 간호사와 주로 지냅니다. 이렇게 병동과는 분류된 폐쇄 부서지만 외과의와의 친밀한 유대 관계 및 수술팀과의 팀워크에는 특별히 신경을 써야 합니다. 특히 순환 간호사(circulating nurse)와 소독 간호사(scrub nurse)는 팀워크가 중요하기 때문에, 손발이 척척 맞는 환상의 조합을 이룬 상태에서 수술에 필요한 업무를 수행해야 합니다. 병원마다 각기 역할이 조금씩 다르기는 하지만, 순환 간호사는 수술에 필요한 모든 물품을 무균 상태로 전달하는 역할을 합니다. 그래서 수술이 진행되는 동안 기구, 인력, 물품을 제대로 공급하고 최적의 수술이 되도록 돕는 것이 순환 간호사의 역할입니다.

소독 간호사는 실제로 멸균된 가운을 입고 멸균된 업무 공간에서 수술 집도의, 전공의와 팀을 이루어 수술에 직접 참여합니다. 이때 집도의에게 필요한 수술 기구나 수술에 필요한 기타 물품을 전달해 주는 업무를 수행합니다. 소독 간호사는 수술에서 눈을 떼지 않고 수술 진행의 흐름을 놓치지 말아야 합니다. 타이밍이 1초라도 늦거나 빠르면 수술팀의 박자가 어긋나고 수술실 분위기가 살벌하게 변할 수 있습니다. 그러니 수술 집도의와 소독 간호사가 호흡이 온전히 맞아야 완벽한 수술을 기대할 수가 있습니다.

수술 시작 후에 필요한 기구가 있을 때에는 환자의 수술 부위를 방포(drape)로 덮고 수술방을 떠난 순환 간호사를 소독 간호사가 호출하기도 합니다. 이때 발판으로 콜벨(call bell)을 누르면 여러 개의 수술실 중 호출한 방에는 빨간 불이 켜지고 벨 소리가 크게 울리며 간호사가 달려옵니다. 예전에는 호출 시설이 없어 수술실 간호사가 큰 소리로 방 번호를 외치기도 했습니다. 어느 날은 간호사가 큰 소리로 "8번" 하고 부르니까 부분 마취로 수술을 받던 환자가 난데없이 "네" 하고 대답해서 살벌한 분위기가 웃음바다가 된 적도 있습니다.

필자가 처음 병원에 입사했을 때는 수술복과 수술용 방포에 멸균한 리넨(linen)이 사용되었습니다. 요즈음은 일회용 제품을 사용하고 있어 인력 대비 비용이 절감되는 편리함이 있습니다. 예전에는 수술실에서 쓰는 모자도 헝겊으로 된 천을 이용하거나 정형외과 사지 방포 때 사용하는 스타킹을 잘라 모자로 만들었는데, 요즈음은 일회용 모자를 한 번 착용한 후 버립니다. 가볍고 편리할 뿐 아니라 착용감도 좋고, 위생적으로도 개선되어 다행한 일입니다.

이런저런 변화가 있지만, 예전부터 사용하고 있는 녹색 계통의 수술복만큼은 바뀌지 않고 있습니다. 많은 병원에서 녹색 수술복을 입는 데는 과학적인 근거가 있습니다. 사람의 망막에는 색을 구분하는 세 가지 원추세포가 있다고 합니다. 인간의 눈이 감지할 수 있는 빛을 가시광선이라 하는데, 원추세포가 감지할 수 있는 최대 범위가 곧 가시광선의 범위가 됩니다. 세 가지의 원추세포 중 두 종류의 원추세포가 가장 민감하게 반응하는 구간이 녹색과 인접해 있기 때문에, 인간은 녹색을 가장 멀리서도 식별할 수 있습니다. 수술을 하면 환자의 출혈 때문에 집중적으로 적색에 노출됩니다. 그러면 적색 중추세포가 피로를 느끼는 반면 상대적으로 녹색이나 청색의

변화한 스크럽 싱크대와 일회용 수술복(좌측은 1980년, 우측은 2010년)

중추는 생생하기 때문에, 수술 중 시선을 돌리면 빨간색의 보색인 녹색이 잔상으로 남게 됩니다. 마치 형광등 불빛을 보다가 다른 곳을 보면 잔상이 남는 것처럼 보색 잔상이 생기는 것처럼요. 만약 흰색의 수술복을 입고 수술을 한다면 눈의 피로는 엄청나겠지요. 녹색은 눈의 피로를 막고 무영등에서 나오는 빛의 반사가 낮습니다. 그래서 수술실에서는 지금도 녹색 계통의 수술복과 녹색 타월이 많이 사용됩니다.

수술실 간호사로 근무하면서 필자가 가장 중요하게 생각하는 것이 있습니다.

첫째, 무균(aseptic) 개념입니다. 군인에게 중요한 것이 총이라면,

수술실 간호사는 무균 개념이 철저해야 합니다. 철저하게 무균 상태를 지키는 것이 간호사에게 가장 중요한 규범입니다. 예컨대 박테리아나 감염을 일으키는 세균은 우리 눈에 보이지 않습니다. 비록 눈으로 식별할 수는 없지만, 멸균 후 오염된 손이나 수술 기구 등이 닿았다면 그 기구는 오염된 것으로 간주하고 절대 사용하면 안 됩니다. 당장 수술에 필요한 긴박한 기구라면 차라리 수술을 뒤로 연기하는 것이 좋습니다. 모든 기구는 철저히 멸균해서 수술에 사용하는 것이 중요합니다.

둘째, 계수(count)에 정확해야 합니다. 가끔 매스컴을 통해서 수술 후 복강 내 수술용 거즈가 그대로 남아 있는 사례를 접할 수 있습니다. 환자는 감염으로 위험에 처하고, 의료 소송과 사회적 이슈로 이어져 심각하게 보도되는 경우입니다. 이러한 사고를 방지하려면 수술에 사용한 모든 기구와 모든 소모품류, 수술 중 사용한 수액, 모든 물품 일체를 수술 전과 후에 철저히 카운트해야 합니다. 그래야 수술 후에 이물질로 환자에게 위험을 끼치는 일이 없어집니다.

셋째, 장비에 대한 안전 지식을 숙지해야 합니다. 수술실에서 사용하는 장비와 기구 중에는 작동법이 복잡한 것들이 많습니다. 간호사는 모든 장비와 기구의 사용법을 정확히 알아야 합니다. 예를 들어 지혈용 장비인 전기소작기의 사용법을 모른다면 부주의로 화상을 입을 수 있습니다. 혹은 수술 침대 작동이 미숙하거나 환자 관리가 소홀하면 환자의 낙상으로 이어지기 때문에, 모든 안전에 대비해야 합니다.

넷째, 수술 방법(procedure)과 해부(anatomy)를 알아야 합니다. 집도의와 함께 수술에 들어간 이상 수술 방법을 알고 인체의 해부를 알아야 수술이 다음 단계로 진행될 때 미리 수술 기구를 준비하고 전달할 수 있습니다. 수술 전에 수술 기구 작동법이나 수술에 사용할 기구를 미리 알아야 하는 것은 말할 것도 없겠지요.

그리고 같은 수술도 집도의마다 수술 방법에 차이가 있습니다. 집도의 특성에 맞게 수술 준비를 하는 것은 완벽한 수술을 돕는 길이기도 합니다. 어떤 집도의는 수술 장갑을 두 겹 끼고 수술을 하고, 어떤 집도의는 수술 중 잔잔하게 음악을 틀어 놓습니다. 키가 작아서 발판 위에 올라가 수술을 하는 의사도 있습니다. 일반적인 수술 방법 외에 수술 집도의의 특징을 기억하는 것도 수술 준비에 있어 매우 중요합니다.

다섯째, 수술팀과 팀워크를 이뤄야 합니다. 환자가 응급수술을 받거나 수술 중 갑작스러운 출혈 등으로 상태가 급격히 나빠지는 위급한 상황에서는 관리자의 지시에 따라 함께 움직여야 합니다. 그리고 응급 상황일수록 필요한 기구 및 인력 공급에 적극적으로 대처해야 합니다. 예를 들면 점심도 못 먹었는데 오후 1시에 이완 출혈(atonic bleeding)로 산부인과 수술이 잡혔다면, 수술실에 들어가는 소독 간호사는 적어도 수술이 종료되는 오후 4시가 넘어야 점심을 먹을 수 있습니다. 생명을 좌우하는 응급 환자를 수술하는 동안 간호사를 교체하고 바꾸는 일은 수술에 지장을 주기 때문입니다. 그러니 배가 고픈 것 정도는 참아야 합니다.

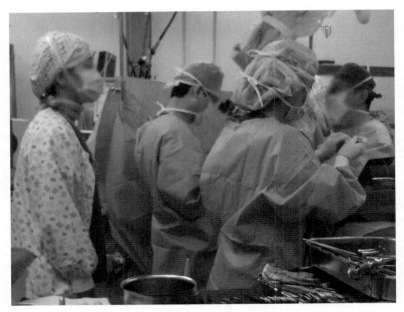

수술을 지원하는 순환 간호사와 소독 간호사

또한 간호사는 응급 상황 중 수술을 집도하는 주치의를 돕는 일을 소홀히 해서는 안 됩니다. 예컨대 혈관을 잡는 다양한 기구 중 샤프한(sharp) 기구를 좋아하는 집도의가 있고, 무딘(blunt) 기구를 좋아하는 집도의가 있습니다. 주치의에 따라 선호하는 기구를 준비해야지, 그렇지 않으면 자칫 잘못된 대처로 이어져 응급수술에 차질이 생깁니다.

필자가 교육을 받던 신규 간호사 시절을 생각하면, 점심은 거의 못 먹은 것으로 기억됩니다. 수술실에서 꾸중을 들은 것도 여러 차례입니다. 지금 생각하면 쓸쓸하지만 그런 고된 일과 살벌한 분위기를 극복하고 근무를 계속할 수 있었던 것은 한 생명을 살리기 위해 숭고한 소명 의식을 감내하고, 아울러 긍지와 자부심을 갖고 근무한 결과라 생각합니다. 또 몸담고 있는 부서가 최고의 수술팀으로 성장하도록 최선의 노력을 기울여 함께 달려왔기 때문이 아닐까 합니다.

회복실 간호사, 잠자는 환자를 깨워라

회복실에서 근무했던 경험을 생각하면 지금도 가슴이 따뜻해져 옵니다. 당시에는 팀원들이 업무에 대한 열정으로 서로 똘똘 뭉쳤고, 굳건한 팀워크를 유지했습니다. 서로 격려하고 지지하며 단합된 힘을 과시할 수 있었습니다. 부서원들이 혼연일체가 되어 수술환자 회복을 위해 업무에 매진했던 일들은 지금 생각해도 흐뭇하기만 합니다.

필자가 일했던 병원에서는 수술 전의 환자 처치를 병동에서 하지 않고, 수술 당일 수술전처치실에서 시행했습니다. 그러면 회복실 간호사들이 환자에게 정맥주사를 놓거나 항생제 처치 등을 합니다. 결과적으로 환자는 입원 당일의 불편을 최소화할 수 있고, 미리 정맥주사로 링거를 투여하지 않기 때문에 수술 전까지 편안한 숙면과 안정을 취할 수 있습니다. 회복실은 이렇게 차별화된 시스템을 구축해 환자 위주의 간호를 시행하는 부서였습니다. 당시에도 자부심을 느끼며 일했고, 지금 생각해도 마음이 뿌듯합니다.

무엇보다 회복실에서 간호사가 중점을 둘 것은, 수술 직후에는 환자의 생리 상태가 매우 불안정하므로 집중적인 관리를 해야 한다는 것입니다. 수술 후 회복실로 입실한 모든 환자는 수술 및 마취에 의한 생리 장애에서 충분히 회복되지 못한 상태입니다. 그러므로 병실로 옮겨갈 때까지 중추신경계, 심혈관계, 호흡계의 기능이 유지되도록 환자를 각성시키고 감시해야 합니다. 간혹 기능장애가 발생할 시에는 즉시 치료를 돕고 회복하도록 간호를 시행해야 합니다.

필자의 근무 경험상 회복실 간호사에게 중요하다고 생각하는 것이 있습니다.

첫째, 수술을 받은 환자가 마취 상태에서 의식이 회복되도록 돕습니다. 환자가 회복실에 입실하면, 먼저 산소를 공급하면서 환자의 의식 수준을 파악해야 합니다. 만약 무의식 상태면 목을 신전시키고 얼굴은 옆으로 돌려 기도를 유지해 줍니다. 그리고 지속적으로 환자 이름을 불러서 환자가 수술 후에 회복실에 있다는 것을 인식시켜 줍니다. 활력 징후(vital sign)를 체크해 지속적으로 관찰과 기록을 하는 것도 중요합니다. 이상 증후 발생 시 빠른 대처로 환자가 수술과 마취 상태에서 정상 회복되도록 힘써야 합니다.

둘째, 수술 부위의 출혈 여부를 관찰해 기록·보고합니다. 수술실에서 달고 나온 수액 및 배액관의 색깔과 양을 관찰해 수술 후 출혈 양상이 보이는지 빨리 파악해야 합니다. 다량의 출혈이 있을 시 빠른 처치를 할 수 있도록 수술 부위의 상태를 파악하는 것이 매우 중요합니다. 병동에 올라가기 전에 회복실에서 출혈 증후(bleeding sign)를 발견하면, 수술실이 바로 옆에 있으므로 위험한 상태가 되기 전에 신속하게 대처할 수 있습니다. 따라서 출혈 증후 관찰을 자세히 해야 합니다.

셋째, 수술 후 통증을 경감하도록 환자 관리를 합니다. 최근에는 수술 후 환자들이 진통제를 주입하는 통증자가조절법(PCA; Patient Controlled Analgesia)으로 통증 조절에 많은 도움을 받고 있습니다. 회복실에서는 극심한 통증을 호소하는 환자들에게 통증의 척도에 따라 추가적인 빠른 처치를 함으로써 환자의 고통을 줄여야 합니다. 환자가 통증 범위(scale)를 1에서 10까지의 숫자로 답하게 한 뒤 담당의에게 보고해 필요한 진통제를 투여합니다. 이렇게 수술로 인한 통증을 경감시켜 환자가 안정 상태를 유지하도록 해야 합니다.

넷째, 환자안전에 힘써야 합니다. 간호 행위를 하면서 기본적인 부분을 간과해 환자에게 위험을 초래하는 경우가 종종 있습니다. 모든 간호는 환자의 안전을 최고의 가치이자 실천 덕목으로 삼아야 합니다. 회복실에서는 환자가 의식이 회복되지 않은 상태이기 때문에, 침대 난간(side rail) 미고정 등으로 낙상하거나 다치는 일이 없도록 해야 합니다.

또한 수술을 받은 환자는 마취가 깨면서 많은 추위를 느끼게 됩니다. 세척(irrigation)과 수술 중 수액 주입으로 저체온이 되기 때문에 간호사는 환자의 보온에 특별히 신경 써야 합니다. 또 저체온이 되면 환자가 마취에서 깨는 시간이 늦어지기도 합니다. 이때 두꺼운 담요나 보온 장치(warm unit)로 충분히 따뜻하게 조치를 했는데도, 간혹 수술 후에 병동에서 환자 면담을 하면 "회복실에서 너무 추웠다"라는 고충을 듣기도 합니다. 이를 염두에 두고 간호를 하되 보온 기구의 온도가 너무 높아서 화상을 입는 일이 없도록 각별한 주의가 필요한바, 보온 장치 사용 시에는 반드시 주의 사항을 준수해야 합니다.

수술 후 회복실로 나오는 환자는 수술 중 투여된 마취 약제가 몸에 남아 있어 수술이 끝난 것도 모르고 깊은 잠에 빠지는 경우가 있습니다. 회복실 간호사들은 "○○○ 님! 눈떠 보세요!" 하고 큰소리로 이름을 부르며 환자를 깨웁니다. 이때 환자가 깊은 잠에 빠졌다면 산소포화도 측정기(pulse oxymeter)는 100퍼센트에서 점점 수치가 떨어지고, 환자는 저산소증으로 위험한 상태가 될 수 있습니다. 그러므로 회복실 간호사는 잠자는 환자를 깨워 심호흡을 유도하고, 마취에서 빨리 회복되도록 도와야 합니다.

마취과 간호사, 활력 징후가 흔들릴 때

필자가 근무했던 병원은 최근 5~6년 사이 마취과의 모니터링 간호사가 기존 회복실 간호사 수보다 월등하게 증가했습니다. 대학병원과 대형 병원으로 환자가 집중됨에 따라 수술 환자가 늘어나면서 수술 의사, 마취 의사, 수술실 간호사, 마취회복실 간호사 등의 인력이 필요해졌기 때문입니다. 특히 마취된 환자의 상태를 모니터링하는 업무는 마취과 전공의 또는 마취과 인턴의 인력을 지원받는 일이 간단하지 않을뿐더러 지원 인력만으로는 업무를 소화하기가 쉽지 않습니다. 그래서 다른 병원에서도 마취과의 모니터링 간호사 수가 증가하는 추세이며, 호칭도 '모니터링 간호사'로 정착이 되고 있습니다.

마취과 모니터링 간호사는 수술 시작 전에 기도삽관 기구를 준비해서 마취 유도(induction)를 돕는 업무를 합니다. 수술 종료 후에도 마취의의 지시대로 약물을 투여하거나 마취에서 깨우는 것을 돕습니다. 또 마취과 모니터링 간호사는 수술하는 동안 환자 상태를 모니터링해야 합니다. 문제를 감지하면 담당의에게 보고해 빠른 대처를 하게 하는 것이 모니터링 간호사의 주요한 업무입니다.

활력 징후가 흔들리거나 소변량이 kg당 0.5/h 이하일 때, CO_2 기준치 30~40 이하이거나 이상일 때, 기도 내 압력이 정상보다 높을 때, 모니터링 간호사는 환자의 자가 호흡 여부 등을 자세히 체크해야 합니다. 그리고 출혈(bleeding)이나 섭취량/배설량(intake/output) 등을 정확하게 관찰하고 보고해, 수술 중 최적의 마취 상태를 유지하도록 합니다.

5분 간격으로 환자 상태를 관찰해 기록하고 감시하는 일 또한 모니터링 간호사의 중요한 업무입니다. 그러나 필자가 마취과에 근무하면서 느낀 것 중 하나는 모니터링 간호사에 대한 호칭이 개선되어야 한다는 점입니다. 중환자실에도 모니터로 연결된 환자의 상태를 미리 파악해서 환자를 집중적으로 간호하는 간호사가 있지만 모니터링 간호사라고 하지 않고 중환자실 간호사라고 부릅니다.

마찬가지로 병원에서 모니터링 간호사로 불리는 호칭이 '마취과 간호사'로 바뀌어야 하지 않을까 하는 것이 개인적인 바람이자 생각입니다. 최근에는 마취과 모니터링 간호사가 증가하며 이들이 모임을 갖고 활발한 활동을 하기도 합니다. 이처럼 마취과의 모니터링 근무 간호사가 많이 늘어나고 있는 상황에서 체계적이고 전문적인 교육이 이루어졌으면 하는 바람입니다.

간호대학의 성인간호 부분에서도 마취 과학의 기본 과정과 더불어 마취과 간호사의 업무가 학문으로 자리 잡아야 합니다. 그래서 간호대학을 졸업하기 전에 기본적인 마취 약제에 대한 지식을 얻고 마취 중 환자의 생리적인 변화에 대한 구체적이고 전문적인 수업이 이루어지는 것을 기대해 봅니다.

다음은 중요하다고 생각되는 마취과 간호사의 업무입니다.

첫째, 약물이나 마취제, 혈액을 안전하게 투여하고 관리해야 합니다. 마취과는 다양한 마취제와 의료용 마약, 수술 중에 투여하는 혈액을 안전하게 투여하고 관리해야 합니다. 앰풀 주사 한 개라도 투여된 양과 남아 있는 양이 맞지 않으면 퇴근할 수 없는 것은 물론, 어디서 오류가 발생했는지 반드시 그 원인을 규명해야 합니다. 혈액은 더블카운트 후 정확하고 안전하게 투여해야 합니다.

둘째, 마취 약물과 투여에 따른 환자의 생리적인 변화를 알아야 합니다. 마취 환자를 생리적인 관점에서 깊이 있고 전문적으로 파악한 후에 간호를 하는 것이 바람직합니다. 마취된 수술 환자를 모니터링할 때도 마찬가지입니다. 환자가 시행한 각종 검사, 일반 혈액검사(CBC), 간 기능 검사(SGOT/SGPT/LDH), 혈중 요소 질소/크레아티닌(BUN/Cr), 혈액응고(PT/PTT), 소변검사(U/A), 심전도(EKG), 심장 초음파검사, 흉부 X-선, 각과 협진 의뢰 상황 등을 알아야 함은 물론 환자 개인의 특수 검사 결과도 세밀하게 알아야 합니다. 무엇보다 환자 파악을 잘하려면 차트(chart)를 심층적으로 볼 수 있어야 하므로, 그에 상응하는 공부를 해야 합니다.

그리고 약물을 세팅하고 용량을 계산하고 투여하려면 다양한 약물의 효능도 알아야 합니다. 마취 전후에 변화하는 생리 상태도 알아야 하고, 수술 종류에 따라 환자의 자세(position)가 다르고 투여되는 약물이 다르므로, 이를 정확히 알아야 수술 중 환자의 마취 상태를 모니터링 할 수 있습니다. 그러려면 개인적으로 시간과 노력을 투자해서 공부를 해야 하는 것은 물론, 지속적인 마취과 집담회 교육이나 회복마취간호사회 세미나에 참석하는 것도 도움이 됩니다. 이렇게 다방면에서 최신 이론을 습득해 마취과 간호사로서의 전문성을 확보해야 합니다.

셋째, 스트레스 관리를 해야 합니다. 모든 간호 업무는 그 자체로 스트레스의 연속입니다. 그러나 마취과 간호사가 수술 환자를 1:1로 모니터링하는 것의 심리적인 부담은 이루 말할 수 없을 것입니다. 물론 마취과 주치의와 전공의가 계속 라운딩을 하면서, 마취 중에 있는 환자를 함께 관찰하기는 합니다. 하지만 수술 중 환자의 마취 모니터링을 하는 것은 긴장감을 요하는 스트레스가 많은 업무입니다.

　이런 부분도 생각해 볼 수 있습니다. 수술실 소독 간호사는 수술과 동시에 온종일 서서 수술 업무를 하지만, 수술을 하는 주치의가 있고 수술 필드(field)에 팀이 있는데, 모니터링 간호사는 수술 환자의 활력 징후가 안정적인 이상 혼자 모니터링을 해야 합니다. 주기적으로 마취 주치의와 전공의가 라운딩을 하긴 하지만, 마취 중 활력 징후가 흔들려 환자 상태가 나빠질 때면 간호사의 스트레스는 최고에 달합니다.

　더구나 수술 시작과 수술 종료 시를 제외하고는 거의 온종일 의자에 앉아서 환자 상태를 기록하고 관찰해야 합니다. 계속 뛰어다니며 일하는 다른 간호 업무와 비교했을 때 육체적으로는 편한 게 장점이라고도 볼 수도 있지만, 끊임없이 몸을 움직이며 분주하게 뛰어다니는 업무가 건강에는 더 좋지 않을까 하는 생각도 해 봅니다.

　수술 중 환자 모니터링을 하면서 가장 스트레스를 받을 때는 활력 징후가 심하게 흔들릴 때일 것입니다. 활력 징후가 심하게 흔들린다는 것은 환자 상태가 나쁘다는 객관적인 신호입니다. 이때에는 초를 다투어 원인을 찾고 빠른 처치를 해야 환자가 안전해집니다. 그래서 담당 마취의와 함께 식은땀이 흐를 정도로 피를 말리는 긴장 상태가 됩니다. 마취과 모니터링 간호사라면 누구나 한 번쯤은 겪어 본 순간일 것입니다.

중앙공급실 간호사, 멸균 물품을 사수하라

중앙공급실 간호사는 병원에 필요한 멸균 물품을 적재적소에 공급하며, 그 과정에서 감염이 발생하지 않도록 병원 감염 관리에 핵심적인 역할을 합니다. 즉 환자 처치에 필요한 기구 및 소모품, 수술 세트 및 물품을 세척·포장·멸균하여 적정 시간에 공급해야 합니다. 최적의 진료 물품과 수술 기구를 지원하고, 체계화된 멸균 물품 관리로 병원 전체의 감염을 최소화하는 지원 부서로서의 긍지도 필요합니다.

최근 병원 감염이 중요한 이슈로 떠오르고 있습니다. 국제의료기관평가위원회 평가자는 중앙공급실 내 병원 감염을 예방하기 위해 다음과 같은 항목을 집중적으로 평가합니다. 중앙공급실 기구의 세척·소독·멸균이 기구 형태에 따라 적절히 수행되는지, 중앙공급실 외부 기구의 세척·소독·멸균이 기구 형태에 따라 적절히 수행되는지, 감염 위험을 최소화하는 전략을 마련했는지 등입니다. 그리고 이러한 평가는 매회 업그레이드되므로, 그 준비는 매번 달라져야 합니다.

중앙공급실은 환자를 직접 만나거나 간호하는 접점 부서가 아닙니다. 대신 진료 지원 부서로 간호국 부서 중에서도 소수의 간호사가 근무하는 곳입니다. 다른 대학 병원도 그렇지만, 필자가 근무하던 병원에서도 중앙공급실의 간호사는 많아야 두세 명이었습니다. 이들을 제외하고는 대부분 일반 직원들(기능원)이 교육을 받고 중앙공급실 업무를 수행합니다. 그러나 외국 병원의 경우, 중앙공급실 직원은 일정의 교육과 훈련을 거쳐 자격증을 갖추도록 엄격히 관리하고 있습니다.

국내 병원에서도 중앙공급실에 근무하는 기능원을 대상으로 최신 멸균 이슈를 지속적으로 교육해야 합니다. 중앙공급실은 병원 전체를 대상으로 멸균 물품을 공급하고 관리하기 때문에, 교육 후 업무 개선 활동을 펼쳐 보다 향상된 성과를 내는 방안도 있어야 합니다.

병동별 기구나 물품의 교환·공급·수거를 기록하는 중앙공급실의 컴퓨터 데이터를 최대한 활용하면 양질의 업무 개선 활동을 할 수 있는 근거 자료가 될 것입니다. 중앙공급실 간호사는 직원과 원활한 유대 관계를 맺고 직원들이 최대한 성과를 발휘하도록 격려해서, 근무하기 좋은 부서로 나아가는 적극적인 자세를 가져야 합니다.

중앙공급실에서 중요한 간호 업무는 다음과 같습니다.

첫째, 중앙공급실을 일원화해야 합니다. JCI에서는 중앙공급실에서 멸균 물품 관련 업무를 일원화할 것을 권하고 있습니다. 국제의료기관 인증을 준비하는 병원이라면 이를 참고할 필요가 있습니다. 중앙공급실에서 동일한 교육을 받고 같은 업무 지시를 받아도 종종 직원들은 저마다 다르게 물품 포장을 합니다. 서로 업무를 수행하는 방법이 다르기 때문에 나타나는 현상인데, 이렇게 같은 부서 내에서 의도하지 않게 포장을 달리하면 멸균의 공정에 영향을 끼칠 수 있습니다. 병원에 저마다 포장이 다르면 멸균에 문제가 될 수 있

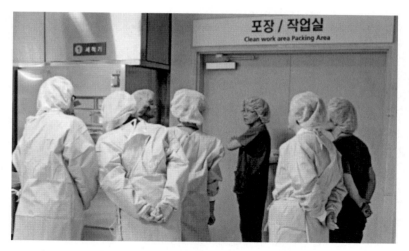

일본에서 견학온 간호사들에게 중앙공급실의 기구 포장 과정을 설명하는 필자

으므로, 중앙공급실을 일원화하는 것이 바람직합니다. 영역이 다른 안과, 이비인후과 외래, 치과, 수술실에서 같은 멸균기를 사용한다면, 각기 다른 방법으로 세척·포장·멸균해 사용하지 않도록 해야 합니다. 중앙공급실이 이를 일원화하면 감염을 철저히 관리하고 양질의 멸균 물품 공급이 이루어질 것입니다.

다만 이런 일원화에는 일시적인 기구 구매 비용의 증가로 병원 재정에 문제가 발생할 여지가 있습니다. 철저히 검토를 해서 합리적으로 일원화 방법을 모색하는 것이 타당하지 않을까 합니다. 특히 중앙공급실을 새롭게 건축하거나 리모델링할 계획이라면, 감염 관리실과의 긴밀한 협조로 일원화를 하는 것이 바람직합니다.

둘째, 멸균 확인 체계를 준수해야 합니다. 멸균의 과정이 모두 중요하지만, 최근에는 세척이 특히 중요시되고 있습니다. 기구를 세척하는 물은 수돗물이 아닌 칼슘이온 및 마그네슘이온의 함유량이 비교적 적은 연수(軟水)여야 합니다. 그래야 기구의 기능을 보존하고 세척하는 데 도움이 됩니다. 세제 역시 단백질까지 제거되는 세제를 사용하도록 권고되어 있습니다. 수술실에서 사용한 기구는 피로 인해 세척 후에도 보이지 않는 단백질이 남아 있을 수 있기 때문입니다. 하지만 단백질이 제대로 세척이 되는지 맨눈으로 식별할 수 없으므로, 이를 보완하기 위해 단백질의 세척 여부를 확인하는 인디케이터도 다양하게 판매되는 실정입니다.

무엇보다 가장 중요한 것은 멸균 확인 체계입니다. 멸균을 확인하기 위해 미생물 지표(biological indicator)와 화학적 지시제(chemical indicator)를 반드시 사용하고, 모든 멸균 팩과 세트에 멸균용 라벨을 부착한 뒤 멸균해야 합니다. 임플란트 멸균 시에는 미생물 지표 확인 후 균이 자라지 않고 정상일 때 불출해야 합니다. 매회 멸균 과정의 모니터링 프린트를 확인해, 정상적으로 작동되었는지를 점검하는 것도 멸균 물품 불출에 중요한 기준이 됩니다. 선진공 멸균기(prevacuum sterilizer)의 챔버 내 공기를 제거하기 위해 진공 시스템의 효율을 측정하는 보위딕 테스트(bowie-dick test)도 매일 시행해야 합니다. 안전한 멸균과 멸균기 관리는 공급실의 중요한 업무입니다.

셋째, 정기적으로 직원을 교육해야 합니다. 중앙공급실은 멸균 물품 관리의 매뉴얼이 업그레이드되는 속도가 빠릅니다. 그래서 세미나 참석을 하거나 학술 자료를 이용해 지속적으로 교육을 받아야 합니다. 또한 멸균 물품을 공급하는 부서로서 환경이나 청결에 각별히 신경을 써야 합니다. 중앙공급실 특성상 대부분 멸균 과정에서 EO(Ethylene Oxide) 가스를 사용하는데, 가스 안전 관리 및 직원 안전에 대한 정기적인 교육 관리도 필요합니다.

중앙공급실은 멸균 물품을 적재적소에 공급해야 하며, 아울러 멸균된 물품을 공급하는 과정에서 감염이 발생하지 않도록 온 힘을 다해야 합니다.

내과 병동 간호사, 안전한 투약은 내 손에

내과 병동 간호사는 출근과 동시에 동료 간호사에게 인계받은 내용을 빠짐없이 점검하고 물품을 체크한 후, 환자에게 투여할 약도 세밀하게 점검해야 합니다. 당연히 병원에서 투여되는 약물의 작용과 용법을 잘 알고, 투여 시기, 효과, 다른 약과 혼합 투여 시의 부작용 등을 숙지해야 합니다. 외과계 간호사처럼 수술을 준비하거나, 수술로 인한 상처를 간호하고 처치하는 대신 주로 약물치료를 받는 환자를 간호하기 때문입니다.

내과는 내장(內臟) 기관에 생긴 병을 외과적 수술 없이 치료하는 의술의 한 부분이나 병원의 부서를 말합니다. 병원마다 다르게 운영되기도 하고 나누는 분과도 다르지만, 크게 소화기내과(gastro-enterology), 호흡기내과(pulmonology), 신장내과(nephrology), 심장내과(cardiology), 내분비내과(endocrinology), 혈액종양내과(hematooncology), 감염내과(infectious diseases)가 있습니다. 내과에서 간혹 소화기 내시경이나 심도자술(cardiac catheterization) 치료를 받는 환자도 있습니다. 하지만 주로 약물치료를 받기 때문에 내과 병동에 근무하는 간호사는 분야별로 내과 전문 특성에 맞는 약물을 숙지한 후 환자의 특성에 맞게 간호를 해야 합니다.

먼저 소화기내과 간호사는 내과적 내시경 시술에 대한 지식을 갖추고, 소화기계 합병증 및 관련 간호 문제를 사정할 수 있어야 합니다.

심장내과 간호사는 심장과 관련된 내과적 검사 및 시술, 방사선 검사에 대한 지식을 갖추어야 합니다. 심장 질환별 증상과 간호, 약물을 숙지하는 것은 물론 심정지에 의한 응급 상황이 빈번하기 때문에 이에 대처할 수 있는 자질 또한 갖추어야 합니다.

호흡기내과 간호사는 호흡기 질환 등의 간호 문제를 사정할 수 있어야 하며, 산소 요법이나 간호 관리 등을 숙지해야 합니다. 호흡 정지에 의한 응급 상황에 차분히 대처하는 능력도 필요합니다.

내분비내과에서는 당뇨 환자가 점점 증가함에 합병증과 복합 질환이 증가하고 있습니다. 고혈당, 저혈당 및 인슐린 투여 등 당뇨 환자 관리에 대해 잘 알고 있어야 하며, 다른 내과와 마찬가지로 약물 요법에 관한 지식을 갖추어야 합니다.

감염내과에서는 감염에 대한 관심이 점점 증가하고 있습니다. 최근에는 병원 감염이 증가하는 추세이기 때문에, 감염 내과 간호사는 병원균에 따른 무균적 시술이나 관리, 약물치료에 대한 지식을 갖추어야 합니다.

신장내과 간호사는 혈액투석이나 복막투석에 대해 잘 알고 있어야 합니다. 주로 의학적으로 문제가 많은 환자가 입원하기 때문에 응급 상황도 많이 발생하는 것을 염두에 두어야 합니다.

혈액종양내과에서는 주로 외과적 수술을 받은 암 환자와 수술을 할 수 없는 암 환자가 항암제와 방사선 치료를 받습니다. 따라서 간호사는 항암 약물치료와 간호 관리, 방사선 치료와 간호 관리, 임종 관리에 대한 지식을 갖추어야 하고 심리적·영적 간호를 잘 수행할 수 있어야 합니다.

이 밖에도 병원에 따라 알레르기, 류머티스, 노년, 구강, 순환기 내과가 있습니다. 내과 병동에서는 분과에 따라 간호 업무가 달라지며, 다양한 약물의 작용과 용법을 명확하게 알고 환자 간호를 수행해야 다른 부서와 차별화된 경쟁력을 가질 수 있습니다.

간혹 내과 병동에는 장기간 입원한 환자들이 있어 간호사가 약물을 제대로 투여하고 있는지 눈여겨 보기도 하고, 투여된 약물에 대해 질문을 하기도 합니다. 환자의 질문에 명쾌한 답을 주고, 투여되는 약물에 관한 해박한 지식을 쌓는 것은 내과 병동에 근무하는 간호사만의 큰 긍지이기도 합니다.

중환자실 간호사, 생과 사의 갈림길에서

특수 병실인 중환자실은 내과계와 외과계를 막론하고 위독한 환자들이 회복할 수 있도록 24시간 집중 치료를 하는 곳입니다. 급성 심장질환, 무의식 장애, 호흡기능상실, 급성 가스중독, 약물중독 등의 내과계 중환자, 암 수술 등의 큰 개복 수술을 받은 환자, 중증 외과계 및 외상 환자가 수술 후 입실해 관리를 받습니다. 간호사는 모니터에서 나오는 심장박동 소리, 모니터 계측기에 나타나는 기록을 정확하게 파악하고 담당의에게 신속히 보고해 중환자 간호에 집중합니다.

때로는 모니터에 의지할 것이 아니라 환자의 상태를 주의 깊게 살피고 작은 신음에도 귀 기울여야 합니다. 기도 내 삽관으로 말을 할 수도 없고 의식이 가물가물한 환자에게는 "알았으니 걱정하지 마세요"라고 짧은 비언어적 의사소통을 해야 합니다. 이렇듯 중환자실은 환자에게 삶의 의지를 북돋워 주는 간호사의 따뜻한 보살핌이 요구되는 공간입니다.

그러나 치열한 생사의 갈림길에 있는 환자 앞에서 감정에 묻혀서도 안 됩니다. 때로는 의연하게 대처해야 하는 때도 있기 때문에, 의료에 대한 전문성 확보는 물론 감정 컨트롤도 중요한 요소입니다.

중환자실 간호사는 여러 개의 정맥주사 라인(line)을 정리하고 욕창이 생기지 않도록 환자의 등을 베개로 지지해 주어야 합니다. 그리고 규칙적인 체위 변경(position change)으로 욕창을 예방해야 합니다. 분비물(secretion)을 흡인(suction)하며 기도를 확보하고 폐렴을 예방하기 위해 호흡기 간호에도 중점을 두어야 합니다. 유동식 음식을 투여하기 위해 코에 레빈튜브(levin-tube)를 꽂았다면 자극을 줄이기 위해 부드러운 드레싱으로 말끔하게 고정해 주어야 합니다. 사경을 헤매는 절박한 환자가 있다면 의식이 돌아오길 바라며 손을 잡고 따뜻한 온기를 불어넣어 주어야 할 때도 있습니다.

어제저녁만 해도 멀쩡했던 환자가 사망했다고 충격을 받아 다음 근무에 나오지 않는다든가, 교통사고로 사경을 헤매는 환자를 봤다고 덩달아 슬퍼해서는 안 됩니다. 그러면 간호 업무가 어렵게 느껴질 수 있습니다. 의식이 돌아올 가망이 없는 상태에서 인공호흡기에 의지해 거친 숨으로 하루하루 연명하는 환자도 침착하게 돌보되, 잠깐 뒤돌아서는 순간 상태가 나빠질 수도 있기 때문에 집중해서 관찰해야 합니다.

환자가 식사를 할 수 없다면 레빈튜브로 유동식을 주입하고 정맥주사로 몸의 전해질 균형을 맞추며 영양제 주사로 에너지를 공급합니다. 호흡이 없다면 기관 내 삽관술(endotracheal intubation)로 인공호흡기를 연결해서 환자가 숨 쉴 수 있도록 빠르게 대처해야 합니다. 환자가 소변을 생성할 수가 없다면 이뇨제를 투여해서 소변이 나오도록 합니다. 갑자기 심박수(heart rate)가 떨어지고 어레스트(arrest, 심장정지)가 나면, 간호사와 의사 의료진 7~8명이 달려와서 에피네프린(epinephrine) 주사를 놓고 재빨리 심폐소생술(CPR; Cardiopulmonary Resuscitation)을 합니다. 심폐소생술을 실시해 환자가 소생하면 다행이지만 죽음을 맞는 것도 중환자실에서는 자주 일어나는 일입니다. 환자의 상태에 따라 하루에도 몇 번씩 의사의 치료와 처치가 달라지지만, 그때마다 빠르고 역동적인 간호로 대처해야 합니다.

중환자실 간호사는 중환자에게 최고의 간호를 제공하는 것은 물론 그 가족들에게도 적절한 지식을 제공하기 위해 노력합니다. 중환자실 밖에 있는 환자의 가족들은 환자의 건강 상태를 염려하며 매 순간 긴장의 끈을 놓지 못합니다. 이렇게 대기 중인 가족들의 안타깝고 초조한 마음은 이루 말할 수가 없습니다. 환자가 기계적 도움으로 목숨을 연명하더라도 가족들은 환자의 생명을 포기할 수가 없어 애가 탑니다. 정작 당사자인 환자는 가족들을 알아볼 수도 없고 아무 말을 할 수가 없습니다.

간호사 생활을 하면서 점심때마다 함께 식사를 하는 중환자실 파트장 친구에게 "중환자실에서 근무하기 힘들지 않으냐?" 하고 물으면, 친구의 대답은 한결같습니다. "중환자실에 누워 있는 환자들은 생과 사의 갈림길에서 힘들어하는데… 근무 환경이 힘들다고 투정 부리는 것은 파트장으로서 사치라는 생각이 들기 때문에 불만을 가질 여유조차 없다"라고 말합니다. "힘들어할 시간에 한 생명을 구하기 위해 노력하고 전력 질주를 해야 한다"라는 말도 덧붙입니다.

최첨단의 의료 기기가 만들어지고 치료 약과 치료 방법이 나날이 발전하고 있습니다. 그런데도 아직 병원에는 식물인간처럼 누워 있는 중증 환자들이 많습니다. 모질게 인공호흡기를 뗄 수도 없어서 환자들이 겨우 생명을 연장해 나갈 때, 이를 밖에서 지켜보는 많은 보호자들의 안타까운 사연은 이루 말할 수 없습니다. 생명을 연장하는 연명 치료는 환자의 생명 존중과 존엄성 유지, 그리고 가족들의 안타까움과 경제적 부담 등이 얽혀 있는 복잡한 문제입니다. 쉽게 결론 내릴 수 없는 험난한 과제가 분명합니다.

우리는 살아있는 동안 어떻게 살아야 할지를 고민하고 자신의 의지에 따라 선택합니다. 하지만 어떻게 죽음을 맞을지는 생각하거나 준비하기를 꺼립니다. 의식 없이 인공호흡기에 의지해서 거친 사투를 하는 것은 환자에게도 힘겹지만, 이를 안타깝게 지켜보는 가족들에게도 힘겨운 과정입니다. 어떻게 살아갈 것인가도 중요하지만, 생과 사의 갈림길에서 어떻게 죽음을 준비할 것인지에 대해 더욱 깊이 있는 고뇌가 필요합니다.

응급실 간호사, 골든타임을 잡아라

"응급실 간호사는 위급한 환자를 향해 빈카 바늘(vinca needle)을 던졌을 때 원하는 정맥에 바늘이 꽂힐 정도로 정맥주사를 놓을 수 있어야 한다."

간호사 교육 시에 강사에게 들은 말인데, 어찌나 공감이 갔던지 아직도 잊을 수 없습니다. 명쾌한 이 한마디에 응급실 간호사의 자질이 농축되어 있습니다. 또한 응급실 간호사의 역동적인 업무를 대변해 주는 멋진 말이라고 생각됩니다.

심장마비, 심근경색, 뇌졸중, 중증의 외상, 급성 호흡기 질환, 응급수술, 약물중독 등 다양한 응급 환자를 신속하고 빠르게, 조직적이고 체계적으로 처치하는 응급실 간호사는 최고의 전문가로서 숙련된 업무 실력을 갖춰야 합니다.

응급실에서 어레스트(심장정지)가 발생하면 ABC 틀이 적용됩니다. 먼저 기도 확보(air way keep)가 되었는지 확인하고, 호흡(breathing)을 관찰하며, 순환(circulation) 맥박을 잽니다. 그리고 청색증이 있는지 관찰한 후 즉시 심폐소생술을 실시합니다. 이때 4분 안에 치료를 하는 것이 환자를 살리는 골든타임이라 볼 수 있지요. 이렇게 응급실 의료팀과의 환상적인 팀워크로 사망 직전의 환자를 살렸을 때, 업무에서 오는 고달픔과 힘겨움은 하루아침에 씻은 듯이 사라집니다. 나아가 응급실 전문 간호사가 지녀야 할 긍지를 다지는 원동력이 되기도 합니다.

응급실은 예고 없이 갑자기 밀어닥치는 교통사고 환자, 심근경색으로 호흡 정지 일보 직전이 된 환자, 약물중독 환자, 유산으로 출혈이 심한 산부인과 환자, 고혈압으로 쓰러진 환자, 심한 출혈로 응급 수술이 필요한 환자들로 눈코 뜰 새 없이 바쁩니다. 입원 환자들이 가득 차 응급실이 아수라장이 되기도 합니다. 엎친 데 덮친 격으로 환자가 새로 들어 왔는데 옆 침대에서 심정지 환자가 발생해 심폐소생술 오더(order)가 떨어지면 응급실은 흡사 치열한 전쟁터가 됩니다. 투약하고, 검사물 보내고, 주사 놓고, 엑스레이 촬영으로 분주히 치료와 간호를 하지만, 골든타임을 놓쳐 환자가 죽음을 맞는 순간도 있습니다. 그럴 때는 응급실 간호사의 어깨가 축 처지는 순간입니다.

응급 환자를 치료하고 간호할 때는 환자를 적시에 치료하는 응급 골든타임을 놓치지 않는 것이 최상의 목표가 되어야 합니다. 골든타임을 놓치면 환자는 사망하거나 심각한 상태가 되어 되돌릴 수 없는 위험한 상황에 처하게 됩니다. 그래서 응급 환자가 도착하면 환자의 질병 상태와 부상 정도에 따라 등급(triage)을 나눠야 합니다. 환자의 중증 등급에 따라 치료의 우선순위를 구분하기 위한 것인데, 이때 간호사도 시간과의 경쟁에서 견인차 역할을 할 수 있도록 경력에 따라 점진 배치됩니다.

실력있는 응급실 간호사로 거듭나려면 중증의 응급 환자가 밀려와도 흔들리지 않고 빠르고 민첩하게 간호 처치를 수행할 수 있어야 합니다. 생명을 다투는 응급수술 환자를 응급실에서 빠르게 처치하지 못한다면, 그래서 대기 시간이 길어졌다면 응급실 치료의 골든타임이 이루어졌다고 볼 수 없겠지요.

필자는 2009년 병원의 응급실에서 잠깐 응급 지원 인력으로 근무한 경험이 있습니다. 신종플루가 유행하던 때였는데 구름떼처럼 몰려오는 환자들을 치료하다 보면 밤을 꼬박 새우기가 부지기수였습니다. 그렇게 응급실을 지키며 주사도 놓고, 순간적으로 밀어닥치는 응급 환자를 간호해야 했습니다.

응급실 경력이 적은 신규 간호사는 근무를 하는 동안 초조한 마음을 다스릴 길이 없습니다. 제발 중증의 응급 환자 말고 가벼운 환자가 방문하길 간절히 기원합니다. 그러나 응급실이 흔히 그러하듯이 예상치 않은 교통사고 환자가 머리를 심하게 다쳐 실려 오기도 합니다. 환자가 혈압은 떨어지고 온몸이 피투성이가 되어 치료를 요청하면, 신규 간호사는 떨리는 마음으로 선배 간호사의 도움을 받아 피가 줄줄 흐르는 환자의 머리를 침착하게 봉합(suture)할 준비를 해야 합니다.

응급 환자가 동시에 밀어닥쳐 아수라장이 되더라도 당직 근무자끼리 팀워크가 잘 맞는다면 환자의 골든타임 치료를 기대할 수 있습니다. 응급실 팀원으로 근무를 하고 시간과 전쟁을 하다 보면 '환자 치료 적기의 골든타임'이 무엇인지 그 개념을 명확히 알게 됩니다. 일시에 많은 환자가 밀어닥치거나 중증의 응급 환자가 밀려와도, 응급실 간호사는 자칫 사망에 이를 수 있는 응급 환자의 생명을 살리는 결정적 역할을 수행합니다. 이는 간호사가 당당하게 전문인의 자긍심을 갖는 동기가 됩니다.

간호사, 일상의 희망과 애환

뛰쳐나가고 싶은 날

직장생활을 하다 보면 누구나 애로사항이 있게 마련입니다. 간호사를 직업으로 선택하고 30여 년간 근무한 필자 역시, 중간에 병원을 그만두어야겠다는 생각으로 심한 가슴앓이를 하고 고민을 한 적이 한두 번이 아닙니다. 업무 역량이 부족할 때, 과다한 업무로 힘들어질 때, 윗사람으로부터 무시당할 때, 육아 문제로 힘들 때, 업무가 싫어질 때 등 많은 경우가 있었습니다. 가끔은 뚜렷한 이유 없이 가슴이 답답하고, 출근을 할 때부터 어깨가 축 처지면서 온몸에 힘이 빠져 무기력한 날도 있습니다.

"간호사를 그만두어야지. 나하고는 맞지 않는 직업 같다"라고 흔히 들리기도 하고, "능력 없는 내가 환자를 돌보는 것은 환자에게 오히려 민폐가 되는 짓이다. 이번 달까지만 하고 진짜 사표를 쓰자" 하고 다짐하기도 했습니다. 밤새 번민으로 뒤척이다가 이튿날 무거운 몸으로 출근한 적도 있습니다. 그날따라 늦은 봄비가 질척질척 내리고, 온도와 습도가 높아 출근하는 기분도 상쾌하지 못했습니다. 출근을 포기하고 무작정 봄맞이를 떠나고도 싶었지만, 무모한 푸념이라는 것을 알기에 마음은 답답해졌습니다.

그날 분당의 탄천을 따라 만개했던 벚꽃은 꽃잎이 떨어지고 열매를 맺어 초여름을 맞이할 차비를 하고 있었습니다. 길가에는 땅에서 뛰쳐나온 지렁이 한 마리가 온몸에 흙을 뒤집어쓰고 죽음을 향해 질주합니다. 지렁이는 땅을 옥토로 만드는 유익한 생물체라지만, 보기에는 혐오스럽고 징그럽기만 합니다. 지렁이는 살갗 아래에 있는 모세혈관의 헤모글로빈이 산소와 이산화탄소를 교환하는 피부호흡을 합니다. 그런데 빗물이 생존 공간에 스며들면 당장 호흡에 지장을 받기 때문에, 그 순간을 참지 못하고 밖으로 뛰쳐나온 것입니다.

몸부림을 칠수록 건조한 흙가루에 숨구멍이 막혀 죽음을 재촉합니다. 아니면 출근길 누군가의 발에 밟혀 죽거나, 머잖아 뜨거운 태양 아래 몸이 마를 것입니다. 통통하게 살이 오르고 팔짝팔짝 움직이는 것을 보면, 그동안은 나름 건강하게 잘 자란 것 같기도 합니다. 그렇게 건강하게 살아왔지만 잠시 숨쉬기가 답답하다고 한순간 땅을 헤치고 길가로 뛰쳐나와, 결국은 목숨을 빼앗기는 화를 당하는 것입니다.

필자 역시 간호사로 일하는 것이 힘들고 답답했던 적이 한두 번이 아니었습니다. 답답한 병원을 뛰쳐나가고 싶던 적도 많았지만, 그때마다 마음을 달래며 인내했습니다. 배운 것이 간호 업무라 그것 아니면 할 수 있는 것이 없었습니다. 그렇게 한세월 참고 지내다 보니 병원이 익숙한 삶의 터전이 되었습니다.

잠깐 답답하다고 그것을 참지 못하고 길가로 뛰쳐나온 지렁이가 말라 죽어가는 것을 보면 안타까움이 밀려옵니다. 병원이 삶의 터전이 된 이상, 함부로 벗어나는 것은 위험한 선택이 될 수도 있다는 것을 지렁이를 보면서 깨달았습니다. 오늘도 기쁘고 감사한 마음으로 직장에 충실하자고 다짐합니다.

간호사의 봄은 멀지 않으리

행복의 사전적 정의는 "생활에서 충분한 만족과 기쁨을 느끼어 흐뭇함. 또는 그러한 상태"라고 합니다. 그러나 만족과 기쁨 그리고 흐뭇함만이 계속되는 삶이 과연 행복할까요? 그러한 생활이 줄곧 계속된다면 사람들은 대부분 무료하고 따분해 곧 자신을 불행하다고 여길 것입니다. 변화 없이 단조로운 상태가 계속되는 생활은 결코 행복하다고 할 수 없습니다. 인생의 진정한 행복은 힘들고 어려운 상황을 스스로 극복했을 때, 또는 치열한 경쟁을 뚫고 성취감을 맛볼 때 느낄 수 있는 것이 아닌가 생각됩니다. 이것이 바로 현장에서 뛰는 간호사의 삶이 아닐까요?

필자 역시 지금까지의 삶을 되돌아보면, 인생을 내팽개쳐 버리고 싶을 정도로 힘든 시기가 있었습니다. 가장 힘들었던 기억은 고등학교를 졸업하고 집안 형편이 어려워 대학 진학을 포기해야 했을 때입니다. 당시만 해도 가부장적인 사고가 지배적인 시대였고, 필자의 집도 예외는 아니었습니다. 집안 어른들은 "여자가 돈이나 벌어오면 됐지, 대학은 무슨 대학이냐?"라며 대학에 진학하겠다는 필자를 곱지 않은 눈으로 보았습니다. 그래서 대학 진학의 꿈이 좌절되고, 한동안 식욕이 떨어져 처참할 정도로 몸이 마르기도 했습니다.

우여곡절 끝에 대학을 졸업하고 신규 간호사로 근무하던 시절도 고달팠습니다. 수술 집도의는 필자가 기구를 늦게 전달하기라도 하면, 필자가 주기도 전에 필요한 기구를 휙 가져가며 자존심을 상하게 했습니다. 그렇게 긴장의 연속으로 하루하루를 보내야 했습니다. 결혼 후에는 직장 생활과 가정생활을 병행하면서 고충을 겪어야 했습니다. 그러나 삶의 힘든 고비마다 필자를 지탱하게 한 한 구절의 시가 있습니다. 바로 영국의 낭만파 시인 P. B. 셸리의 〈서풍부(西風賦)〉에 나오는 "겨울이 오면 봄이 어찌 멀다 할 수 있겠는가?(If Winter comes, can Spring be far behind?)"라는 구절입니다.

셸리가 살았던 19세기 초 영국의 시대 상황은 매우 혼란스럽고 암울했습니다. 셸리 개인적으로도, 사랑 없는 결혼 생활은 부도덕하다는 자신의 신념에 따라 1814년 아내 헤리엇을 버리고 메리와 프랑스로 도피 행각을 벌입니다. 당시 임신을 했던 헤리엇은 하이드파크의 서펀타인 호수에 빠져 자살을 하고, 셸리는 주변 사람들에게 무신론자, 혁명자로서 뿐만 아니라 추악한 배신자로 낙인이 찍힙니다. 시인은 이러한 어두운 현실을 겨울로 묘사하면서도 희망과 자유로 대변되는 봄을 잊지 않습니다. 전체 5연 중 마지막 5연을 소개하자면 아래와 같습니다.

저 숲처럼 나를 너의 수금(豎琴) 삼아다오
숲의 잎사귀처럼 나의 잎사귀 진다 한들 어떠리
너의 힘찬 조화가 일으키는 격동이
숲과 나로부터 슬프나 감미로운
깊은 가을의 가락을 얻으리니, 사나운 정신이여
나의 영혼이 되어다오! 맹렬한 자여, 내가 되어다오!
내 죽은 사상을 시든 잎들처럼
우주에서 몰아내 새로운 탄생을 재촉해다오!
그리고 이 시를 주문(呪文) 삼아
꺼지지 않은 화로의 재와 불티처럼
내 말을 온 세상에 흩뜨려다오!
내 입을 통해 잠 깨지 않은 대지에
예언의 나팔이 되어다오. 오! 바람이여!
겨울이 오면 봄이 어찌 멀다 할 수 있겠는가?

필자는 어릴 적 우연히 읽은 위 시의 마지막 구절을 힘들 때마다 마음속으로 되뇌었습니다. 어려운 고비를 넘길 때 용기와 희망을 잃지 않게 하는 메신저가 된 것입니다.

병원에 근무하다 보면 의욕적으로 일하고 촉망받는 후배 간호사들이 겨울의 차가운 고비를 못 견디고, 병원을 그만두는 사례를 접하게 됩니다. 병원을 떠나는 후배 간호사를 보면서, 조금만 참으면 봄이 가까이 올 텐데 힘든 시기를 버티지 못하고 좋은 기회를 놓치는 것에 안타까움을 금할 수가 없었습니다. "겨울이 오면 봄이 어찌 멀다 할 수 있겠는가?" 그럴 때마다 필자는 다시 한 번 셸리의 시를 되뇌곤 했습니다.

"고생 끝에 낙이 온다"라고 합니다. 인생을 살다 보면 고통의 시절과 행복의 시절이 있습니다. 직장 생활도 힘들고 어려운 시절이 있는 반면, 그러한 시기를 무사히 넘기면 보람되고 성취감을 느끼는 행복한 시절이 분명 있습니다. 문제는 어려운 시기를 슬기롭고 지혜롭게 때로는 인내를 가지고 잘 넘기느냐 못 하느냐에 달렸습니다. 그에 따라 직장에서의 성패, 나아가서는 인생의 성공 여부가 좌우된다고도 할 수 있습니다.

간호사가 이래서 좋다

회복실에 근무할 때의 일입니다. 수술을 앞두고 수술전처치실에 입실한 환자들에게 진정제 주사를 놓는 것 말고 수술의 두려움을 극복하게 할 방법이 없을까 모색해 보았습니다. 수술을 기다리는 환자는 침대에 누워 무슨 생각을 할까요? 직접 수술 이동 침대에 누워 환자가 되어 보는 체험을 하고, 처치실의 천장을 밋밋한 흰색 석고 보드판이 아닌 편안한 색으로 바꾸고 싶었습니다.

누워 있는 환자의 시야에 맞춰 천장의 벽지를 뭉게구름과 새가 그려진 푸른 하늘 그림으로 바꾸었습니다. 헤드폰으로 환자들이 선호하는 음악을 들려주며 수술 전의 불안을 떨치고 두려움을 극복하도록 돕기도 했습니다.

수술이 무섭다고 우는 환자가 있으면 업무가 아무리 바빠도 마다치 않고 곁에 다가갔습니다. 묵묵히 환자 손을 잡고 환자의 두려움에 귀 기울여 주었습니다. 수술이 잘 될까 두려워하는 환자도 있고, 마취에서 못 깨어날까 두려워하는 환자도 있었습니다. 이런 환자들은 곁에서 누군가가 위로해 주길 기다리고 있었습니다.

돌에 걸려 넘어져 머리가 깨지는 일, 비 내리는 날 벼락에 맞는 일, 로또에 당첨되는 일이 흔하지 않은 것처럼, 수술이 잘못되고 마취에서 깨지 못하는 것도 흔한 일이 아닙니다. 그러나 아무리 확률이 낮아도 일단 나에게 일어난 사고라면 그건 돌이킬 수 없는 100퍼센트의 현실이 됩니다. 그래서 불안하고 초조해 하는 환자들의 심정을 깊이 이해하고 공감하려고 했습니다.

시간이 날 때마다 환자 간호를 하면서 조금씩 용기를 냈고, 환자의 손을 잡고 기도해 볼까 하는 생각을 실천하기 시작했습니다. 기도가 필요한 환자가 있으면 함께 손을 잡고 환자와 보호자, 수술을 집도하는 의료진을 위해 기도드렸습니다. 그러다 보면 어느새 기도

하는 필자의 눈에는 눈물이 고이고, 환자도 함께 울던 기억이 있습니다.

그렇게 많은 환자들이 수술을 받고 퇴원하는 동안 필자는 환자를 위해 기도했습니다. 그중 아직도 잊히지 않는 환자가 있습니다. 얼굴 가득히 환한 웃음을 띤 그분은, 환자라는 생각이 들지 않을 만큼 밝고 힘찬 모습이었습니다. 필자의 손을 따뜻하게 잡아 주시며 "수고 많다!"라고 하셨던 그 환자는, 기독교인은 물론 비기독교인에게도 널리 이름이 알려진 유명 목사님이셨습니다.

그런 분의 손을 잡고 기도드릴 용기가 어디서 생겼는지, 새삼 돌이켜 보면 뜨거운 감동이 북받칩니다. 어찌 보면 '공자 앞에서 경 읽는' 무모한 상황이었지요. 하지만 간절하면 통한다고 그 순간만큼은 주객이 전도되었다고 할까요? 어쩌면 당시엔 목사님이 아니라 우리 병원의 환자로 인식한 결과일 것입니다.

목사님은 저와 함께 손잡고 기도를 한 후 "이래서 세브란스 간호사가 좋아!"라며 용기를 심어 주셨습니다. 지금은 고인이 되셨지만 목사님의 인자하신 미소와 따뜻한 음성은 아직도 생생하게 들려옵니다.

알람 없이도 간호사는 일어난다

서커스단에서는 코끼리가 음악에 맞춰 춤을 추도록 조련하기 위해 뜨거운 철판 위에 코끼리를 올려놓기도 하고, 날카로운 쇠꼬챙이로 찌르기도 합니다. 코끼리는 움직임도 둔하고 노래를 알아듣지도 못하지만, 물리적인 자극을 받다 보니 음악이 나오면 자연스레 몸을 이리저리 움직입니다. 이렇게 훈련을 거듭하며 몸에 밴 코끼리의 슬픈 몸짓은 관중을 기쁘게 하는 춤이 됩니다.

30년을 한결같이 이른 시간에 일어나기란 여간 힘든 일이 아닙니다. 몸이 아플 때도 있고, 업무에 지쳐 녹초가 될 때도 있습니다. 이런저런 일로 고민하다가 새벽에 겨우 잠이 들 때도 있습니다. 그러나 병원은 일반 직장보다 출근 시간이 빠릅니다.

가끔은 아침 일찍 일어나는 것이 코끼리가 서커스단에서 훈련을 받는 것보다 힘겨울 때도 있었습니다. 그러나 간호사가 지각을 하면, 밤새워 근무한 동료 간호사는 퇴근을 못 하는 불상사가 발생합니다. 더구나 환자를 간호하며 환자의 생명을 다루는 직업 특성상 어떤 이유에서건 지각은 용납이 안 됩니다. 그래서 시간 개념에 대한 철저한 마음가짐이 필요합니다. 간호사들은 지각을 하지 않기 위해서 자명종 두 개는 기본이요, 휴대전화 알람까지 예약을 하고 잠을 자기도 합니다.

필자는 다행스럽게도 출근 시간이 동일한 상근 근무를 몇 년간 했고 같은 시간에 일어나는 습관이 몸에 밸 수 있었습니다. 그러나 출근 시간이 자주 바뀌는 3교대 간호사는 오히려 아침에 일어나는 것이 더 힘들어집니다.

필자는 새내기 간호사 시절에 딱 한 번 지각을 한 일이 있습니다.

자명종을 두 개 맞추고 잤는데, 첫 번째 알람은 끄고 다시 잠이 들었지만 두 번째 알람은 울린 줄도 모르고 잠이 든 것입니다. 이렇게 한 번 지각을 하자 그날은 온종일 지각에 대한 부담으로 일이 손에 잡히지 않았습니다. 그때부터 "절대 지각을 하지 말아야겠다"라는 각오를 단단히 하고, 자명종도 벨 소리가 더 시끄러운 것으로 교체해서 머리맡에 놓고 잠이 들었습니다.

이렇게 오랜 시간 시끄러운 자명종 소리가 귓전에 요란하게 울리면 눈을 뜨고 출근 준비를 하는 생활을 반복했습니다. 그러던 것이 언제부터인가, 자명종이 울리지 않아도 아침이 되면 자연스럽게 정확한 시간에 눈이 떠지게 되었습니다. 음악이 나오면 춤을 추는 코끼리처럼, 필자도 아침이 되면 몸이 먼저 반응하는 것입니다. 알람이 울리지 않아도 필자는 오늘도 어김없이 일어나 출근 준비를 서두르고 있습니다.

모난 간호사가 있다?

너대니얼 호손의 〈반점〉은 다음과 같은 이야기입니다. 유능한 과학자 에일머는 아름다운 여인 조지아나와 행복한 결혼을 하게 되었습니다. 그런데 언제부턴가 에일머는 아내 얼굴의 반점이 신경 쓰이기 시작했습니다. 반점만 없으면 아내가 더 아름다워질 거라는 생각이 들었고, 반점이 아내의 아름다운 미모에 결점으로 작용한다는 생각이 들었습니다. 이렇게 반점에 집착하던 에일머는 결국 반점을 없애는 용액을 발명해서 아내에게 마시게 합니다. 용액을 마신 후 반점은 없어졌지만, 아내는 저세상으로 가게 됩니다. "사람들은 누구나 불완전한데, 완벽한 사람을 꿈꾸는 것이 얼마나 부질없는가" 하는 질문을 던지게 만드는 얘기입니다. 반점을 보지 말고 아내의 다른 예쁜 모습을 발견했으면 함께 아름다운 여생을 보냈을 텐데 말입니다.

병원에서 근무하다 보면 같은 부서 내에서도 반점으로 보이는 간호사가 있습니다. "저 간호사만 없으면 부서가 화합해서 멋지게 잘 돌아갈 텐데" 하는 아쉬움을 갖게 만드는 존재지요.

매사 신경 쓰이는 간호사도 있고, 평소에 신뢰하고 호감을 갖고 있었지만 가끔 모난 돌처럼 추진 중인 업무 진행을 방해하는 간호사도 있습니다. 그럴 때는 당황스럽기도 하고, "당장 모난 돌을 뽑아버릴까?" 하는 생각이 잠시 들기도 합니다. 뽑는다고 돌부리가 쉽게 뽑히지도 않겠지만, 상황이 난감하면 달리 방법이 없는 것처럼 보이기도 합니다. 간호사끼리 작은 일로 부딪히고 깨지고 요란할 때, 그 자리에는 항상 모난 간호사가 엮여 있어 많은 사람들을 힘들게 합니다.

차라리 돈키호테처럼 돌발적이고 튀는 행동을 한다면 보아줄 만도 하겠습니다. 그런데 사사건건 부정적인 말로 추진하고 있는 업무에 브레이크를 걸면 진행에 발목이 잡혀 애가 탑니다. 그럴 때면 "어쩌면 저렇게 미운 말만 골라서 할까?" 하는 생각이 들면서 그 간호사가 반점으로 보이기 시작합니다.

간혹 면담을 할 때, 다른 동료의 이름을 빌려 우회적으로 자신의 의견을 피력하기도 합니다. 때로는 억지에 가까운 소리를 일반적인 의견인 양 포장하기도 하지요. 인신공격성 발언으로 듣는 사람의 자존심을 바닥으로 내리칠 때도 있습니다. 그럴 때는 차분하게 "의견 감사하지만, 다른 간호사를 대변하지 말고 본인의 의견을 말해 달라"라고 주문해야 합니다. 얼굴 없는 대중을 내세우다 보면 무책임한 발언으로 상황을 어렵게 몰아갈 수도 있기 때문입니다.

그런 반점 같은 간호사를 가리켜 "매사 하는 일마다 태클을 걸고, 언제부터인가 부정적인 시각을 갖고 있다"라고 흉을 보고 싶기도 합니다. 그래도 심호흡 한 번 하고 참아야 합니다. 새로운 업무 계획을 추진하다가도 또 그 간호사가 반대할 거라는 생각에 "늘 걸림돌이 된다"라고 말하고 싶지만, 그래도 인내가 필요합니다. 그나마 비협조적인 생각이 본인 한 사람에 머물면 좋을 텐데, 주위 사람에게도 역기능적인 역할을 하는 간호사는 정말 난감합니다.

이렇게 미운털이 박히면 간호사의 언행이 더 신경 쓰이니, 큰 갈등으로 이어지기도 합니다. 모난 간호사와의 갈등은 소통의 부재에서 비롯된 경우가 많습니다. 그래서 모난 간호사가 있다면 골이 깊어지기 전에 속내를 터놓고 대화를 시도해야 합니다. 어쩌면 업무 과정에서 작은 오해가 생겨 매듭이 꼬였다는 것을 발견할 수도 있습니다.

그렇지 않고 갈등의 골이 깊어지면 한순간의 갈등이 부메랑으로 돌아오기도 합니다. 이상한 소문이 돌아 힘들어지기도 하고, 부서에서 탈피하고 싶은 충동을 느끼기도 합니다. 부서원들이 모난 간호사를 가리켜 "같이 일하기 힘드니 제발 다른 부서로 옮겨 달라"라고 원성을 높이기도 합니다.

하지만 "사람들은 누구나 불완전한데, 완벽한 사람을 꿈꾸는 것이 얼마나 부질없는가"라는 질문을 다시 던져 봅니다. 그러면 아무리 미운 간호사라도 포용할 수 있는 자리가 조금 생겨납니다.

모난 돌을 뽑아낸다면 그 흔적이 깊어 더 힘들어질 수도 있습니다. 모난 부분을 갈아서 함께 걸어갈 방법을 모색하는 것이 현명할 수가 있습니다. 건축 현장에서 버려진 돌이라도 모퉁이의 기둥을 받치는 머릿돌이 될 수 있는 것처럼, 원만하고 둥글둥글하지 않은 것이 나름의 개성이 될 수도 있습니다.

에일머처럼 행여 아름다운 아내의 얼굴에 난 반점을 미운 반점으로 보지 않도록 마음을 다스려야 합니다. 미운 간호사가 있더라도 그 간호사를 바라보는 시각을 바꾸도록 의식을 환기해야 합니다. 부서가 하나 되어 마음과 생각을 나누고, 서로를 배려하고 격려해야 하겠지요.

매사 부정적인 간호사라도 포용하는 자세로 내 눈을 가리고, 칭찬할 것이 없나 계속 찾아야 합니다. 그러다 보면 어느 순간 그 간호사에게서, 부서를 빛낼 수 있는 아름답고 능력 있는 간호사의 모습이 보일 것입니다.

친구와 떠난 직무 교육

직장인들에게 직무 교육은 썩 달갑지 않은 일입니다. 그래도 함께 입사한 동기와 오랜만에 직무 교육을 떠나면 친구도 만나고, 교육도 받고, 쉬는 시간에 그동안 나누지 못한 얘기도 나눌 수 있어 좋습니다. 직무 교육의 무료함이 즐거움이 되는 것입니다.

간호사는 3교대 근무를 하기 때문에 친한 친구와 여행이라도 떠나려면 휴가나 쉬는 날(off)을 맞추기가 그리 쉽지 않습니다. 그런데 직무 교육을 함께 온 동료는 일하다가 스트레스를 많이 받는 날이면 조그마한 찻집에서 만나 차 한잔을 마시고 싶다고 말할 수 있는 친구였습니다. 다른 동료와 의견 대립으로 힘들어할 때에도 옳고 그름을 가리지 않고 항상 내게 힘을 실어 주던 친구였습니다. 또 언제든 전화를 걸어 "지금 할 이야기가 있다"라고 말하면 마다치 않고 달려 나와 밤늦도록 마음을 열고 수다를 떨 수 있는 그런 친구였습니다.

새삼 지란지교를 확인하며 친구와 모처럼 못다 한 긴 이야기를 쏟을 만반의 준비를 하고 떠났습니다. 마음을 나누고 신뢰하는 친구와 함께 간호사 근무를 하게 된 것도 큰 행운인데, 함께 교육을 떠날 수 있으니 더 즐겁고 기대가 되었습니다.

직무 교육에 참석하는 사람들은 병원의 바쁜 일과를 뒤로하고 서울을 벗어나 남한강으로 향했습니다. 그리고 전세 버스는 맑은 공기를 가르며 길가의 아름다운 나무들과 넓은 들판을 끼고 달렸습니다.

맛있는 저녁 만찬 뒤에는 조별 장기 자랑과 주제 발표 시간을 가졌습니다. 외부와 접촉할 일이 없는 수술실 간호사로서는 병동 간호사들과 최근 정보를 공유할 수 있는 소중한 시간이기도 했습니다. 그동안 익숙한 병원 업무에서 오는 권태감을 날려버릴 수 있었고, 다시 새로운 의욕과 활력을 재충전하는 기회가 되었습니다. 이참에 느슨한 마음을 다잡고, 쌓인 스트레스는 확 날려 버리리라 마음먹었습니다.

하지만 가장 좋은 것은 밤늦도록 마음을 열 수 있는 동기 친구를 만날 수 있다는 점이었습니다. 동병상련을 느끼며 병원에서 힘들 때마다 서로 도와주었고, 두서없는 투정도 대가 없이 들어주는 사이였습니다. 그래서 마음이 통하고 허물없이 편하게 지내는 친구가 되었습니다. 수수한 옷차림을 해도, 나를 과장하거나 꾸미지 않아도 좋았습니다. 때로는 거친 표현을 써가며 온종일 수다를 떨어도, 마음 편하게 빙그레 웃으며 경청해 주는 친구여서 좋았습니다.

비록 상은 못 받았지만, 용기 있게 끝까지 발표를 마치는 병동 직원들도 자랑스러웠습니다. 친구는 중간중간 발표가 막혀도 웃어 넘어갔고, 대상을 받은 직원에게 응원의 박수를 보냈습니다.

직무 교육 특강의 주제대로 "내일이 오기 전에 잡다한 생각의 상자를 비우고 활기차게, 병원 업무에 다시 매진하리라"라고 다짐할 수 있었습니다. 자칫 무료하고 긴장되는 직무 교육일지라도 스스로 긍정적인 분위기로 완화할 대안을 찾는다면, 즐겁고 유익한 시간이 될 것입니다.

행복한 출퇴근길

출퇴근 셔틀버스는 죽전에서 출발해 무지개마을, 하얀마을, 정자동, 이매촌, 야탑을 거쳐 병원에 도착합니다. 덕분에 셔틀버스에 몸을 싣기만 하면 병원까지 안전하게 도착할 수 있습니다.

분당-수서간 도시고속화도로를 지나다 보면 봄, 여름, 가을, 겨울, 계절이 바뀌지만 풍경은 한결같이 정겹습니다. 아름다운 자연을 보다 보면 일상에 찌들어 굳게 닫힌 마음마저 동화됩니다. 야산의 아카시아는 향기롭고, 푸른 소나무와 들풀이 아름답게 손짓하며 노래합니다. 가로수 길에 늘어선 노란 은행나무 잎과 창가로 스치는 바람은 가을이 깊었음을 알리며, 새로운 결실을 준비하게 합니다.

추운 겨울에도 따뜻하게 데워진 셔틀버스에 몸을 실으면 병원 앞 출입구까지 안전하게 도착합니다. 무더운 여름에도 셔틀버스 안에는 에어컨이 시원하게 작동합니다. 덕분에 비지땀 안 흘리고 쾌적하게 출퇴근을 하는 것이 행복합니다. 폭우가 쏟아지는 장마철에는 몰아치는 비 때문에 우산을 쓰고도 흠뻑 젖어 병원에 도착했는데, 셔틀버스가 있어 걱정이 되질 않습니다.

퇴근을 할 때도 정류장에서 집에 가는 버스를 기다리지 않아도 되고, 출근을 할 때도 버스가 언제 올까 발을 동동 구르며 지각 걱정을 안 해도 되니 참 다행입니다. 일반 버스를 타면 두리번거리며 피곤한 몸으로 앉을 자리를 찾아야 합니다. 간혹 자리가 없으면 버스 안에서 꼬박 서서 가야 하지만, 셔틀버스에는 늘 빈자리가 있어 편안하게 앉아갈 수 있습니다.

어제 무리한 일정으로 온몸이 피곤한 날에도 깜빡 잠이 든다고 정류장을 지나칠 염려가 없으니 셔틀버스 안에서 마음 놓고 행복한 단잠을 잘 수 있습니다. 병원에 도착하면 다 함께 내려야 하므로 다른 직원이 깨우거나 셔틀버스 기사가 깨워 줍니다. 덕분에 출근길에도 부족한 아침잠을 보충하며 가뿐한 하루를 시작할 수 있습니다.

번잡한 도시 생활을 하는 와중에도 출퇴근길 셔틀버스에서만큼은 농촌의 아름다운 풍경을 사철 감상할 수 있었습니다. 덕분에 여유로움도 느낄 수 있었고, 은퇴 후 꿈꾸는 귀농 생활을 매일 조금씩 엿볼 수도 있었습니다. 토마토를 가꾸고 잡초를 뽑으며 바쁘게 일손을 움직이는 나이 지긋한 아주머니 아저씨를 볼 때면, 덩달아 마음이 바빠졌습니다. 신기하게도 파릇파릇 잎이 돋는 고추와 상추를 보면, 어려서 막된장에 상추쌈을 싸고 풋고추를 된장에 찍어 먹었던 추억이 되살아났습니다.

병원에 출근하면 할 일이 있어 감사하고, 반갑게 맞아 주는 동료가 있어 감사하고, 간호사의 손길을 기다리는 환자에게 데려다 주는 셔틀버스가 있어, 오늘도 감사하고 행복합니다.

송년 축제, 간호사의 끼가 빛난다

신규 간호사는 정신없이 병원 생활에 적응해 나가면서도 기대 반설렘 반으로 송년 축제를 기다립니다. 송년 축제는 매년 또는 격년마다 진행됩니다. 어떤 부서에서는 간호사들이 쑥스럽고 어색해 하는가 하면, 어떤 부서에서는 송년 축제가 부서 최고의 날인 듯 간호사들이 적극적으로 협동합니다. 당연히 축제의 날에는 후자의 부서가 주목을 받습니다.

열띠게 응원을 하고 적극적으로 참여하는 간호사가 많으면 즐거울뿐더러 부상과 상품도 덤으로 챙겨 갈 수 있습니다. 그리고 스트레스까지도 확 날리며 뜨거운 송년의 밤을 보냅니다.

가무(歌舞)는 주로 신규 간호사의 몫으로 구성이 되기 때문에, 처음에는 송년회 장기자랑을 준비하는 것이 부담될 수 있습니다. 하지만 무대에서 춤을 추고 노래하는 일, 분장하며 망가지는 일도 올해가 마지막입니다. 다음 송년 축제에는 새로 들어오는 신규 간호사가 그 자리를 맡을 테니까요.

신규 간호사들은 쉬는 날(off)을 받거나 야간 근무를 하기 전 시간을 내서 연습에 몰두합니다. 육체적으로는 힘들고 어렵지만 동료들과 함께 연습하는 동안 잠시 환자를 돌보는 업무 스트레스에서 벗어날 수 있습니다. 그래서 끈끈한 동료애를 다지며 단합하고 협동하는 즐거운 과정이기도 합니다.

한 달간의 연습이 끝나면 송년 축제 날에는 부서별로 드레스 코드를 맞춰 이색적인 분위기를 느낄 수가 있습니다. 세계 각국의 전통 의상부터 핼러윈 파티 복장, 우아하고 화려한 이브닝드레스까지, 병원 유니폼을 벗은 간호사들의 변신은 깜짝 놀랄 정도입니다.

이렇게 송년 축제 분위기가 높아질수록 간호사들의 기분은 들뜹니다. 호텔 파티장 대형 홀을 가득 채운 간호사들의 함성과 열정은 가히 형언할 수 없을 만큼 멋지고 놀라운 장관입니다.

이날 송년 축제 무대에서는 신규 간호사의 적응기 콩트, 선배 간호사에 대한 귀여운 바람, 코믹한 연기가 펼쳐집니다. 간호사 모두가 배꼽을 잡고 웃다 보면 어느새 긴장은 풀리고 따뜻한 함성으로 장내가 가득 채워집니다. 그동안 바빠서 나누지 못한 담소를 나누며 이야기꽃을 피우고, 먹음직스런 스테이크를 자르며, 간호사들은 송년회의 주인공으로 최고의 대접을 받습니다.

생각지도 않게 부상과 상품을 받은 부서도 있고, 열심히 준비했지만 아무것도 수상하지 못하고 그냥 돌아가는 것이 못내 아쉬운 부서도 있습니다. 하지만 동료들과 장기자랑을 준비하며, 같은 의상을 입고 같은 주제로 이야기를 나누는 것만으로도 더 친해지는 소중한 시간입니다.

송년 축제는 환자를 돌보는 반복된 일상생활에서 탈피해 병원 전체 간호사가 어울리는 기회입니다. 따뜻한 연말의 기억과 함께 간호사 생활의 소중한 추억으로 남을 것입니다.

터키 세계병원멸균학회를 다녀와서

2013년 11월 5일 오전 6시 30분, 서울성모병원 수간호사, 고대안

암병원 수간호사와 함께 인천국제공항에 모였습니다. 모두 터키 안탈리아에서 열리는 세계병원멸균학회(WFHSS)에 참석할 생각에 들뜬 마음을 가눌 수 없었습니다.

한국에서 터키까지는 비행시간만 13시간에 달합니다. 지루한 여행이 될 것 같아 걱정도 많이 됐지만, 그래도 비행기가 가장 안전한 교통수단이라고 생각하니 마음이 한결 편안해졌습니다. 슬리퍼라도 한 개 준비할까 고민했지만, 일정이 바빠 여행 가방을 간단히 챙겼는데 마침 항공사에서 슬리퍼를 제공해 주었습니다. 버스나 기차를 타면 신발 때문에 불편한데, 기내에서는 슬리퍼를 나눠 주니 쾌적하고 편안하게 여행을 할 수 있었습니다.

기내식으로 나온 비빔밥 식사도 깔끔하고 맛있었습니다. 다만 승무원에게는 감자 샐러드를 포함한 식사를 주문했는데, 뒷자리부터 나누어 주다 보니 감자 샐러드가 부족해 앞자리에 앉은 필자는 닭고기를 받아야 했습니다. 그래도 나름대로 맛있게 먹었는데 승무원은 미안하다고 여러 번 사과를 하길래 저까지 덩달아 미안해졌습니다. 잠시 후에는 책임자로 보이는 승무원까지 와서 고추장, 김치, 해물죽, 과일을 제공하며 거듭 사과를 했습니다.

고객에 대한 서비스가 참 훌륭하다는 생각이 들었습니다. 화장실에는 일회용 칫솔이 비치되어 식사 후 양치질을 할 수 있었고, 세안 후 바를 수 있도록 상큼한 향의 스킨 토너가 준비되어 지루한 비행기 여행길의 따분하고 불쾌한 기분을 가시게 해 주었습니다. 스킨 토너의 신선한 향기와 고객을 생각하는 승무원의 친절함을 지금도 잊을 수 없습니다.

그렇게 13시간의 비행을 거쳐 안탈리아에 도착했습니다. 중간에 이스탄불을 경유하긴 했지만, 다행히 짐은 한국에서 부친 것을 안탈리아에서 바로 찾을 수 있어 편했습니다.

우리가 머문 칼리스타 럭셔리 리조트(Calista Luxury Resort)는 학회장에서 8.7킬로미터 떨어진 곳이었습니다. 11월 6일, 아침 일찍 일어나 안탈리아를 관광했습니다. 서툰 영어로 현지 가이드를 구한 뒤 렌터카로 시내를 둘러보았습니다.

11월이지만 휴양 도시인 안탈리아의 기온은 한국보다 약간 따뜻했습니다. 바람도 선선해서 여행하기에는 적당할 정도로 상쾌한 날씨였습니다. 11월은 우기라기에 우산을 준비했지만, 다행히 날씨가 화창해서 우산을 사용할 일은 없었습니다.

안탈리아는 유럽과 가까워서 그런지 유럽 여행객이 유독 눈에 띄었습니다. 우리가 볼 때는 추울 것 같은데 다들 반팔과 반바지 차림이었고, 간혹 해안가로 연결된 길을 따라 옷을 벗고 일광욕을 즐기는 모습도 보였습니다.

세계 3대 요리라는 터키 음식은 전체적으로 향이 진하고 다소 짰던 것이 기억에 납니다. 같이 간 일행 중 한 명은 목이 마르다며 새벽에 일어나 마라톤이라도 완주한 것처럼 생수를 벌컥벌컥 들이켜기도 했습니다. 대신 동남아 여행을 할 때는 열대 과일을 실컷 먹었던 것처럼, 터키에서는 석류, 치즈, 올리브, 케밥, 정제하지 않은 꿀을 배불리 먹을 수가 있었습니다.

유원지에는 '나자르 본주'라는 특이한 액세서리가 눈에 띄었습니다. 눈알처럼 생긴 부적의 일종으로, 터키에서는 악을 쫓고 행운을 불러온다는 전설이 있다고 합니다. 그래서 관광객들도 많이 찾고 상점마다 필수품으로 진열되어 있었습니다.

터키는 자신들의 역사가 돌궐 시절 고구려에서 비롯되었다는 인식을 갖고 있습니다. 터키 민족을 부르는 '튀르크'라는 말의 어원이 바로 '돌궐'이며, 그래서 터키에서 한국은 '형제의 나라'라고 합니다. 그만큼 터키 사람들은 한국과 한국인에게 매우 우호적입니다. 오죽하면 88올림픽 때, 한국을 방문한 터키의 고위층이 한국인들의 터키에 대한 인지도가 너무도 낮은 것에 실망해 귀국 후 "한국에 대한 짝사랑은 이제 그만 합시다"라고 했을 정도입니다. 우리 일행은 터키인들의 한국 사랑 덕분에 여행하는 동안 따뜻한 환대를 받을 수 있었습니다.

리서치 발표가 마련된 학회장에는 영화에서 본 것처럼 훌륭한 음향 시설과 화려하고 멋진 조명이 갖추어져 있었습니다. 발표자들의 프레젠테이션 역시 유창하여 역시 국제 학회다운 면모를 볼 수가 있었고, 설치된 부스마다 최신 정보가 쏟아져 나와 참석자들은 사진 찍기에 분주했습니다. 기억에 남는 것은 의료 기구에 전자침을 넣어 멸균하는 첨단 장비였습니다. 균의 잔존 여부를 쉽고 정확하게 확인할 수 있으니 IT의 발전에 새삼 감탄을 금할 수 없었습니다.

미생물검사지표 배양결과를 눈으로 확인하는 대신 장비에서 출력된 프린터가 음성(negative)과 양성(positive) 결과를 알려 주는 장비가 상용화될 날을 기대하며, 아름다운 지중해의 푸른 물결을 가슴에 담고 학회장을 떠났습니다.

학회를 마친 후에는 별도로 일정을 잡아 파묵칼레에 방문했습니다. 안탈리아에서 개인 콜택시를 타고 3시간 30분 만에 도착한 파묵칼레는 석회암 위로 흐르는 온천수가 흘러 마치 옥색의 물감을 풀어 놓은 것 같았습니다. 물이 없는 바위를 거닐면 맑은 하늘과 솜구름 속에 떠 있는 느낌이었습니다. 학회의 일정을 마친 후 눈앞에 펼쳐진 파묵칼레의 에메랄드빛 물결에 압도된 기억이 아직도 생생합니다.

영성의 부흥을 기대하며

저는 전문적인 목회자가 아니라서 어떻게 기도를 해야 옳은 것인지 모릅니다. 다만 직장에서 하루를 시작할 때, 간절한 내 마음속 바람에 하늘의 도우심을 기대할 때, 내 능력과 힘으로는 난관을 헤치기가 부족할 때, 그분의 임재 안에서 성령의 이끌림으로 살아가고 싶은 소망의 기도를 올립니다.

하루 세 번 기도하는 습관은 병원을 떠난 지금도 여전히 갖고 있습니다. 매일 반복하는 세 번의 기도는 같은 내용이며, 5분 정도의 묵상이면 충분합니다.

첫 번째는 눈뜨자마자 아침에 일어나서 하는 주기도문 기도입니다. 두 번째는 출근해서 업무를 시작하기 전에 하는 기도입니다. 참고 하는 것은 나침반 출판사에서 나온 《자녀를 위한 무릎 기도문》인데, 매일 날짜별로 기도 내용이 달라지고 자녀 이름을 부르며 기도할 수 있게 되어 있습니다. 기도 내용에 걸맞은 성경 구절도 함께 제시되어 묵상과 함께하면 은혜가 충만해집니다.

세 번째는 퇴근 후 잠자기 전에 하는 선포 기도입니다. 아브라함 때부터 지금까지 예나 지금이나 동일하신 하나님의 은혜를 간구하며, 살아계신 부모님, 가족과 직장 상사, 동료 간호사, 함께 근무했던 부서와 직원, 원목실 목사님, 병원을 방문하는 환자를 위해 기도합니다. 하나님께 의지하며, 그리스도의 동행을 구하고, 날마다 영성이 회복되기를 간절히 원하는 기도입니다.

이렇게 날마다 영성이 회복되기를 간구한 것 외에도 꼭 하고 싶은 일이 있었습니다. 퇴직 전 아프리카 의료 봉사와 기독 수련회에 참여하는 것이었습니다. 그렇게 소망을 하던 차에, 수련회 행사에 참석했습니다. 그곳에서 참석자들과 소망을 함께 나누며 중보 기도를 했습니다. 간호를 통해 하나님의 나라 성숙과 확장을 이루고, 간호 현장에서 이를 실현할 수 있도록 돕는 초교파적인 신앙 공동체였습니다. 간호 선교사 파송을 목표로 중보 기도를 하기도 했습니다. 하나님께서 이끄시고 갈 바를 보여 주시는 것을 확인하는 뜻깊은 시간이었습니다. 그곳에는 부산에서 올라오신 간호학과 교수님도 계셨고, 군대 가기 전 진로가 고민이라던 간호학과 남학생도 있었습니다. 서울에서 온 간호학과 여학생을 비롯해 많은 예비 간호사도 만날 수 있었습니다.

필자가 근무하는 병원에서는 매달 간략한 간호국 예배를 드리고 있습니다. 그리고 짐바브웨의 병원에 간호사를 파송해 2년 동안 선교사로 지원해 근무하게 합니다. 기존의 선교사 계약 기간이 종료되면 새로운 간호 선교사가 선정되어 의료 선교의 뒤를 잇도록 중보 기도 시간에 진심으로 기도드렸습니다. 지금도 필자에게는 한 가지 바라는 것이 있습니다. 임상 현장에서 근무하는 모든 간호사가 영성의 부흥을 꿈꾸며, 하나님의 비전을 바라보며, 소망 가운데 간호의 꿈을 실현하는 것입니다.

간호사의 어머니

팔순을 넘기신 필자의 엄마는 "어디 아픈 곳은 없니? 아프면 아프다고 해라"라는 말을 달고 사십니다. 당신 몸조차도 가눌 수 없어 힘들어하시면서도 늘 "아프면 아프다고 해라" 하십니다.

필자가 병원에 간호사로 근무하는 동안 몸이 아파서 누워 있을 때, 엄마가 처방해 준 민간요법으로 거뜬히 나아서 출근한 적이 한두 번이 아닙니다. 둘째 아이를 갖고 입덧으로 고생할 때도, 병원에서 주사도 맞았지만 소용이 없어 며칠을 아무것도 못 먹고 몸져누워야 했습니다. 그런데 엄마가 해 주신 무시래기 민물 붕어찜을 맛나게 먹고 원기를 회복할 수 있었습니다. 비타민을 혼합한 링거 수액을 맞을 때보다, 엄마가 해 주신 음식을 먹을 때 왕성한 식욕과 기력을 찾을 수 있었습니다.

필자는 한 번도 엄마를 "어머니"라고 불러 보지 못했습니다. 어린 아이처럼 지금도 '엄마! 엄마!' 하고 부릅니다. 필자의 나이 환갑이 코 앞인데, 엄마라는 큰 지킴이 앞에서는 한없이 약해집니다. 영원 불변의 사랑이 있는 엄마의 품에서는 언제나 어린아이가 됩니다.

엄마는 손마디가 굵어지고 거동조차 불편해서 이동을 할 때도 유모차에 의지해 조금 걷다가 앉아서 쉬었다 다시 걸어야 합니다. 그렇게 몸이 쇠약해지셨습니다. 지금도 굽은 허리를 펴기 힘들어 동네 어귀에 앉아 헐떡이는, 엄마의 거친 숨소리와 힘들어하시는 모습이 떠올라 눈물이 앞을 가립니다. 그래도 큰 병 없이 팔순까지 버티신 엄마는 웬만큼 아픈 것은 혼자 참아내시며 간호사인 딸이 "어디 편찮은 데 없으시냐?" 물어도 그저 "괜찮다! 괜찮다!" 하십니다.

팔순을 넘긴 지도 오래인데, 매년 가을이면 자식들 김장 준비에, 바쁜 걸음으로 뒤뜰과 텃밭을 부지런히 다니십니다. "올해까지만 김장을 해 주고, 내년에는 힘들어서 못 하겠다"라는 작년의 말씀이 무색하게 어디서 힘이 났는지 올해도 어김없이 여섯 남매의 김장 김치를 다 해 놓고 가져가라 전화를 하십니다. 거기다 해마다 한 집 식구분의 김장을 더 해서 김장을 못 한 어려운 이웃에게 주거나 마을 회관 노인분들께 드리고는 하십니다.

김치를 가지러 내려가면 도토리묵 가루부터 고구마, 고춧가루, 시골에서 나는 갖가지 양념, 쌀 한 가마니까지 바리바리 준비돼 있

지리산 장당 계곡에서 친정 엄마와

습니다. 그러고도 이것저것 더 주고 싶어 하십니다. 그리고 "청국장

해 놨다", "참기름 들기름 짰으니 가져다 먹어라!"라는 전화는 어찌

나 자주 오는지요. 이렇게 평생 자식 위해 "아깝지 않다" 하며 전부 주신 엄마. 정작 대학 병원에 간호사로 일하는 딸에게는 아프다는 전화 한 번 걸어 본 적 없으십니다.

담낭에 염증이 생겨 심한 통증이 있을 때도 홀로 끙끙 앓고 계시는 것을 남동생이 발견해서 병원으로 모시고 왔습니다. 수술 전 기본 검사를 한 결과, 협심증이 있어 응급으로 심장혈관 스텐트 시술을 받아야 했습니다. 아파도 참기만 하시는 엄마가 답답해서 "제발 조금만 아파도 딸한테 전화하시라" 하고 신신당부를 드렸습니다. 그래도 엄마는 바쁜 딸이 염려되어 전화도 안 하시고, 약국에서 사다 드신 약으로 또 괜찮다고 하십니다. 병원에 모실라치면 딸에게 피해가 될까 봐 "비싼 돈 들여 뭣 하러 병원까지 가느냐" 하고 역정일 것이 분명합니다. 엄마는 왼쪽 가슴의 협심증으로 통증을 느끼시면서도, "좋은 세상 부귀영화 못 보고 일찍 돌아가신 아버지가 불쌍해서 생긴 화병"이라며 늘 괜찮다고 하셨습니다.

돌아가신 아버지의 빈자리를 전혀 내색하지 않으신 엄마는 "열 효자보다 악처 하나가 더 낫다"라던 옛말처럼 요즈음 들어 부쩍 아버지를 그리워하십니다. 자식이 여럿 있어도 살갑지 못하니 오래전에 천국으로 떠나신 아버지 이야기를 하는 날이 많아지셨습니다. 엄마는 강 너머에서 기다리고 계신 아버지를 향해 한 걸음씩 건너가고 계십니다.

딸은 엄마가 강을 건널 날이 얼마 남지 않았다는 것을 알면서도 세월을 붙잡을 길이 없다고 한탄만 합니다. 딸에게 "아프면 아프다고 해라!" 하시면서도 정작 당신은 쇠약해진 몸으로 강을 건널 준비를 마치신 듯합니다. 가슴의 통증이 적지 않을 텐데도 늘 "어지간한 아픔은 다 이길 수 있다"라고 하십니다.

간호사인 딸에게 아파도 내색 한 번 없이 늘 "괜찮다!" 하시는 우리 엄마, 필자에게는 세상에서 가장 위대한 어머니입니다.

간호사의 아들

직장 생활을 하고 동료 간호사들과 소통할 때 제가 좋아하던 사자성어가 있습니다. 바로 이심전심(以心傳心)입니다. 동료와 업무를 하면서 또는 파트장으로서 부서를 이끄는 동안 부서원을 먼저 생각하고 존중하며 부서원의 입장에서 문제를 해결하는 마음을 가져야 한다는 것을 배웠습니다. 그런 마음으로 업무에 임하면 굳이 "믿고 따라오라!"라고 말로 표현하지 않아도 서로 마음이 통하는 것을 확인할 수 있었습니다.

이심전심, 즉 마음에서 마음으로 전하면 모든 것을 이해하게 됩니다. 때로는 야단을 치고 큰 소리가 오갈 때도 있지만, 그렇다고 양심의 가책을 느끼거나 업무가 주춤하는 일은 없습니다. 미워하는 마음으로 괴롭거나 일하는 데 부담을 느끼지도 않습니다. 왜냐하면 이심전심으로 서로 통했기 때문입니다. 흔히 말하는 '팀워크'가 잘 이루어졌다는 얘기이기도 하겠지요.

하지만 동료가 아닌 부모와 자식 간의 이심전심은 어디까지 통하는 것일까요? 흔히 '내리사랑'이라고 하지요. 가끔은 부모가 자식을 생각하는 일방적인 마음을 전할 수 있을 뿐 되돌아오는 마음은 없다는 생각이 듭니다.

예나 지금이나 세상 모든 부모가 같은 마음, 같은 심정일 것입니다. 가장 소망하고 바라는 것이 있다면 아들딸이 건강하게 성장하여 훌륭한 어른이 되는 것입니다. 이런 진심이 마음에서 마음으로 이해되기를 바라 마지않았습니다. 그런데도 아들과의 이심전심은 오랜 시간 불통이 되고, 엄마의 진심이 일방적인 것으로 멈춘 것 같은 느낌입니다.

그도 그럴 것이, 필자가 아이를 기르던 20~30년 전에는 유치원이나 보육 시설이 요즈음처럼 많지 않았습니다. 그래서 근무를 하면서 시설에 아이를 맡기는 것은 엄두를 내지 못했습니다. 결국 아이를 주위의 적당한 이웃에 맡길 수밖에 없었습니다. 3교대를 하는 간호사의 근무 여건상 아침 출근 시간도 이른 아침 7시였습니다. 가끔 아기를 봐 주는 아주머니가 아프거나 급한 일로 못 오면 아이를 안고 발을 동동 굴러야 했습니다. 이웃집에 통사정을 해서 아이를 맡기면 낯선 환경에 겁이 난 아이는 아이대로 울고, 엄마는 엄마대로 온종일 가슴으로 울며 근무를 해야 했습니다. 당시에는 아이를 맡길 곳이 없어 급한 대로 아파트 단지 내 경비실에 아이를 맡겨 놓고 출근한 직원도 있었습니다.

병원에 행사가 있거나 급한 수술이 있어 늦게 퇴근하는 날도 많

있습니다. 그러면 아들은 놀이방에서 함께 놀던 친구들이 하나둘씩 엄마 아빠의 손을 잡고 집으로 가는 모습을 지켜보았을 것입니다. 친구들이 모두 집으로 떠난 휑한 놀이방에서 유리창 너머 깜깜해진 바깥을 보았을 것입니다. 먼발치에서 돌봐 주시는 선생님의 눈치를 보며 엄마가 빨리 오기만을 기다렸을 것입니다. "혹시 엄마가 날 데리러 오지 않으면 어쩌지?" 하는 불안한 마음도 없지 않았겠지요. 그런 생각이 들면 불안한 마음을 진정시키기 위해 혼자 장난감을 건성으로 들었다 놓았다 하기를 수차례. 시간이 흐를수록 어린 아들의 마음은 무너져 내렸을 것입니다.

아들의 유치원 재롱 잔치나 학예회 발표 시간에도 참석하는 것이 힘들었습니다. 요즈음 같으면 휴가를 어렵지 않게 신청할 수 있지만, 그 당시에는 휴가를 받기도 쉽지 않았고 육아휴직제도도 없었습니다. 그래서 근무표를 못 바꾸거나 휴가를 못 받은 날은 학부모로 참석하지 못했습니다. 아들은 음악 소리에 맞추어 여린 날갯짓을 하다가도 행여 엄마가 오셨을까 두리번거리며 먼 곳을 응시했겠지요. 결국 엄마가 오지 않은 것을 확인한 아들의 날개는 얼마나 무거웠을까요?

모처럼 휴가를 받고 당당하게 아들의 학예회 발표장에 간 적도 있었습니다. 씩씩하게 발표하는 여느 아이들과는 달리 우리 아들만은 "오늘도 엄마는 안 오시겠지"라며 마음을 접었는지 자신감이 없어 보였습니다. 직장 생활을 하는 엄마를 둔 까닭이라는 생각에 일을 포기해야 하는 것은 아닐까 혼란스럽고 힘겨웠던 기억이 납니다.

설사가 심하고 고열이 있는 아픈 아들을 놀이방에 맡기고 출근한 날도 있었습니다. 근무를 마치고 돌아오면 기운 없이 잠든 아들이 보입니다. 온종일 미음조차 못 먹었을 아들을 보고, 안타깝고 미안한 마음에 하염없이 눈물 흘린 적이 한두 번이 아니었습니다.

아들이 다 큰 지금, 전업주부인 친구가 일류 대학을 졸업하고 좋은 직장에 다니는 자식을 자랑하고 자식과 사이가 돈독한 것을 자랑하면 어쩐지 슬그머니 자리를 피하게 됩니다.

여러 날 혼자 울면서 아들을 위해 간절한 기도를 드렸습니다. 엄마가 믿고 바라는 것을 받아들이고 실천하는 이심전심의 그 날이 언제인가 찾아와 통할 것을 염원했습니다. 지금도 두 아들 걱정은 끝이 없습니다. 그때마다 남편은 "기다리면 언젠가는 부모의 마음을 알아줄 날이 있을 것"이라고 합니다. 자신의 역할을 충실히 하면 그걸로 충분하고, 현재 위치에서 성실하게 살면 그것이 최선이라고 합니다.

아들은 아직 시작하는 단계이고, 인생의 종착역은 아직 많이 남아 있습니다. 너무 걱정하지 말고 아들을 믿고 성원해야겠다고 다짐해 봅니다. 직장 생활로 어릴 적 유치원 재롱잔치에 참석하지 못한 것, 고열로 아픈 아들을 놀이방에 맡긴 것, 따뜻한 뒷바라지 한 번 제대로 못 해 준 것이 아들에게 상처가 된 것이 아닌가 미안한 마음은 잠시 접어두려 합니다.

직장에서 직원들과 근무하며 모토로 삼은 이심전심의 마음을, 아들과도 이룰 날이 오기를 기대합니다. 끝까지 믿고 실망하지 않으면 아들에 대한 진심어린 바람도 통할 날이 있을 거라 확신합니다. 성실하게 직장에 다니고 있는 큰아들과 국방의 의무를 다하고 있는 둘째 아들에게 그저 고맙고 감사할 따름입니다.

간호사로 보낸 세월 많이 변했다

제가 병원에 입사해서 근무를 시작했던 때는 꽃다운 20대 중반이 었습니다. 그리고 병원을 퇴직해 떠날 때는 50대 중반이 넘은 나이로, 그 사이 강산은 3번이나 변했습니다.

병원에 취직했을 때는 시골에 계신 부모님의 감사에 보답한다는 생각으로 빨간색 내복 두 벌을 샀습니다. 그리고 쉬는 날(off)을 손꼽아 기다렸지만, 당시엔 휴가를 내기가 그리 쉽지 않았습니다. 결국 여러 날이 지나서야 부모님께 빨간 내복을 드렸던 기억이 남니다.

수술실 간호사로 당직(on call)을 서는 날에는 주말에도 외출을 못하고 근무했습니다. 응급수술 당직이 돌아오면 병원에서 필요한 짐 보따리를 챙겨 와 두 달은 꼬박 야간 근무(night duty)와 주말 당직을 서야 했습니다. 요즈음은 당직이 없어지고 하루 여덟 시간 3교대 근무를 하니 참 많이 좋아졌다는 생각이 듭니다. 특근을 해도 수당은 못 받았지만, 그만큼 일이 일찍 끝나니 시간이 맞는 친구들과 영화를 봤습니다. 요즈음은 특근을 하면 수당이 나오니 이 또한 좋아진 것이지요.

힘들게 야간 근무를 마친 날에는 병원 앞에 마땅한 식당이 없어, 망가진 시내버스를 개조한 분식 버스에서 따뜻한 우동 한 그릇을 먹으며 허기를 달랬습니다. 지금은 병원 안에 여기저기 음식점과 분위기 있는 카페가 많이 생기고, 맛있는 음식도 마음껏 먹을 수 있어 좋아졌습니다.

간호사끼리의 호칭도 'OOO 씨' 아니면 'OOO 언니'였습니다. 세월이 흐르면서 누군가 "우리 간호사는 전문직인데 'OOO 선생님' 하고 부릅시다"라고 의견을 냈습니다. 처음에는 쑥스러워 여러 번 망설이기도 했지만 "OOO 선생님" 하고 몇 차례 부르다 보니, 이젠 선생님이란 호칭도 익숙해졌습니다. 예전에는 환자나 보호자가 "간호원"이라고 부르기도 했는데, 요즈음은 다들 자연스레 "간호사"라고 부릅니다.

예전에는 간호사의 복장에도 상징적인 의미가 있었습니다. 그래서 머리에 캡을 쓰고 흰색 유니폼을 입고 근무를 했지만, 요즈음에는 색도 다양해지고 바지 차림의 근무복으로 유니폼도 편하게 바뀌고 있습니다.

예전에는 도시락을 싸서, 점심이면 다 같이 옹기종기 모여서 음식을 나누어 먹는 즐거움이 있었습니다. 지금은 수술실 계단을 한 층만 올라가면 식당에 따뜻한 밥상이 마련되어 있어, 바코드만 찍으면 식사도 간단하게 해결이 됩니다.

병원 바로 옆의 허름했던 도곡아파트와 개나리·진달래아파트는 허물어진 지 오래입니다. 지금은 재건축을 통해 강남에서도 비싼 고급 아파트들이 부의 상징이 되어 우뚝 서 있습니다. 입사 당시 병원 근처에 집을 샀던 직원 몇몇은 부동산 가격이 올라 부자가 되었다는 이야기도 전해집니다.

매봉산을 넘으면 들판에 벼를 추수하고 남은 낟가리가 쌓여 있었습니다. 가을이면 수수밭에 참새 떼가 날아들고, 바람에 수숫대 부딪치는 소리도 정겨웠습니다. 출퇴근길에 늘 보던 볏짚과 수숫대도 이제는 없어졌습니다. 낟가리가 쌓였던 논밭에는 대한민국에서 최고 비싸다는 도곡 타워펠리스가 우뚝 서 있습니다. 이렇게 옛 정취는 하나둘 잊혀 갑니다.

병원 앞 도곡동사거리는 도로포장이 안 되어, 비가 오는 날이면 질척한 진흙을 밟고 출근해야 했습니다. 그럴 때마다 청소하는 아저씨들이 힘들어하셨고 필자도 덩달아 죄송스러웠습니다.

강산도 세 번이나 변하고, 근무 환경도 바뀌고, 근무했던 간호사들도 바뀌고, 간호사로 보낸 세월이 참 많이 변했습니다.

4장

책임 간호사

Charge Nurse

책임 간호사에게 바란다

책임 간호사는 뿌리와 같다

병원에서 책임 간호사는 그 이름에 걸맞게 막중한 책임을 집니다. 나무의 뿌리와 같은 역할을 한다고 할 수 있지요. 책임 간호사는 실무 간호에 있어 핵심적인 책임과 영향력을 가지고 있습니다. 꽃은 화려하지만 한 번 꽃잎이 시들면 그것으로 제 역할이 끝납니다. 하지만 꽃이 피든 지든, 비바람이 불든 태풍이 불든 뿌리가 견고하게 제 역할을 하면 나무의 생명은 유지가 됩니다. 새들이 머물다 가는 가지와 햇빛에 반짝이는 푸른 잎도 뿌리가 건실하기 때문에 존재할 수 있습니다.

책임 간호사는 이처럼 생명의 근원인 뿌리와 같습니다. 책임 간호사가 소중한 존재인 것은 긍정적인 시너지 역할을 하는 파급력이 있기 때문입니다. 책임 간호사가 열정적이고 의욕적으로 계획을 추진한다면 그 앞에는 어떠한 장애물도 있을 수 없습니다. 책임 간호사가 언제고 마음만 먹으면, 생각만 바꾸면 간호의 중심에 우뚝 설 수가 있습니다.

책임 간호사는 병동과 특수 부서의 유대 관계를 돈독히 하는 데도 일익을 담당합니다. 업무 수행 과정에서 발생한 서먹서먹한 부서 간의 갈등도 책임 간호사의 중재로 봄눈 녹듯 녹일 수 있습니다. 그야말로 병동 간 소통을 원활하게 하는 메신저 역할을 하는 것입니다. 병동에서 환자 이동(transfer) 때문에 언쟁이 오가는 경우가 있습니다. 이동이 준비 완료된 병동과 미처 안 된 병동 간에 트러블이 있을 때도 책임 간호사들은 환자를 우선으로 생각하며 함께 적합한 답을 모색합니다.

때로는 양보하고 때로는 협력하며 업무가 매끄럽게 추진될 수 있도록 선도자 역할을 하기도 합니다. 책임 간호사는 업무를 가장 잘 알고 있는 간호사입니다. 이러한 이점을 살려 환자에게 가장 적합한 실무 간호를 적용하고, 경험을 통해 축적된 아이디어를 살려 효율적인 방향으로 업무를 이끌어 갈 수도 있습니다. 동료 간호사들을 적극적으로 독려함으로써 부서원의 참여를 최대로 끌어낼 수 있는 것도 책임 간호사의 커다란 장점이자 권한입니다. 일반 간호사와 가까이에서 함께 업무를 수행하고, 후배 간호사를 챙기며 이끌어 주는 위치에 있기 때문입니다.

때로는 일반 간호사를 대상으로 업무 교육을 실시하고, 부서 살림을 관리하며, 부서 내의 구성원들의 업무를 조정합니다. 즉 병동의 분위기를 좌우하며 부서의 업무 효율이나 성과 제고에 지대한 역할을 미치는 것입니다.

늦은 가을 산에 올라가 보면 나무의 뿌리가 얼마나 중요한지를 깨닫게 됩니다. 나뭇가지는 앙상하게 헐벗었지만, 낙엽은 이불처럼 땅을 덮어 뿌리가 얼지 않도록 감싸고 있습니다. 뿌리가 버텨 줘야 봄에 나뭇가지가 새싹을 틔울 수 있기 때문입니다. 책임 간호사는 이처럼 실무 간호의 핵심에서 뿌리와 같은 역할을 수행합니다. 책임 간호사가 그 역량을 최대로 발휘하면 병동과 부서는 아름다운 열매를 맺을 수 있습니다. 모든 책임 간호사가 정진하며 각자 자기의 책임을 다할 수 있기를 기대합니다.

기대되는 책임 간호사의 역할

여담으로 파트장이 다른 병동으로 발령받았을 때 제일 먼저 던지는 질문이 "병동의 책임 간호사가 누구지?"라고 합니다. 책임 간호사가 병원의 정책과 목표에 긍정적이며 적극적인 태도를 갖고 성실하게 일할 때, 그 병동은 경쟁력을 갖출 수 있기 때문입니다. 이것 또한 여담이지만 신규 간호사가 출근하고 제일 먼저 하는 질문도 "오늘 책임 간호사 선생님이 누구지?"라고 합니다. 아무리 바빠도 '간호사 점심'은 기필코 챙겨 먹이는 책임 간호사를 만나면 신규 간호사에게 큰 의지가 됩니다.

책임 간호사가 일을 잘할수록 파트장은 그만큼 신경 쓰고 챙겨야 할 업무가 줄어듭니다. 그리고 책임 간호사가 일을 잘할수록 부서는 긍정적인 분위기를 조성하며 업무의 시너지 효과를 거둘 수가 있습니다. 그렇다고 파트장의 역할이 중요하지 않은 것은 아닙니다. 파트장이 일을 잘해야 하는 것은 언급할 필요도 없습니다. 그러나 그에 못지않게 책임 간호사의 역할은 아무리 강조해도 지나치지 않을 정도로 중요합니다.

파트장은 책임 간호사에게 이러저러한 역할을 하라고 요구하기보다 책임 간호사를 신뢰해야 합니다. 그리고 업무 계획과 문제 등을 허심탄회하게 고민할 수 있는 동반자로서 믿음을 가져야 합니다. 종종 필자는 책임 간호사와 일하고 대화할 때 '파트장과 같은 생각과 같은 마음'을 갖도록 호흡을 맞출 것을 요구했습니다. 이렇게 믿음과 신뢰가 기본이 될 때 유능한 책임 간호사의 역할을 기대할 수가 있습니다.

필자가 임상을 통해 느꼈던 경험과 짧은 생각으로는 책임 간호사의 중요한 역할을 서술하기에는 부족할 것입니다. 하지만 평소에 느꼈던 생각을 여기에 나눠 봅니다.

첫째, 책임 간호사는 임파워먼트(empowerment)를 활용해야 합니다. 파트장은 업무를 실행할 때 크고 작은 권한을 책임 간호사에게 일임해야 합니다. 책임 간호사에게 적극적으로 권한을 부여하되, 그에 따르는 책임은 파트장 자신이 질 수 있어야 합니다. 파트장 부재 시에는 책임 간호사가 파트장의 권한을 대행하기 때문에 책임 간호사가 능력을 발휘하고 권한을 인정받아 자신감 있게 부서를 움직여야 합니다.

둘째, 책임 간호사는 부서의 리더(leader)입니다. 대부분 부서에서는 경험이 많은 경력자가 책임 간호사가 되어 업무를 봅니다. 15~20년의 경력이 있는 책임 간호사는 환자를 간호하는 능력이 탁월합니다. 일반 간호사에게 "책임 간호사처럼 되어야겠다!"라는 희망의 본보기가 되고 부서에 긍정적인 영향을 미치도록 리더의 위치에 서야 합니다.

셋째, 책임 간호사는 핵심적인 실무자입니다. 실무에 대한 책임 간호사의 권위와 위상은 아무도 따라갈 수 없습니다. 풍부한 지식과 경험을 기반으로 병동에서 수행 중인 모든 업무를 총괄합니다. 책임 간호사는 부서의 실무를 책임지는 핵심적 존재로서 자신의 중요성을 잘 알고 업무에 임해야 합니다.

넷째, 책임 간호사는 힘 있는 중재자입니다. 부서에서 의사소통이 되지 않을 때는 많은 어려움이 따를 수 있습니다. 그래서 책임 간호사는 일반 간호사와 파트장 사이에서 소통의 가교가 돼야 합니다. 병동에서 추진하는 업무가 있다면 일반 간호사가 이견이 없도록 설득하고 이해를 도와야 합니다. 반대로 파트장이 일반 간호사의 의견이나 생각을 파악하지 못할 때도 소통의 중재자로서 책임 간호사의 역할이 요구됩니다.

다섯째, 책임 간호사는 빛과 같은 교육자입니다. 책임 간호사는 교육이 필요할 때 관련 자료를 준비하고 교육의 효과를 평가합니다. 그리고 육아 휴직 직원이나 퇴직자를 대체하기 위해 다른 부서에서 간호사가 이동 오거나 신규 간호사가 새로 발령을 받으면 부서의 업무에 적응하도록 교육을 담당합니다. 요즈음 병원에서 시행하는 각종 평가에 대비하기 위해 필요한 자료로 부서원을 교육하기도 합니다.

이렇듯 책임 간호사는 파트장과 일반 간호사를 도와서 부서의 관리와 업무를 돕습니다. 책임 간호사는 부서의 든든한 후원자이자 지원자입니다.

책임 간호사와
러닝메이트(running mate)로 달린다

책임 간호사는 부서의 목표를 향해 파트장과 짝을 이루어 보폭을 맞추며 달려갑니다. 책임 간호사는 파트장의 러닝메이트, 즉 동반자로서 너무 앞서 가거나 뒤에 처지지 않도록 달려가는 힘을 조절해야 합니다. 일반 간호사들은 선두 그룹에서 무거운 횃불을 들고 달리는 파트장과 책임 간호사를 보면서 삼삼오오 뒤따라 오면 됩니다.

미국에서는 대통령 후보가 부통령을 임명해 함께 대통령 선거에 출마합니다. 같은 성향과 뜻, 사고를 가진 사람과 임기 동안 함께 달리자는 취지입니다. 그러나 간혹 문제 해결 과정에서 불협화음이 생기기도 합니다. 같은 방향으로 정책을 추진하기보다 다툼에 급급하고, 목표를 이루기보다 경쟁을 하기도 합니다. 그래서 진정한 러 닝메이트를 찾기란 어렵습니다.

마찬가지로 간호사 중에도 자기 의견이 강한 진보 성향의 간호사 가 있을 수 있고, 매사 소극적인 보수 성향의 간호사가 있을 수 있 습니다. 부서 운영은 다양한 의견을 가진 간호사들과 긴 여정을 달 리는 마라톤과도 같습니다. 병원의 업무가 표준화되었지만, 여전히 불편을 호소하는 간호사도 있습니다. 병원의 규모가 커지고 간호 인력도 많이 늘었지만, 여전히 일손이 부족하다고 느끼는 간호사도 있을 것입니다. 다양한 교육이 많아져 지식이 풍부해졌지만 판단력 은 오히려 무디어지고, 각자 전문 영역에 집중하지만 여전히 업무 운영이 치밀하지 못하다고 의견을 제시할 수도 있습니다. 문제는 언제나 남아 있기 마련입니다.

이렇게 다양한 의견을 가진 간호사를 만나서 함께 질주하는 동 안, 목표를 나누고 진심으로 달려 준 간호사가 없다면 안타까운 일 입니다. 운 좋게도 필자는 책임 간호사 삼총사와 러닝메이트로 행 복하게 달린 기억이 있습니다.

마취회복실에 근무할 때 같은 해 입사한 세 명의 책임 간호사와 근무한 일이 있습니다. 이들 책임 간호사 삼총사는 병원에서 인정 한 모범 간호사들이었습니다. 매사에 긍정적이고 적극적인 태도로 부서의 일에 솔선수범했으며, 각기 다른 역량을 가진 훌륭한 책임 간 호사들이었습니다. 함께 근무하는 동안 러닝메이트로 파트장의 생 각과 뜻에 동참하며 고맙게도 끝까지 최선을 다해 달려 주었습니다.

함께 근무했던 책임 간호사 삼총사

"윗물이 맑아야 아래 물이 맑다"라는 격언의 소중한 의미도 삼총사로부터 느끼고 배웠습니다. 책임 간호사 삼총사가 솔선수범해 움직이고 참여하니까 일반 간호사들도 매사에 적극적이고 협조적인 부서가 되었습니다. 삼총사는 연휴가 겹친 황금 휴가 기간에 당직 근무자가 마땅히 없으면 본인들이 근무를 자처하기도 했습니다. 이렇게 적극적이고 솔선수범하는 자세로 후배를 감동시키니 나중에는 후배 간호사들도 삼총사를 무조건 지지하고 따랐습니다.

이렇게 책임 간호사가 힘을 합치면 파트장 한 명의 노력과 비교가 안 되게 긍정적인 동력이 됩니다. 삼총사와 러닝메이트로 뜻을 함께하고 달리는 동안 우리 부서는 최고의 화합을 자랑하고 각종 대회를 휩쓸며 상을 탔습니다. 간호국 업무 보고에 최다 수상 경력을 자랑하는 유능한 부서로 인정받기도 했습니다.

의료기관인증 평가와 JCI 평가를 앞두고 부서에 교육이 필요하면 삼총사가 먼저 나서서 빈틈없이 준비했습니다. 후배 간호사들도 책임 간호사들을 본받아 능동적이고 역동적으로 업무를 수행하니, 부서 전체가 러닝메이트로 함께 달리며 활기찬 부서가 되었습니다.

책임 간호사에게 후배 간호사가 도전을 하는 것은 있을 수 없는 일이었고, 간호사 간의 위계질서가 잡혀 서로 존경하며 힘이 되어 주었습니다. 전공의와 의견이 다를 때도 무조건 따르거나 충돌을 빚기보다 최적의 아이디어를 내기 위해 고심했습니다.

규칙을 엄격하게 준수하지만, 후배가 잘못을 했을 때 감싸 주고 북돋워 주는 것도 삼총사의 몫이었습니다. 지금 생각하면 좋은 친구이자 유능한 동료로 책임 간호사와 결승점까지 완주할 수 있었던 그때가 참 행복했습니다.

이처럼 책임 간호사가 변하지 않는 중심으로 파트장과 짝이 되어 러닝메이트로 달려 준다면 개개인은 물론 부서와 병원이 함께 발전할 것입니다.

지나간 책임 간호사의 후회

후회에서 후(後)는 '뒤'라는 의미이며, 회(悔)는 '뉘우치다'라는 의미입니다. 사람들은 지나고 나서야 뉘우치고 반성하지만, 그때는 이미 돌이킬 수 없는 경우가 대부분입니다. 대개 살면서 세 가지 후회를 한다고 합니다. "좀 더 즐기며 살걸", "조금만 참을걸", "내가 먼저 베풀어 줄걸" 하며 말입니다. 필자에게는 그중 책임 간호사를 하면서 베풀지 못한 것이 가장 큰 후회로, 아직도 가슴 깊이 남아 있습니다.

병원에서 책임 간호사를 하다 보면 선택과 결정을 해야 하는 난관에 직면할 때도 있고, 돌이킬 수 없는 일로 후회할 때도 있습니다. 그러나 지나온 병원 생활 중에 가장 후회가 되는 것은, 책임 간호사로서 베풀기보다 대우받아야 한다는 생각이 더 강했던 것입니다.

책임 간호사의 역할을 찾아서 열심히 일하지 않았고, 후배를 챙기는 데도 등한시했습니다. 이기적으로 고정 근무표를 원했고, 야간근무(night duty)는 가능하면 안 하려고 했습니다. 오후 근무(evening duty)는 안 하지는 않았지만 한두 번만 하는 것이 제 권리인 줄 알았습니다. 지금이야 근무표를 짜는 것이 표준화가 되어 있지만, 그때는 후배 간호사가 근무표를 짜는 것을 예민하게 지켜보던 필자의 이기적인 모습이 떠올라 부끄럽습니다.

간호 정책이나 추진 업무가 있을 때도 긍정적으로 격려하기보다 가끔 반기를 들고 모난 간호사처럼 까다롭게 굴기도 했습니다. 지나간 일들이 하나하나 아쉽고 쑥스럽고 미안합니다. 파트장이 되고 보니 "부모가 되어 자식을 키워야 부모 마음을 이해한다"라는 말이 새삼 실감이 납니다. "책임 간호사가 이런 때는 이렇게 해 주었으면" 하는 답이 뒤늦게 보인 것입니다. 하기 싫은 근무를 대신해 주고 황금연휴 때는 후배가 쉴 수 있도록 아량을 베푸는 책임 간호사가 되지 못한 아쉬움이 있습니다.

또 하나 안타까운 것이 있습니다. 책임 간호사로 있을 때, 시간을 쪼개 교육가는 것을 아까워했던 점입니다. "책임 간호사 필수 교육 학점만 이수하자"라는 생각으로 더 이상의 노력을 하지 않으려고 생각했습니다. 교육 보낼 인력이 없어 근무표 짜는 후배 간호사가 난감해 할 때, 선뜻 나서서 "교육은 내가 간다" 하지 않은 것도 후회가 됩니다. 교육이나 학술 대회에 가지 않고, 자기 계발을 미루고 제 자리를 지키면 책임 간호사의 지위가 유지되는 줄 알았습니다. 경력이 쌓이면 쌓일수록 그에 맞는 교육과 역할을 해야 한다는 것을 이제 안 것입니다.

지금 생각하면 더 적극적이지 못한 것, 그리고 책임 간호사 역할을 제대로 수행하지 못한 것이 후회스럽기만 합니다. 그래도 후회와 함께 모든 것이 끝나는 것이 아니고, 후회와 함께 새로운 삶을 시작할 수 있다는 생각을 작은 위안으로 삼습니다.

5장

파트장

Head Nurse

파트장의 리더십과 소통

파트장의 리더십

병원의 간호국에서 '파트장'은 중간 관리자 역할을 합니다. 병원에 따라 직책명이 다르기 때문에 '유닛 매니저(unit manager)' 또는 '간호과장'으로 불리기도 하고, 일부 대학 병원에서는 예전부터 사용하던 '수간호사'라는 호칭을 사용하기도 합니다.

파트장은 사람의 몸을 생각하면 척추와 같아서, 우리 몸의 중간을 지탱합니다. 파트장은 병동이나 특수 부서를 대표하며 관리자의 역할을 합니다. 병원의 목표에 맞게 업무를 기획하고, 수립하며, 부서원들이 최대한의 성과를 내도록 리더십을 발휘합니다.

중요한 것은 병원 정책이나 목표를 일방적으로 따라가는 것이 아니라 간호사들과 소통하며 부서의 화합을 우선시하는 것입니다. 그러기 위해서는 파트장이 편견에서 자유로워야 합니다. 부서원들의 서로 다른 개성을 인정해 주고, 비록 한두 사람이 동의할 수 없는 의견을 내세우더라도 생각이 다를 뿐이지 틀린 것은 아니라는 인식을 가져야 합니다.

부서에 갈등이 있을 때도, 자기 이익을 앞세우기보다 환자의 입장을 먼저 생각하며 해결의 실마리를 모색하도록 부서의 분위기를 유도해야 합니다. "나만 잘하면 된다"라는 독선적인 생각은 부서의 발전을 저하하는 길이라는 것을 알아야 합니다.

파트장은 간호사 개개인과 더불어 부서가 성장하도록 꿈을 키워야 합니다. 병원과 조직에 맹목적으로 충성하기보다 함께 근무하는 간호사들과 진정성 있는 간호를 수행하는 것이 먼저입니다. 그렇게 모두가 발맞추어 나갈 때 병원의 사명과 목표는 자연스럽게 달성될 것입니다. 나아가 파트장의 파트너십이 부서 간의 경계를 뛰어넘어 병원 전체를 아우를 때 병원의 발전은 극대화될 것입니다.

간호사가 말하는 파트장의 리더십

병원에서는 의사, 간호사, 약사, 영양사, 물리치료사, 방사선사, 임상병리사 등 다양한 분야의 전문가가 함께 근무를 합니다. 의료진 외에도 검사실, 원무과, 영선실, 전기실, 의료정보실, 총무과 등에서 많은 사람들이 병원의 목표를 이루기 위해 노력합니다. 파트장은 이렇게 다양한 직종의 사람들이 모인 병원의 특성을 이해하고 각 부서와 협조 관계를 유지해야 합니다.

가장 중요한 것은 간호국 파트장이 일반 간호사를 대변하고 일반 간호사가 원하는 리더가 돼야 한다는 것입니다. 파트장은 올바른 리더로서 간호의 중심에 서야 하여, 일반 간호사와 가장 가까이에서 환자를 돌보고 간호하는 동행자가 돼야 합니다.

환자를 간호하면서 느끼는 보람과 스트레스는 조수간만의 차이처럼 하루에도 여러 번 변화무쌍하게 반복됩니다. 아무리 파트장이 새로운 비전을 제시하고 열정적으로 변화를 추구하려 해도 간호사가 반복되는 스트레스에 매몰되어 따라오지 못하면 아무 소용이 없습니다.

최근 대두되는 서번트 리더십은 예수의 리더십입니다. 약하고 병든 자를 위해 왕이 아닌 종의 몸으로 낮은 자에 대한 사랑과 섬김을 몸소 실천하는 것입니다. 서번트 리더십을 소개한 앨런 로이 맥기니스는 "다른 사람을 도와주는 것, 다른 사람이 성공하도록 돕는 것보다 고귀한 일은 세상에 없다"라고 말했습니다.

서번트 리더십은 파트장이 간호사들을 신뢰와 믿음으로 대할 때 그 진가와 진정성을 발휘할 수 있습니다. 간호국 파트장의 리더십을 한두 단어로 논하기에는 무리가 있습니다. 하지만 평소 간호사들과 나눈 대화를 기반으로 이상적인 파트장을 정의해 보았습니다.

- 목표를 향해 부서원들을 이끄는 배의 선장 같은 파트장
- 간호사의 목소리를 경청하고 배려하는 파트장

- 조직원을 행복하게 하는 파트장
- 간호사의 능력을 키워 주는 파트장
- 막힌 돌을 치워서 물이 잘 흐르게 하는 파트장
- 부서의 화합을 도모하고 소외되는 부서원이 없도록
  살피는 파트장
- 배가 잘 항해하도록 도와주는 등대 같은 파트장
- 밀어주고 끌어 주는 파트장
- 따뜻한 감성의 소유자인 파트장
- 미래를 예견하는 통찰력이 있는 파트장
- 조직을 변화시키는 영향력 있는 파트장
- 구성원과 아름다운 하모니를 낼 수 있는 지휘자 같은 파트장
- 사랑의 실천자인 파트장
- 마음이 통하고 소통하게 하는 파트장
- 어두움 속에서도 빛이 되는 파트장
- 변함없는 절개가 있는 파트장

파트장은 작은 침묵을 깨운다

독일의 커뮤니케이션 학자 노엘레 노이만은 '침묵의 나선 이론'을 통해 다음과 같은 주장을 제시했습니다. 일반적으로 사람들은 타인으로부터 자신이 고립되는 것을 두려워하고, 다른 사람에게 자신의

의견이 받아들여지길 원합니다. 그래서 일단 한 가지 의견이 다수의 지지를 얻으면, 그와 다른 견해를 가진 사람은 고립을 피하기 위해 침묵을 지키고 처음 지지를 얻은 의견은 계속 우세한 자리를 지킨다는 것입니다.

병원에서도 마찬가지입니다. 한 가지 의견이 많은 간호사들로부터 지지를 얻으면 소수 의견을 가진 간호사는 불이익이 두려워 침묵을 지킵니다. 그 결과 절대적인 정답이 아닌데도 한 번 지지를 획득한 다수 의견은 계속 우위를 차지합니다. "이런 의견을 말하면 돌팔매질을 당할까?" 아니면 "다른 간호사들에게 따돌림을 당할까?"라는 생각을 하느라 동의하지 않더라도 입을 다물고 침묵하는 경우가 많습니다. 이럴 때 파트장은 침묵하는 소수의 의견을 알아내기 위해 노력해야 합니다. 면담을 통해 간호사들의 생각과 의견을 물어보기도 하고, 부서의 동향을 분석해 여론과 분위기를 파악해야 합니다.

예를 들어 경력 간호사와 일반 간호사보다 숫자가 적은 신규 간호사는 경력자 그룹에서 의견이 나올 때 이견이 있어도 침묵하는 경우가 있습니다. 간호사들끼리 농담 삼아 하는 말이지만, 2주 또는 4주에 한 번씩 나오는 간호사 근무표를 두고 "베스트셀러를 본다"라고 말합니다. 그만큼 간호사 근무표는 간호사들의 초미의 관심사이며, 작성에 있어 엄격하고 공정한 룰을 적용해야 합니다. 경력자들의 의견이라고 해서 일방적으로 반영을 해도 안 되고, 신규 간호사들의 의견이라고 해서 무시해서는 더더구나 안 되는 것입니다.

근무표의 중요성을 조금 더 이야기해 보겠습니다. 매일 3교대로 바뀌는 자신의 순번을 알려면 근무표를 꼼꼼하게 읽어야 합니다. 그래야 근무에 차질이 생기지 않고, 쉬는 날(off)이 언제인지, 휴가를 어떻게 보낼지를 미리 계획할 수 있습니다. 즉 근무표는 간호사 개인의 일상생활을 크게 좌우하는 변수로 작용합니다.

부서나 병동에 따라 개인이 선호하는 차이는 있겠지만, 대체로 야간(night) 근무나 오후(evening) 근무 대신 데이(day) 근무를 지속적으로 하길 원합니다. 그렇지 않으면 동일 시간(duty) 근무를 지속적으로 하길 원합니다. 가장 적응하기 힘든 근무표는 3교대가 들쑥날쑥 편성이 된 경우입니다. 몸이 시차 적응을 하지 못해 피로하기 때문에 모두가 기피하는 경우입니다.

그래서 근무표 작성 시에는 모든 부서원에게 원만하고 공평한 부담이 지워지도록 고려해야 합니다. 간혹 기피하는 연휴나 명절 때 당직 근무표가 몰린다면, 파트장은 공정한 근무표가 되도록 지도력과 통솔력을 발휘해서 침묵하는 소수의 의견도 존중해야 합니다.

노시보 효과(nocebo effect)를 재우고 플라세보 효과(placebo effect)를 깨운다

노시보 효과는 환자에게 약을 투여해도 환자가 치료 효과가 없다고 생각하면 약 효과가 없는 것을 일컫는 용어입니다. 때로는 잘못된 생각이나 믿음이 실제로 해로운 영향을 미칠 수 있습니다.

1950년대, 포르투갈산 포도주를 운반하는 화물선에 타고 있던 한 선원은 스코틀랜드 항구에 짐을 내렸습니다. 그러다 뜻하지 않게 냉동 창고에 갇히는 사고를 당합니다. 나중에 선원은 냉동 창고에서 시체로 발견됩니다. 냉장고 벽에는 쇳조각으로 "추운 냉동실에 갇혔으니 나는 얼마 버티지 못할 거야"라는 절망적인 글이 적혀 있었다고 합니다.

그러나 그를 죽음으로 이끈 것은 추운 냉동실이 아닌 자신이 죽을 거라는 부정적인 생각이었습니다. 당시 냉동 창고는 냉동 장치가 가동되지 않는 상태였으며, 온도는 19°C였다고 합니다. 냉동 창고 안에는 오랫동안 먹을 식량도 충분히 있었습니다. 선원은 냉동 창고 안의 추위가 아니라, 갇혀 있다는 두려움과 그로 인한 절망적인 생각 때문에 죽음을 맞은 것입니다.

반대로 플라세보 효과는 의학적으로 효과가 없는 가짜 약을 진짜 약이라고 속여 환자에게 투여했을 때, 환자의 증세가 호전되는 것입니다. 실제로 임상에서 근무하다 보면 가끔 경험하는 일이기도 합니다.

수술 후 극심한 통증을 호소하는 환자들이, 진통제를 투여하고 얼마 지나지 않았는데 더 많은 진통제를 요구하는 경우가 있습니다. 진통제에는 마약 성분이 있기 때문에 과도하게 투여하면 환자의 호흡을 억제하는 등 다양한 부작용이 있습니다. 그래서 투여할 수 없다고 설명해도 환자는 막무가내로 조릅니다. 이런 경우 어쩔 수 없이 플라세보 효과를 기대하며 사용하는 처방이 있습니다. 정맥주사용 생리식염수(normal saline) 1cc를 투여하면서 진통제를 놓는다고 설명하는 것입니다. 그러면 환자는 진통제를 맞았다고 생각하며 덜 아파하기도 합니다.

간호사 역시 직장 생활을 하다 보면 업무에 지쳐 힘이 들 때가 있습니다. 은연중 부정적인 생각에 지배되기도 합니다. 상사가 마음에 안 들어서, 함께 일하는 동료가 마음에 안 들어서, 환자가 너무 많아서, 의사가 마음에 안 들어서, 근무표가 마음에 안 들어서, 이유는 무수합니다.

이처럼 간호사를 노시보 효과로 이끄는 주변 환경을 벗어나려고 노력해야 합니다. 똑같은 상황이라도 그것을 긍정적으로 받아들이느냐, 부정적으로 받아들이느냐는 백지장 한 장의 차이도 아닙니다. 하지만 그 결과는 어마어마합니다. 주변 사람들을 모두 기쁨과 감사로 대하는 긍정적인 마음을 갖고 스스로 플라세보 효과를 강화할 때 활기찬 병원 생활의 원동력을 얻을 것입니다.

파트장은 상사(上司)가 아니라 '리더'

지금 우리 사회에서 각 분야의 관리자 위치에 오른 사람들은 대부분 권위주의적 사고가 압도하는 분위기 속에서 직장 생활을 시작했습니다. 그러다 보니 아직도 그런 권위주의적인 직장 문화를 답습하는 경향이 있습니다. 엄한 시어미 밑에서 시집살이를 한 며느리가 더 엄한 시어미가 된다고 합니다. 권위주의가 팽배한 직장에서 일을 배운 사람일수록 그러한 분위기를 후배들에게도 넘기기가 쉽습니다. 지금은 많이 나아졌지만, 아직도 직원들에게 일방적으로 군림하고 명령하는 관리자가 많습니다.

필자가 처음 병원 근무를 시작했을 때는 그러한 권위주의적 리더십이 당연하다고 여기는 분위기였습니다. 그러나 지금은 상황이 많이 변했습니다. 이제는 권위주의적 리더십이 설 자리가 없습니다. 그런데도 필자 역시 병원 신입 시절 보아 왔던 권위주의적인 잔상이 남아, 은연중에 그러한 리더십을 답습하려는 유혹을 느끼기도 합니다.

파트장이 되어 중간 관리자 역할을 하다 보면, 리더 즉 지도자의 역할을 하기보다 상사가 되어 간호사들 위에 군림하고 틀에 박힌 업무에 몰두하기 쉽습니다. 상사는 조직의 목표를 따르고 업무 성과를 내는 것이 주된 목표입니다. 그러나 파트장은 또한 리더로서 간호사들이 즐겁게 직장 생활을 하도록 행복한 부서를 만들어야 합니다. 소통과 통합의 리더십으로 부서를 이끌어 가야 하는 책임도 있습니다.

때로는 무조건 지시하고 복종을 요구해야 한다는 안일한 생각이 들기도 합니다. 하지만 수직적 리더십을 강조하다 보면 겉보기에는 조직이 잘 움직이는 것 같지만, 시간이 흘러 중요한 업무 결정을 해야 할 때 어려움에 직면할 수도 있습니다.

평소 간호사들의 의견을 경청하고, 열린 마음으로 소통하며 함께 가는 수평적 리더십을 발휘해야 합니다. 그러면 간호사들과 함께 맡은 업무는 물론이고 어려운 문제도 쉽게 해결할 수 있을 것입니다. 업무 성과 또한 자연히 높일 수 있다고 봅니다.

상사가 아닌 리더로서 파트장의 중요한 덕목은, 간호사가 자신의 지시를 따르게 하기보다 간호사 개개인의 자질을 찾아 리더의 소질을 키워 주는 것입니다. 그것이 파트장이 상사에 머물지 않고 진정한 리더로 나아가는 길입니다.

필자는 해박한 업무 지식을 갖춘 유능한 간호사를 부서 교육자로 발탁해서, 부서원들이 재능을 키우고 소질을 발휘하도록 자체 교육을 시작했습니다. 처음에는 발탁된 간호사에게 발표 기회를 부여하고, 자긍심을 고취했습니다. 특히 외부 인증 평가에 관심을 갖도록 지원한 덕분에, 인증 평가와 관련된 부서원의 교육에는 일가견이 생겨 탁월한 업무 역량을 발휘할 수 있었습니다. 그리하여 '교육'하면 누구나 떠올리는 간호사가 되었고, 영향력 있는 부서의 '교육 간호사'로 멋있게 성장했습니다.

평소에는 말도 없고 숫기도 없었던 간호사도 능변으로 관중을 사로잡는 교육자가 될 수 있다는 것을 보여주는 사례였습니다. 그러려면 리더는 간호사의 잠재적인 능력을 알아보고 그 능력을 발휘할 기회를 부여해야 합니다.

뭉치면 살고 흩어지면 죽는다

아무리 뛰어난 개인도 하나로 뭉친 다수의 에너지를 이길 수 없습니다. 다수의 구성원이 유연하게 결속하고 상호 협력하는 조직, 이것이 바로 린다 그래튼이 말하는 핫스팟(hot spots)입니다.

리더나 파트장의 가장 큰 역할은 팀원들이 함께 일할 수 있도록 조직의 분위기를 다지고 팀원들의 능력을 극대화하는 데 있습니다. 부서 간호사들이 똘똘 뭉침으로써 더 큰 힘이 발현된다는 것을 믿을 때 핫스팟은 움직이기 시작합니다.

핫스팟을 조성하려면 부서원들의 통찰력과 지혜를 서로 묶는 협동 관계를 형성해야 합니다. 모든 간호사의 지적·감정적·사회적 자본을 기반으로 인적 자본과 잠재력이 발현돼야 합니다. 그리고 협력적 사고방식, 경계 해제자, 점화의 목적, 생산적 프로세스가 필요합니다. 이 중 한 가지만 부족해도 핫스팟의 잠재 에너지는 많이 감소합니다. 하지만 잠재적 에너지를 생산적 에너지로 전환하고 생동감 있는 조직을 만드는 데 가장 중요한 것은, 무엇보다 핫스팟 현장 안에 존재하는 간호사들의 소통일 것입니다.

흔히 개개인이 능력 있고 일을 잘하면 부서가 잘 굴러갈 거라고 믿습니다. 그러나 현실은 전혀 그렇지 않습니다. 조직 내 개인의 역량보다 팀원들의 긍정적이고 협력적인 사고가 필요합니다. 간호사 개인만 잘하겠다는 생각을 버리고 전체 조직원의 팀워크를 구축하는 경계 해제자로서의 역할을 해야 합니다. 그래야 조직의 경쟁력인 생산적 프로세스가 배가되고, 목표에 도달할 수 있는 힘의 원천을 얻습니다.

핫스팟을 조성하는 첫 번째 단계는 리더가 의견과 아이디어를 내는 것입니다. 이는 험난한 산을 넘는 것처럼 쉽지 않은 길입니다. 두 번째 단계는 리더와 일반 간호사가 협력하는 것입니다. 이렇게 생각을 모으고 협력하면 절반의 성공은 거둘 수 있습니다. 세 번째 단계는 리더와 일반 간호사가 경계를 넘어 정상까지 오르도록 목표를 세우는 것입니다.

목표에 이르는 길은 리더가 혼자 걸어가는 길이 아닙니다. 다른 간호사들과 협력해야 하며 함께 가야 합니다. 조직과 부서의 목표를 향해 모두가 활활 타오르는 열정으로 뭉친다면, 조직의 경쟁력을 높이고 함께 발전하는 핫스팟의 힘을 얻게 될 것입니다. 이렇게 생동감 넘치는 활력 있는 부서야말로 병원 성장의 동력입니다.

파트장의 비전과 가치

파트장은 미션과 비전을 만든다

파트장 발령을 받으면 먼저 "어떻게 하면 부서의 역량을 높일 수 있을까?" 하는 고민을 해야 합니다. 목표를 세우고 부서의 특징도 익히며 분주한 가운데 업무 파악도 신속히 해야 합니다. 간호사들과 면담하고 소통하며 부서의 문제점이나 현안 사항이 무엇인지 파악하는 것도 중요합니다. 하지만 가장 우선적으로 할 일은 한 배를 타고 나아가야 하는 간호사들과 부서의 특성에 맞는 미션과 비전을 만드는 것입니다.

미션과 비전은 간호사들의 생각과 목표를 한데 수렴하고, 일정한 방향으로 이끄는 역할을 합니다. 그래서 미션과 비전을 제시하는 것이 가장 시급하고 중요한 일입니다. 이렇게 만들어진 미션과 비전은 간호사 전체가 공유하게 합니다. 부서원들이 미션과 비전을 마음에 새길 수 있도록 격려하고, 게시판 등 잘 보이는 곳에 붙이기도 합니다. 연말 단합 대회에서 퀴즈로 출제하고 상품을 주는 것도 미션과 비전을 의식화하는 한 방법입니다. 지속적인 피드백을 제공함으로써 부서 전체가 하나로 단합할 수 있고, 보다 나은 부서에 대한 확신을 갖는 희망의 메시지가 될 수 있습니다.

이렇게 미션과 비전이 공유되면, 부서에서 무엇을 해야 하는가에 대한 답을 자연스럽게 찾을 수 있습니다. 파트장은 부서의 모든 역량을 동원해서 가장 효과적으로 목표를 달성하는 사람입니다. 미션과 비전을 만드는 것도 중요하지만, 부서의 간호사들과 끊임없는 쌍방향 커뮤니케이션이 이루어지지 않으면 목표에 쉽게 도달할 수가 없습니다.

필자가 수술실 파트장을 하다가 마취회복실 파트장으로 발령을 받았을 때도, 마취회복실 간호사들과의 대화를 통해 미션과 비전을 도출해 낼 수 있었습니다. 이야기를 나눠 본 결과, 규모가 상대적으로 큰 수술실 간호사 위주로 시스템이 움직이다 보니 마취회복실 간호사들은 소외감을 느끼는 경우가 많다고 했습니다. 마취회복실 간호사는 업무 중 갈등을 빚을 때도 불이익을 받고 있다는 인식을 가지고 있었습니다.

즉 수술실이라는 동일한 공간에서 함께 일하면서도 수술실 주인은 수술실 간호사라는 인식이 강했고, 마취회복실 간호사는 상대적으로 제3자가 되어 소외감을 느낀다는 것이었습니다.

병원에서 수행하는 간호사 업무 중에 중요하지 않은 업무가 어디 있겠습니까? 부서를 막론하고 간호사 모두가 동등한 위치에서 역할을 수행할 때 간호사가 빛나는 것입니다.

필자 또한 수술실 간호사로 일할 때는 수술실이 최고라는 근거없는 우월감을 갖기도 했습니다. 그러나 다른 부서에서 근무하고 다양한 경험을 하면서, 그것이 왜곡된 생각이라는 것을 알게 되었습니다. 수술실에는 주인이 따로 있는 것이 아닙니다. 마취회복실 간호사는 혈액, 의료용 마약, 복잡한 주사약 투여 등의 업무에 고도의 전문성을 갖춰야 합니다. 빈틈없이 일사분란하게 일을 진행하는 마취회복실 간호사들의 업무 처리 능력을 보면 누구나 감동을 받을 것입니다.

마취회복실 간호사가 전문적이고 훌륭한 간호사로서 당당하게 긍지를 갖고 일하기를 바라는 마음이 들었습니다. 그래서 간호사로서 긍지를 심고 함께 나갈 수 있는 희망의 메시지로 미션과 비전을 만들기로 했습니다. 상대방의 생각과 내 생각이 다를 때 서로 다른 해석으로 오는 갈등을 미션과 비전으로 녹이고, 간호사끼리의 갈등으로 상한 마음이 치유되고, 협력하는 부서가 되길 바랐습니다. 이런 마음으로 모두가 함께하는 공동체의 염원을 담고 미션과 비전을 만듭니다.

지금도 근무하는 간호사들이 그때 정한 미션과 비전을 기억하고 있을까요? 다시금 마취회복실의 미션과 비전을 떠올려 봅니다.

미션 : 하나님의 사랑으로 긍지(PRIDE)를 실천한다.

비전 : 첫째, Patient - 환자 중심에서 한다.

둘째, Right - 정확하게 한다.

셋째, Idea - 생각하며 한다.

넷째, Dream - 꿈을 갖는다.

다섯째, Enjoy - 즐기며 한다.

파트장은 미션과 비전을 만들고 공유하면서, 부서원들과 함께 성장하는 꿈을 실현해야 합니다. 그렇게 함으로써 자신과 부서, 병원을 긍정적인 방향으로 이끄는 나침반이 되길 기대합니다.

부서에서 파트장은 가치를 심는다

세상의 근로자 중 자기가 맡은 업무에 100퍼센트 만족하는 사람이 과연 얼마나 될까요? "지금 하는 일이 좋다. 일이 즐거워 아침 일찍 일어나 출근하고 싶다"라고 말할 수 있다면, 그 사람은 진정 행복한 사람이겠지요. 그러나 대부분의 직장인들에게 일이란 지겹고 힘겨운 스트레스의 연속일 뿐입니다.

한국 직장인이 겪는 업무 스트레스는 세계 최고 수준이지만, 업무 만족도는 최저라고 합니다. OECD 국가 근로자들은 업무 만족도가 80퍼센트가 넘는 데 비해, 한국의 근로자들은 업무 만족도가

70퍼센트에도 미치지 못합니다. 참으로 안타까운 현상입니다.

근무하는 곳이 병동이든 특수 부서든, 간호사로 일하고 환자를 돌보는 것은 분명한 의미가 있는 일입니다. 그러나 단순히 소속된 직장이기 때문에 근무한다거나 그냥 어쩔 수 없다는 생각으로 근무를 하면, 고단한 업무에 지쳐 즐거움과 보람을 찾을 수가 없습니다. 흘러가는 일상에 자신을 맡긴 채 생각 없이 하루하루를 보내게 됩니다.

예컨대 간호사라면 자칫 목숨을 잃어버릴 뻔한 환자가 의료진의 치료를 받아 완쾌했을 때 일하는 보람을 찾을 수 있습니다. 이렇게 자신의 소중한 가치를 발견하고, 긍정적인 마음을 불러일으키도록 동기부여를 하는 지혜가 필요합니다.

간호의 역할에 대한 거창한 발견이 아니어도 좋습니다. 내가 수행하는 업무, 즉 환자를 돌보는 역할에서라도 작게나마 소명 의식과 가치를 찾아야 합니다. 일반적이고 보편적인 가치가 아니라, 나의 신념에서 비롯된 나만의 가치를 찾아야 합니다. 가치를 찾는다는 것은 어쩌면 너무 쉬운 일일 수도 있지만, 대부분의 경우 그것을 간과합니다. 사소한 일이라도 지금 현재의 위치에서 나만의 존재 가치를 찾을 수 있다면, 그것이야말로 현명한 삶의 자세입니다. 그렇게 된다면 힘겨운 간호사 생활도 거뜬히 이겨낼 힘의 원천이 될 것입니다.

그러려면 먼저 근무하는 부서에 목표가 있고 활력이 넘쳐야 합니다. 그래야 가치를 찾고, 그래야 열정이 생깁니다. 자신이 하는 일에서 가치를 찾지 못하면 자부심이나 떳떳함이 생기지 않습니다. 그러면 자꾸만 무력감으로 힘들어집니다.

환자를 돌보고 간호하는 일은 아무나 할 수 없는 것입니다. 선택받은 자만이 할 수 있는 귀한 가치를 실현하는 것입니다. 간호사가 먼저 자기 일에 뜻을 두고 열정을 불태우면, "하늘은 스스로 돕는 자를 돕는다"라는 말처럼 도움을 받을 것입니다.

모든 간호사가 맡고 있는 간호 업무는 병원에서 반드시 수행해야 하는 것입니다. 그러나 그 업무를 어떤 태도로 수행하는가에 따라 같은 에너지를 투입하고도 결과는 크게 달라집니다. 마지못해 부정적이고 소극적인 자세로 임한다면, 보람과 가치를 찾을 수 없을 것입니다. 반면 소명 의식을 갖고 긍정적이며 적극적인 자세로 임한다면, 큰 보람과 가치를 찾을 수 있을 것입니다.

파트장은 간호사들이 업무에 긍지와 자부심을 갖도록 근무 여건과 환경을 조성함은 물론 각자가 숭고한 가치관을 갖고 일할 수 있도록 지원하고 격려해야 합니다.

힘들면 파트장은 의미를 찾는다

하나님께서 세상을 창조하시면서 각자를 쓰임 받는 존재로 세상에 보내셨습니다. 그러니 세상에 쓸모없는 사람은 아무도 없습니다. 다른 부서 또는 병동에 발령을 받아 낯선 일을 시작하는 순간에도, 그곳에서 환자를 간호함으로써 의미 있는 역할을 수행하고 진정한 자아실현을 할 수 있을 것입니다.

병원에서 근무를 하다 보면 크고 작은 스트레스를 받습니다. 환자의 안전 문제가 발생할 때도 있고, 동료 간에 오해가 생길 때도 있습니다. 그중에서도 가장 큰 스트레스는 준비되지 않은 가운데 인사 발령을 받았을 때입니다. 현재 하는 간호 업무는 누구의 도움 없이도 완벽하게 수행할 수 있다는 자신감이 가득합니다. 오랜 기간 축적된 업무 노하우와 업무에 대한 애착으로 근무에 탄력이 붙은 상태인데, 갑자기 부서를 바꿔야 한다면 누구나 거부감을 느낄 것입니다.

필자 역시 새로운 부서에서 파트장을 하면서 심적인 갈등을 겪은 적이 있습니다. 처음 수술실에서 마취회복실로 부서 이동 인사 발령을 받았을 때, 새로운 업무가 두렵고 자신이 없었습니다. 파트장으로 한 부서를 이끌어 갈 용기도 생기지 않았습니다. 입사부터 그때까지 오로지 수술실 간호사로만 근무를 계속했고, 부서 이동 경험은 처음이었기 때문입니다.

한 곳에서만 20여 년간 근무하다 보니, 근무 부서 변화에 따른 충격은 쉽게 가시지 않았습니다. 그동안 수술실 간호사로 일하는 것을 긍지로 여기며 지내왔고, 반면에 다른 부서의 업무나 간호에 대해서는 무지하기 짝이 없었습니다. 마취 시 사용하는 각종 주사약물이며 집중적으로 관리해야 하는 의료용 마약 종류, 혈액 관리, 마취, 회복 과정의 간호 관리 등을 생각하면 너무 복잡하고 자신감이 떨어져 두려움만 쌓였습니다.

"이럴 줄 알았으면 수술실에 근무할 때 마취과 업무를 좀 더 관심 있게 보아둘걸" 하는 생각과 상념도 머리를 스치고 지나갔습니다. 그나마 다행인 것은 업무에 대해 전혀 아는 것이 없는 병동보다는 마취회복실 간호사들과는 수술실에서 왕래하며 이름과 얼굴만이라도 익혀 둔 상태라는 것이었습니다.

"하나님께서 나를 마취회복실로 이동하게 하신 의미는 뭘까?" 하고 골똘히 생각했습니다. 해답을 찾지 못하고 "사표를 써야지" 하는 다짐을 되뇌던 근무 이틀째였습니다. 수술실로 입실하기 전에 전처 치실로 내려오는 환자를 보고, 부서 이동과 마취회복실 간호의 의미를 발견하게 되었습니다.

수술이 무서워 눈물을 흘리며 떠는 환자, 수술 후 마취에서 못 깨어날까 봐 두려워하는 환자, 의료진의 위안을 애타게 기다리는 환자들이 전처치실에 있는 것을 보고 "힘든 환자들에게 위로와 평안을 주는 '영성 간호'를 하고 싶다"라는 의미 있는 욕구가 가슴을 타오르게 만들었습니다. 사표를 쓰겠다던 다짐은 간호의 의미를 발견하는 그 순간 사라져 버렸습니다.

그때부터 수술전처치실에서 대기하는 환자의 말에 귀 기울여 주고 불안해하는 환자의 손을 꼭 잡고 기도를 하기 시작했습니다. 그러다 보니 간호에 대한 열정은 더욱 강렬히 일었습니다. 마취과장과 의논해서 더 적극적인 대안을 제시하기도 했습니다. 원목실에 협조를 구하고, 목사님을 모셔서 수술 전 두렵고 불안해하는 환자들을 위해 기도하게 한 것입니다. 이렇게 영성 간호를 실시한 후에는 전보다 더 활기찬 간호를 할 수가 있었습니다.

빅터 프랭클은 아우슈비츠 수용소에서 살아남기 위해 "살아야 하는 의미"를 구했다고 합니다. 그는 죽음의 수용소에서 살아남은 사람들의 공통점을 발견했습니다. 건강하고 높은 지식을 가지고 있다고 해도 수용소 생활의 고통을 아겨낼 수는 없습니다. 그보다 중요한 것은 삶의 의미를 찾고 도전하는 것입니다. 인간은 최악의 조건에서도 의미를 발견하면 저항할 힘을 만들기 때문입니다.

인간은 사소한 것에도 행복해하고 또한 사소한 것에도 힘겨워합니다. 병원에서 부서 이동 때문에 힘겨워하다가도, 강한 의지로 이겨내기도 합니다. 후자에 해당하는 간호사가 훌륭한 간호사이고 성공한 간호사로 남는 것은 당연한 일입니다.

퇴직 전 중앙공급실 파트장으로 발령을 받아 근무를 시작할 때는 업무가 재미없고, 어깨가 무거웠습니다. 그리고 의욕과 함께 업무 성과가 저하되었고, 하루가 너무 길게 느껴졌습니다. 이전에 근무했던 수술실 간호사 생활이 그리웠습니다. "간호사라면 수술실 간호사가 되든가, 회복실 간호사가 되든가, 병동 간호사가 돼야지. 환자를 돌보지 않는 부서에서 간호사가 무슨 일을 한다는 말인가?" 하는 비관적인 생각에 골몰했습니다. 그러던 어느 날, 사무실 벽에 붙어 있는 글귀가 필자의 가슴을 파고들었습니다. 다음의 문구는 중앙공급실 학술 대회 때마다 회자되는 내용이며 중앙공급실에 근무하는 모든 간호사가 공감하는 내용이기도 합니다.

중앙공급실이 중앙으로 불리는 이유는 우리가 하는 일이 감염을 일으킬 수 있는 위험한 박테리아를 사멸하도록 도와주기 때문이며, 우리가 없이는 모든 병원의 진료와 간호가 연기되거나 취소되기 때문입니다. 우리는 최상의 멸균 업무를 수행하기 위해 선정된 최고의 전문가들이며, 우리가 없이는 어떠한 수술도 원하는 시간에 원하는 기구로 시작할 수 없습니다. 우리는 항상 환자를 걱정하며, 우리의 일은 환자를 살리는 것입니다. 그래서 우리는 '중앙'에 있습니다.

중앙공급실의 의미를 찾고 보니, 근무하는 환경이 달라 보이기 시작했습니다. 그리고 좋은 부서에서 근무한다는 자긍심이 느껴졌

중앙공급실 파트장으로 근무할 당시의 필자

습니다. 중앙공급실은 까다로운 환자를 대면하지 않아도 되고, 보호자를 대면할 일도 없습니다. 독자적인 업무를 수행하기 때문에 의사와 오더를 주고받다 언성을 높일 일도 없습니다. 3교대 근무를 안 하고 상근인 것도 장점입니다. 근무 부서의 참다운 의미를 발견한 순간부터 안 좋게 생각했던 근무 여건은 수면 아래로 감춰지고, 차츰 장점이 부각되었습니다. 덕분에 활기찬 간호사로 무장하고 꿋꿋하게 정진할 수 있었습니다. 중앙공급실에 대한 자긍심을 갖고 행복하게 근무를 할 수가 있었습니다.

중앙공급실에서 발견한 소중한 의미를 생각하면 지금도 사명감으로 가슴이 뛰어 현장에 달려가고 싶어집니다.

파트장 역지사지로 생각하다

자리가 파트장을 만든다

"자리가 사람을 만든다"라는 말에는 사람이 어떤 직위에 오르면 그에 어울리는 모습으로 변하게 마련이라는 뜻이 담겨 있습니다. 어떤 간호사들은 파트장이 되려면 뛰어난 업무 능력은 물론, 후배를 이끄는 리더십, 높은 인사 고과 점수와 승진 시험 점수, 소통과 대화 능력, 병원에 대한 충성심 등이 있어야 한다고 믿습니다. 그러나 특별한 능력이 없는 간호사라도 누구나 파트장의 자리에 오르면 충분히 그 역할을 감당할 수 있다는 게 필자의 생각입니다. 파트장 승진 대상으로 일단 면접을 보았다면 파트장을 할 수 있는 경력과 요건을 갖추었기 때문입니다. 다만 자리가 충분하지 않기 때문에 병원에서는 대상자를 선별해 소수에게 파트장의 권한을 부여합니다.

예전에는 경력이 쌓이면 어렵지 않게 연공 승진을 할 수 있었습니다. 그러나 최근에는 능력 있고 실력 있는 간호사가 승진 시험, 인사 고과, 승진 면접 결과에 따라 승진을 하기 때문에, 간혹 후배 간호사가 선배 간호사보다 앞서 승진을 하기도 합니다. 마찬가지로 파트장도 자리가 한정돼 보직을 받는 확률은 대단히 낮습니다. 간호사 승진처럼 후배 간호사가 선배 간호사보다 파트장 보직을 먼저 받는 경우도 비일비재합니다. 파트장 승진도 준비하는 간호사에게 기회가 주어집니다. 승진을 하기 위해서 미리미리 준비하는 것이 바람직합니다.

사람은 어떤 직위에 오르면 그에 어울리는 행동과 역할을 합니다. 책임을 져야 할 위치에 앉으면, 책임을 감당할 수 있도록 스스로 능력을 배양합니다. 그리고 그 자리에 부합하는 사람으로 거듭나도록 노력하며, 맡은 바 의무를 수행하기 위해 최선의 노력을 합니다. 다만 마음의 준비 없이 파트장 자리에 발령받았다면, 한동안은 힘들게 근무해야 합니다. 달리는 운전대를 잡으면 뒤를 돌아볼 수 없는 것처럼, 한 번 보직을 받으면 바쁜 업무로 좌고우면(左顧右眄)하며 따질 겨를이 없기 때문입니다.

준비되지 않은 사람에게는 주어진 자리가 고역일 수 있습니다. 자리 잡는 것이 힘겹고 버거워 포기하고 싶은 마음이 강하게 밀려옵니다. 그러나 포기하지 않고 꿋꿋이 정진하다 보면, 주변에서 힘을 주고 성원을 보내주기도 합니다. 가끔은 "파트장 자리가 어울리지 않는 사람이다"라고 떠도는 소문에 상처를 받기도 하지만, 그래도 참고 성실하게 일하다 보면 주변에서도 그 자리를 차츰 인정하게 됩니다.

가장 이상적인 것은 파트장이 되기 전에 미리 준비하고 대비하는 것입니다.

누구에게나 요청되는 전문적인 간호 지식과 리더십은 물론이고, 기안이나 보고서 작성을 위해 문맥과 요점을 명확하게 정리하는 능력도 필요합니다. PPT 작성이나 엑셀의 활용에도 능숙해야 유능한 파트장이 될 수 있습니다.

병동이나 부서에서는 매년 논문을 쓰고 개선 활동을 벌입니다. 이에 상응하는 결과를 얻고 부서를 이끌어가려면 석사 공부도 미리 해야 되겠지요. 부서의 발전과 간호의 질을 높이는 데 필수적인 역할을 하는 주체가 바로 파트장입니다.

이 같은 역할을 원활히 수행하려면 사전에 배경 지식이 철저해야 합니다. 파트장이 논문이나 개선 활동을 모르고 일반 간호사에게 이끌려서 가는 것은 바람직하지도 않고, 설령 따라간다고 하더라도 알고 따라가는 것과 모르고 따라가는 것은 차이가 크기 때문입니다.

파트장은 누구에게나 맡기면 할 수 있는 자리입니다. 그러나 책임과 의무보다 권위와 타이틀에 집착한다면, 자신은 물론이고 조직을 망가뜨리는 일등공신이 될 것입니다.

병원의 꽃은 파트장

기본간호 실습 교육을 할 때 간호대학 학생들에게 늘 빠뜨리지 않고 하는 말이 있습니다. "간호사는 임상에서 근무하는 것이 꽃이야!"라는 말인데요, 30여 년 임상에서 환자를 돌보고 간호했던 필자의 긍지를 표현하는 것이기도 합니다. 이렇게 임상에서 근무하는 간호사가 꽃이라면 간호국의 파트장은 꽃 중의 꽃이라고 해도 이의를 제기할 사람이 없을 것입니다. 다소 과분한 표현으로 쑥스럽기는 하지만 말입니다.

나무가 아름다운 꽃을 피우려면 겨울의 모진 추위를 이겨야 합니다. 봄이 되면 새싹을 틔워 꽃을 피우기 위해 준비해야 합니다. 한 송이 아름다운 꽃을 피우기까지 많은 고충과 어려움을 인내해야 합니다. 파트장 또한 많은 날 눈물을 삼키면서 봄을 기다려 왔을지도 모릅니다.

화단의 꽃들이 아름답게 조화를 이루려면 정원사가 각고의 노력을 기울여야 하는 것처럼, 파트장은 간호사들이 조직의 미션을 잘 수행하도록 이끄는 중추적인 역할을 합니다. 병원은 다양한 직종의 사람들이 모여 하모니를 이루는 공간입니다. 환자 치료 업무를 수행하는 와중에 구성원들이 서로 호흡을 맞춰야 합니다. 그러려면 자기 부서의 이익을 앞세우기보다 "환자에게 양질의 의료 서비스 제공"이라는 병원의 공동 이익을 위해 양보하고 협력할 줄 알아야 합니다.

이때 파트장은 간호사를 지휘할 수 있는 실제적이고 구체적인 목표를 계획해야 합니다. 부서 자체의 조직 문화를 이해하고 간호사와 소통하는 것도 중요합니다. 소통이 되지 않아 리더십에 장애가 생기면 못다 핀 꽃 봉우리가 땅에 떨어진 것과 마찬가지입니다.

때로는 물이 잘 흘러가 꽃에 수분이 공급되도록, 막힌 돌을 치워주는 역할도 필요합니다. 때로는 흐르는 물이 바위에 부딪혀서 모퉁이를 돌고 도는 것을 이해하며, 긴 시간을 기다리는 인고의 노력도 배워야 합니다. 때로는 조직이 세상 순리대로 움직이게 하는 조타수 역할도 필요합니다.

그러나 가장 중요한 것은 어떻게 하면 환자를 어떻게 잘 돌볼 수 있을지 고민하는 것입니다. 환자가 불편을 느끼고 병원을 찾지 않는다면 아무리 아름다운 꽃도 향기가 없고 나비가 날아들지 않는 셈입니다. '양질의 간호'라는 자양분으로 고객 만족 서비스를 강화해서 환자가 중심이 되는 친절의 꽃을 피워야 합니다. 간호사의 노력이 환자의 건강과 행복이라는 열매를 맺을 때, 아름다운 꽃은 시간이 지날수록 그 진가가 다시 발견될 것입니다.

인사(人事)가 만사(萬事)다

"인사가 만사"라는 말은 좋은 인재를 잘 뽑아서 적재적소에 배치하면 모든 일이 잘 풀린다는 뜻입니다. 조직에 인사이동이 있으면 직무 내용과 장소가 변하기 때문에 구성원들은 심리적으로 부담을 많이 느낍니다. 인사가 잘 이루어지느냐 그렇지 않으냐에 따라 조직 구성원들의 열정과 애착심을 불러일으킬 수도, 그렇지 않을 수도 있습니다. 나아가 인사의 성패 여부에 따라 조직에 대한 충성심을 끌어낼 수 있고, 개인의 업무 능률은 물론 조직의 업무 효율이 크게 좌우됩니다. 그래서 많은 사람이 '인사가 만사'라는 말을 합니다.

간혹 출퇴근 거리가 멀거나, 하고 있는 업무가 적성에 맞지 않거나, 일하는 사람과의 관계가 불편할 때, 오히려 직원들이 때 이른 인사이동을 반기기도 합니다.

그러나 인사이동은 정해진 규정에 의거하여 극비로 이루어지며, 일단 발령이 나면 대상자는 발령 조치에 따라야 합니다. 발령이 나기 전에는 인사이동 내용을 사전에 알고 있어도 함구령을 유지합니다. 함구령이 떨어지지 않아도 비밀을 유지한 채 입을 다물고 있어야 합니다.

오래전에 함께 근무한 동료와 헤어질 뻔했던 인사이동 해프닝이 기억납니다. 이미 수십 년 전의 일입니다. 수술실에 근무할 당시 친하게 지내던 간호사였는데 외래로 발령이 났다고 슬픈 소식을 전하는 것이었습니다. 그래서 동료들이 식당을 빌려 눈물을 흘리며 송별회를 가졌습니다. 그런데 어찌 된 일인지, 다음 날 출근해서 들려온 뉴스로는 그 친구가 인사이동에서 빠졌다고 합니다. 어제 저녁 송별회에서 구구절절하게 마지막 인사를 건넨 것이 생각나 쑥스러웠던 기억이 있습니다.

이렇듯 인사이동은 하루 전까지도 전혀 알 수가 없습니다. 인사발령이 정식으로 발표되기 전에는 풍문으로 떠돌아다니는 소문만 믿어서는 과녁을 빗나가는 오류를 범할 수 있습니다. 일단 인사팀에서 정식으로 발표를 하면, 대상자는 마음의 준비를 하고 수일 내로 업무 인계를 해야 합니다. 업무 인계가 마무리되면 짐을 꾸리고 정든 부서를 떠납니다.

필자는 병원에 입사해 처음 수술실에서 근무한 이래, 다른 부서로의 인사이동은 꿈에도 생각을 안 했습니다. 근무하는 동안 인사이동이 없기를 마음속으로 간절히 바라기도 했습니다. "만약 인사이동으로 근무 부서를 옮기면 그날이 사직하는 날"이라고 부질없는 생각을 하기도 했습니다.

그런 필자에게도 어느 날 인사이동이 돌연히 닥쳤습니다. 도저히 그만둘 수 없는 상황인지라 울며 겨자 먹기로 20여 년 근무한 수술실을 떠나야 했습니다. 그렇게 처음 마취회복실 파트장을 맡았을 때는 아무것도 못 할 것 같은 두려움 때문에 하루하루 버티는 것이 힘들었습니다.

"출근하면 사표를 써야지" 하는 마음으로 출근했지만, 정작 너무 바쁜 나머지 사표를 쓸 시간조차 없었습니다. 그렇게 여러 달 정신없이 지내다 보니, 정말 못할 것 같은 업무가 어느덧 조금씩 보이기 시작했습니다. 처음 맡은 업무를 한 단계 한 단계 해결하면서, 그동안 느껴 보지 못한 성취감도 느낄 수가 있었습니다.

새로운 부서의 특성도 알게 되었고, 나름대로 참신한 시각으로 업무 개선 아이디어가 떠오르기 시작했습니다. 그래서 이때까지 시도해 보지 않은 새로운 계획으로 부서 발전의 전기를 마련하기도 했습니다. 인사이동을 통해 새로운 부서에서 좋은 동료들을 만날 수 있고, 뜻이 통하는 간호사를 만나서 간호의 열정을 다시 키우겠다는 의지를 불태울 수도 있었습니다. 새로운 업무에 도전함으로써 간호에 대한 의욕이 재점화된 것입니다.

시도 때도 없이 잦은 인사이동은 근무 의욕을 떨어뜨릴 수 있습니다. 그리고 개인마다 차이가 있을지는 몰라도, 파트장은 3년 이상 근무해야 업무 개선 및 변화에 대한 안목이 생기기 시작합니다. 그러나 간호사가 한 부서에서 5~10년간 같은 업무만 반복하다 보면, 업무를 새로운 시각으로 보는 감각이 무뎌집니다. 결과적으로 부서와 간호사 개인의 발전을 기대할 수 없게 됩니다.

JCI 인증 평가 시 '현 부서에 근무한 기간이 얼마인지'를 묻는 항목이 있습니다. 아울러 "한 부서에서 간호사가 장기간 근무하는 것은 잘못된 간호사 경력 관리이다. 경력이 많으면 많을수록 다양한 임상 경험이 있어야 한다"라고 권합니다.

그러나 인사이동의 대상자가 된 간호사는 마냥 기쁘지만은 않습니다. 다른 부서로 이동하는 것이 두렵고 떨릴 것입니다. 인사이동을 하면 신규 간호사 때와 마찬가지로 교육과 훈련을 다시 받아야 합니다. 새로운 부서에서 새로운 업무를 익혀야 하는데, 이 과정에서 받는 스트레스와 부담감은 이루 말할 수가 없습니다.

그렇지만 간호사들이 정체되지 않도록 개인의 능력을 새로 개발

하고, 조직에 활력을 불어넣기 위해서는 정기적인 인사가 필요합니다. "인사가 만사"라는 말처럼 적재적소에 필요한 인원을 엄격하고, 공정하며, 합리적인 기준에 따라 배치할 때, 정기적인 인사이동은 개인과 병원 발전의 기폭제가 될 것입니다.

파트장의 편견과 낙인은 상처가 된다

파트장이 특정 간호사에 대해 잘못된 인식과 편견을 가지면 무슨 일이 벌어질까요? 파트장과 간호사 모두 깊은 상처를 받아 돌이킬 수 없는 상황이 되고, 건강해야 할 조직 문화 발전이 검증되지 않은 소문으로 저해될 수 있습니다.

아름다운 여인 헤스터는 남편의 권유로 영국을 떠나 미국 보스턴의 작은 마을에 정착합니다. 세월이 흘러도 남편이 오지 않자 헤스터는 남편이 사망한 것으로 생각하고 마을의 목사인 아서 딤스데일과 불륜으로 딸을 낳게 됩니다. 마을에서는 남편도 없는 여자가 딸을 낳자 나쁜 여자로 손가락질합니다. 결국 마을 사람들은 헤스터를 감금하고 엄격한 청교도식 재판을 벌여 고통을 가하지만, 헤스터는 딸의 아버지가 누구라고 밝히지 않습니다. 재판 결과, 헤스터에게 주홍글씨 'A'자를 가슴에 달고 다니라는 판결이 내려집니다. 'A'는 간통을 의미하는 'Adultery'의 머리글자이며, '나는 간통을 한 여자'라는 것을 사람들에게 알리는 것입니다. 일생일대 단 한 번의 간통 때문에 평생 가슴에 간통한 여자라는 낙인(烙印)을 달고 살아야 하는 안타까운 이야기입니다.

병원의 파트장은 작은 실수와 편견으로 특정 간호사에게 일을 못 한다는 낙인을 만들어서는 안 됩니다. 이러한 편견에 확인되지 않은 소문이 꼬리를 물고 이어지다 보면, 직원들에게 피해를 주는 것은 물론 부서 전체가 고통을 받습니다. 그리고 개인이 받은 자존감의 상처가 회복될 때까지 참으로 오랜 시일과 비용을 감내해야 합니다.

"저 직원은 항상 일을 안 한다"라는 편견을 갖고 특정 간호사를 대하면, 신기하게도 그때부터 쉬는 모습만 눈에 들어옵니다. "평소에 제가 얼마나 열심히 땀 흘려 일하는데요? 지금 잠깐 쉬고 있는데, 하필이면 이럴 때만 저를 보시네요!"라고 항변하는 볼멘소리도 들리지 않습니다. 정작 그 직원은 "나만 힘들게 일하는 것 같다"라며 힘들어하는데, 일단 낙인이 찍히면 편견은 점점 강화되고 갖가지 나쁜 기억과 소문이 더해져 상황을 더욱 부정적으로 몰고 갑니다.

편견과 낙인이 될 만한 작은 불씨조차도 피어나지 못하게 소통하고 대화하는 노력이 필요합니다. 어떤 이유에서건 편견이나 낙인으로 상처가 남으면, 오랜 시간 회복이 어렵습니다. 함께 근무하는 동안 팽팽한 신경전을 벌이느라 에너지를 소모하고, 일하기가 점점 힘들어지니 업무 능률도 떨어집니다. 한 사람을 나쁘게 몰아가는 낙인과 편견은 경계해야 한다고 다시 한 번 강조하고 싶습니다.

태도가 좋은 간호사? 능력 있는 간호사?

사우스웨스트항공의 전 회장인 허브 캘러허는 "능력보다는 태도를 보고 사람을 채용해야 한다"라고 말합니다. 필요한 기술은 가르칠 수 있지만, 남에게 봉사하는 것을 즐겁게 여기는 태도는 가르칠 수 없기 때문입니다.

함께 일하는 동안 능력도 있고 태도도 좋은 간호사를 만나면 좋겠지만 그렇지 못한 경우도 있습니다. 간혹 능력도 부족하고 인간성도 안 좋은 간호사를 만나면 여간 힘든 것이 아닙니다. "시거든 떫지나 말지"라는 표현처럼 일도 미숙한데 태도까지 불성실하면 함께 일하는 것이 고역이 됩니다.

이럴 때는 개인 성향을 고려하여 좋은 방향으로 변화할 수 있도록 집중적으로 지도해야 합니다. 훈련과 교육을 통해서 능력 있는 간호사를 키우는 것도 리더의 중요한 책임입니다.

간호사 개개인을 세심히 관찰해서 각자 적합한 능력을 찾아내고 발전시켜야 합니다. 이는 결코 뒤로 미루어서는 안 되는 일입니다. 그런데 파트장이 도움을 주려고 하면 어떤 간호사들은 거부하기도 합니다. "시간이 없다"라는 핑계를 대기도 하고, 어떤 경우는 본인의 능력을 부풀리며 "더 이상 배울 게 없다"라고 주장하기도 합니다.

반대로 업무 처리 능력은 다소 부족하지만 어떤 업무를 맡든 미루거나 핑계를 대지 않는 것 같아 신뢰가 가는 간호사가 있습니다. 이런 간호사들은 자기 일을 성실하게 수행함으로써 주변에 긍정의 에너지를 줍니다. 어떤 경우든 파트장은 간호사의 잠재적인 능력을 키워 주기 위해 시간과 노력과 관심을 기울여야 합니다. 업무를 분담할 때도 간호사의 자질과 능력을 고려하며 고심해야 합니다.

불성실한 태도를 고치는 것은 교육을 하는 것보다 더욱 어렵습니다. 능력이 부족해도 태도가 좋으면 누구나 거부감보다는 호감을 먼저 느낄 것입니다. 그런데 오랜 기간 다른 환경에서 생활하고 배우며 형성된 태도는 짧은 시간에 변화하지 않습니다. 많은 시간과 노력이 소요되며, 효과도 미약할 때가 많습니다. 그래서 태도가 좋지 않은 간호사는 개선의 여지가 그만큼 적다고 보아야 할 것입니다.

능력도 있고 태도도 좋은 간호사가 많다면 좋겠지만, 그런 상황이라면 리더가 있어야 하는 이유가 없어질 것입니다. 능력이 부족하면 능력을 키우면 되지만, 태도가 안 좋은 간호사를 경쟁력 있는 구성원으로 만드는 데는 실로 많은 에너지가 투입됩니다. 파트장은 능력이 부족해도 태도가 좋은 간호사를 시간과 열의를 다하여 훈련해야 합니다. 그렇게 함으로써 간호사가 능력 있는 차세대 지도자가 되도록 육성하는 것이 바람직합니다.

파트장은 절영지연(絕纓之宴)을 베풀어야

절영지연, 혹은 절영지회(絕纓之會)는 "갓끈을 끊고 즐기는 연회"라는 뜻의 고사성어입니다. 남의 잘못을 관대하게 용서하거나 다른 사람을 어려운 일에서 구하면 반드시 보답이 따름을 비유한 말이기도 합니다.

춘추시대 초나라 장왕은 주변 국가와의 싸움에서 승리한 것을 자축하기 위해 연회를 열었습니다. 그런데 연회 참석자 중 누군가가 어두워진 틈을 타 장왕의 애첩의 볼에 입술을 대는 실수를 저질렀습니다. 애첩은 "지금 볼에 입술을 댄 자의 갓끈을 잘라 놨으니, 불을 켜서 범인을 찾아 주십시오" 하고 장왕에게 애원을 했습니다. 그러나 장왕은 촛불을 켜지 않고 "오늘은 과인과 함께 마시는 날이니, 갓끈을 끊지 않는 자는 이 자리를 즐기지 않는 것으로 알겠다"라며 신하들이 모두 갓끈을 끊고 흥겨운 연회를 마치게 했습니다.

그 후 초나라는 진나라와 전쟁을 벌였지만, 한 장수가 죽기를 무릅쓰고 싸운 덕분에 승리할 수 있었습니다. 장왕이 그 장수를 불러 어찌하여 그토록 목숨을 아끼지 않고 싸웠는지 물었습니다. 그러자 그 장수는 과거 장왕의 애첩에게 입술을 대는 죽을죄를 지었으나 범인을 색출하지 않고 용서해 준 은혜를 갚은 것이라고 답했습니다.

임상에서 많은 간호사와 업무를 수행하다 보면 크고 작은 실수가 발생합니다. 그럴 때 파트장은 절영지연의 미덕을 실천함으로써 실수를 용서하는 지혜와 포용력이 필요합니다.

실수가 발생했다면 환자에게 피해가 있는지를 가장 먼저 확인해야 합니다. 임상에서 환자에게 직접적인 영향을 주는 실수는 그리 많지 않습니다. 그런데도 작은 실수가 큰 실수로 이어질까 우려한 나머지 노파심에 사소한 실수도 질책하고 꾸중하기 쉽습니다. 때로

한해를 시작하며 덕담을 나누는 관리자 신년 모임

는 민감하게 대응하기보다 업무에 차질이 없도록, 한 번 발생한 실수를 분석하고 재발이 안 되도록 환기하려는 노력이 필요합니다.

간호사가 실수하지 않게 하려면, 꾸중하고 질책하기보다 파트장이 품고 있는 사랑을 보여 주는 것이 중요합니다. 과감한 용서로 신뢰를 전한다면, 실수한 간호사는 마음을 다잡고 집중하여 더 열심히 일할 것입니다.

파트장 때 드렸던 직장 기도문

다음은 파트장으로 근무하는 동안 병원과 간호국 주요 행사 때 드렸던 기도문입니다.

✦ 간호국장님 은퇴를 즈음한 기도문

> 그러나 나의 나 된 것은 하나님의 은혜로 된 것이니 내게 주신
>
> 그의 은혜가 헛되지 아니하여 내가 모든 사도보다 더 많이 수고
>
> 하였으나 내가 아니요 오직 나와 함께하신 하나님의 은혜로라.
>
> 〈고린도전서 15:10〉

자비로운 하나님! 이 땅에 병원을 세우시고 거룩한 하나님의 소명을 감당하게 저희를 이 기관의 지체로 사용해 주신 은혜에 감사드립니다. 그동안 소명과 열정으로 봉직하고 병원을 떠나시는 간호국장님의 명예 퇴임식 자리에 병원장님을 비롯해 참석하신 귀빈과 많은 선생님께도 이 시간 주님께서 친히 함께해 주셔서 이별이 아닌 축복의 자리가 되게 해 주시옵소서. 특별히 사랑하는 선후배와 존경하는 교수님을 뒤로하고 퇴임하시는 간호국장님의 마음을 위로하시고, 살펴 주시고, 주님의 거룩하신 은총으로 헤아려 주시옵소서.

그동안 간호국장님이 병원과 간호국 곳곳에 이루어 낸 발전과

수고가 있고, 따듯한 손길이 남아있습니다. 청춘을 수술실 간호사로 시작해서 온 힘을 다해 열정을 바치셨습니다. 어느 날 병동 팀장으로 발령받아 말할 수 없게 황망하고 놀라웠던 때에도 하나님의 뜻을 알기에 참고, 견디며, 인내할 수 있었습니다. 단란한 가족을 꾸리는 것조차도 하나님의 때를 기다리며 묵묵히 침묵해야 했고, 많은 간호국 가족들을 이끌어갈 무거운 어깨의 짐이 힘에 부칠 때도 있었습니다.

하나님 아버지! 이토록 지치고 절망한 가운데에서도 로뎀나무 아래 엘리야의 기도를 묵상하면서 죽기를 구하고 눈물로 드리던 기도 중에 세미(細微)한 주님의 음성을 들을 수 있었습니다. 마음으로 앞일을 계획했고, 많은 일을 수정했지만, 그 걸음을 인도하시는 이가 여호와 하나님이심을 알게도 하셨습니다. 오늘이 있기까지 퇴임식 자리가 우리의 공로가 아닌 주님의 은혜요, 주님의 섭리 하심에도 깊이 감사드립니다.

이끌어 주신 선배님, 함께한 여러 동료, 간호국 최고의 리더가 될 수 있도록 묵묵히 따라 준 사랑하는 후배, 이 또한 주님 안에서 감사드립니다. 상처가 되었던 일도 주님 안에서 자비로운 긍휼로 회복되게 하시고, 스승이신 간호국장님께 격의 없이 마음을 표현했던 우리도 주님 안에서 용서해 주시고, 영원한 스승과 제자로 행복한 추억을 간직하게 해 주시옵소서.

지난 12월의 남해, 통영 앞바다의 마지막 워크숍에서 "내가 너희를 사랑한다" 하는 예수님의 말씀을 들었습니다. 우리는 모두 자연과 어우러진 그날을 애틋한 사랑의 날로 기억하겠습니다. 열정을 배웠고 강인한 정신도 배웠습니다. 그리고 우리는 간호국장님을 사랑합니다.

하나님 아버지! 간호국 모든 가족의 간절한 기도는 쉴 틈 없이 바쁜 여정 속에도 계속됩니다. 모세의 40년 광야 생활 중 낮에는 구름 기둥, 밤에는 불기둥으로 인도하셨던 것처럼, 간호국장님의 새로운 부임지에서도 동일한 인도하심을 주시옵소서. 아름답고 복된 제2의 인생이 될 수 있도록 예수님의 이름으로 간절히 기도드립니다.

✛ 수석 부장님 은퇴를 즈음한 기도문

> 관제와 같이 벌써 내가 부음이 되고 나의 떠날 기약이 가까왔도
> 다. 내가 선한 싸움을 싸우고 나의 달려갈 길을 마치고 믿음을
> 지켰으니. 이제 후로는 나를 위하여 의의 면류관이 예비되었으
> 므로 주 곧 의로우신 재판장이 그 날에 내게 주실 것이니 내게만
> 아니라 주의 나타나심을 사모하는 모든 자에게니라.
>
> 〈디모데후서 4:6-8〉

자비로운 하나님! 이 땅에 병원을 세우시고 거룩한 하나님의 소명을 감당하게 저희를 이 기관의 지체로 사용해 주신 은혜에 감사드립니다. 그동안 사명과 열정으로 근무해 온 병원을 떠나시는 수석 부장님의 명예 퇴임식 자리에 참석하신 병원의 발전을 위해 불

철주야 애쓰시는 병원장님 이하 단위 기관장 선생님께도 이 시간 주님께서 함께해 주시옵소서.

특별히 사랑하는 선후배와 존경하는 교수님을 뒤로하고 퇴임하시는 수석 부장님과 팀장님의 마음을 위로하시고 살펴 주시옵소서. 간호국 곳곳에 두 분이 이루어 낸 발전과 수고가 있고 따뜻한 손길이 남아 있습니다. 오늘이 있기까지 힘든 여정과 고난도 있었지만, 때에 따라 주의 선하심과 긍휼로 인도하셔서 협력해 선을 이루게 해 주신 것도 무한 감사드립니다. 따뜻한 사랑과 참된 간호를 배울 수 있었던 한 시대의 일원으로 근무하게 해 주신 것도 감사드립니다.

하나님 아버지! 나의 아버지됨을 입으로 시인하고 고백하고 선포하라 하셨습니다. 수석 부장님과 팀장님을 떠나 보내며 우리 또한 두 분이 우리의 스승임을 알고, 존경합니다.

표현할 길 없이 먹먹하고 애잔한 마음으로 두 분의 스승님을 보냅니다. 하나님 아버지! 우리들의 섭섭한 마음을 주님의 사랑으로 품어 주시옵소서. 우리는 뒤늦게 말할 수 있습니다. 사랑했습니다. 수석 부장님과 팀장님이 있어 행복했습니다. 하나님 아버지! 이런 아쉬움이 없도록 현재 함께 일하고 있는 모든 선후배 동료가 따뜻한 마음으로 입을 열게 하시어, 지금 이 시간 사랑할 수 있는 지혜도 허락해 주시옵소서.

하나님 아버지! 지금까지 모든 여정마다 하나님께서 가장 선하신 방법으로 두 분의 앞길을 인도하신 것처럼, 두 분 스승님의 퇴임 후 인생 후반전에도 주의 임재 아래 축복해 주시고, 행복한 가정과 계획하는 모든 일이 주님의 은총과 사랑하심으로, 사도 바울이 고백했던 것처럼, "하나님 앞에서 내가 다 이루었도다"라고 고백할 수 있는 아름다운 은퇴가 되길 예수님의 이름으로 간절히 기도드리옵나이다.

✚ 추수감사절 기도문

> 감사함으로 그 문에 들어가며 찬송함으로 그 궁정에 들어가서 그에게 감사하며 그 이름을 송축할지어다. 대저 여호와는 선하시니 그 인자하심이 영원하고 그 성실하심이 대대에 미치리로다.
>
> 〈시편 100:4-5〉

자비로운 하나님! 이 땅에 하나님의 뜻과 소명으로 병원을 세우시고 질병을 치료하는 믿음의 기관으로 성장하게 해 주시니 감사합니다.

오늘 추수감사절 예배를 통해 농부가 봄에 씨를 뿌리며, 여름에 곡식과 과일을 알차게 키우고, 가을에 결실의 열매를 거두게 하신 은혜에 감사드립니다. 우리 병원에도 지난 한 해 베풀어 주신 하나님의 은혜와 직원들의 수고로 추수한 많은 감사가 있습니다.

특별히 개원 30주년을 맞아, 선후배의 따뜻한 만남과 학술대회 개최 등 다양한 행사를 주님의 섭리 가운데 인도해 주시고, 간호국, 의료진, 사무직의 모든 직원이 힘을 모아 이루어 낸 국제의료기관 평가위원회 인증의 우수한 2차 통과는 주님 안에서 우리 병원이 이

추수감사절 예배

룩한 단합의 결과입니다.

고객이 뽑은 최고의 명품 병원으로 2년 연속 행진할 수 있었던 것 또한 병원의 자랑이요, 하나님의 은혜요, 모두의 기쁨입니다. 대외적으로 병원의 입지가 높아진 감사의 한 해입니다. 금년 간호국 많은 식구를 사랑으로 이끌며 새롭게 출범한 간호국장님, 수석 부장님 또한 우리의 감사요, 행복입니다.

그리고 병원의 미션에 공감하고 직원들의 영성을 뜨겁게 달구며 새로이 출범한 목사님, 전도사님이 있어 이 얼마나 감사한 한 해였는지 모릅니다.

호사다마라고 이렇게 감사한 가운데 평생을 환자를 위해 일하시다 소천하신 모 교수님, 유난히 많이 마르셨던 시설팀 과장님, 동료 모 간호사가 우리의 곁을 떠난 것은 슬픔입니다. 그러나 한 줌 소망의 밀알로 다시 피어나 하나님을 경외하는 신실한 믿음으로 여전히 우리 곁에 계심을 믿습니다. 이런 모든 일을 행하게 하시는 하나님, 간절히 간구합니다.

병원장님을 비롯해 하나하나 감찰하셔서 독수리가 날개를 치며 하늘을 날듯이 지혜와 명철로 병원을 성장하게 하시고, 간호국을 이끌어 가실 간호국장님께도 솔로몬 같은 지혜와 능력을 허락해 주시옵소서.

이 나라의 국민, 병원장님, 직원 모두의 건강도 하나님 권능의 손길로 보호해 주시옵소서. 투병 중인 직원들을 치료의 광선으로 비추시어 고침을 받고, 함께 근무하며, 다시 기쁨으로 환자를 돌보게 하시옵소서. 또한 간절히 바라옵기는 전 국민 4대 보험, 포괄수가 제(DRG; Diagnosis Related Group) 시행 등 외부적으로 병원 경영을 위축시키는 다양한 여건들이 주님의 계획 하심과 임재하심으로, 오히려 병원에 선한 영향으로, 국민 건강 증진에 기여할 수 있도록 도와주시옵소서.

거룩하신 하나님 아버지! 오늘 추수감사절 말씀의 주제처럼 "우리 병원이 꿈꾸는 만큼 이루어질 수 있다"라는 새로운 슬로건으로 아시아를 넘어 세계로 뻗어 나갈 수 있는 의료기관이 될 수 있도록 주님의 은총을 베풀어 주시옵소서.

특별히 오늘 추수감사절을 통해 우리 교직원 모두는 서로를 바라볼 때 마치 주님을 만난 것처럼, 그리스도의 향기가 나게 해 주시고, 슬픈 자들의 위로가 되게 하시고, 외로운 자들의 친구가 되게 해 주십시오. 그리스도의 모습을 내 안에서 발견할 수 있는 거룩한 추수 감사절 예배가 되길, 예수님의 이름으로 간절히 기도드리옵나이다.

✚ 성탄절 예배 기도

> 지극히 높은 곳에서는 하나님께 영광이요 땅에서는 기뻐하심을
> 입은 사람들 중에 평화로다 하니라.　　　　　〈누가복음 2:14〉

이 땅에 메시아로 오신 예수님을 경배하고, 찬양하며, 성탄절 예배를 드리게 하심을 감사드립니다.

가장 낮고 천한 자리에 오셔서 생명까지 주신 예수님, 성탄절을 맞아 소외되고 절망 가운데 살아가는 모든 이에게 삶의 희망과 가치를 이루게 하시고 주위의 동료와 직원들을 살펴보게 하는 은혜도 주시옵소서.

성탄절을 맞이해 오늘 드리는 헌금을 통해 예수 그리스도가 이 땅에 오신 목적을 병원 직원 모두가 협력해 조금씩 실천하길 원합니다. 헌금을 드리지 못한 손길 위에도 주님의 위로가 함께하시길 기도드립니다.

가난한 자와 병든 자를 위해 오시고, 소외되고 약한 자에게 위로와 소망을 주시는 하나님, 오늘 우리는 그 사랑에 힘입어 구원과 평화의 노래로 예배하고 있습니다. 아직 예수 그리스도를 알지도 못하고 하나님의 사랑이 무엇인지를 알지 못하는 이들이 많이 있습니

다. 그들에게도 성탄의 소식이 전해져서 하나님의 사랑을 알게 하고 싶습니다.

주님의 자리가 우리의 자리가 되어 전쟁과 가난, 아픔과 상처가 있는 곳에 평화와 위로의 소식을 전하고, 우리도 그들의 아픔을 함께 나누게 하소서. 특히 요르단에 살고 있는 시리아 난민들에게 하나님의 사랑과 복음이 전해지기를 기원합니다. 이 일에 뜻을 두고 기도하던 M 교수께서 하나님의 부름을 받아 의료 선교를 통해 그들에게 하나님의 사랑을 실천하고 있습니다. 요르단 땅에 우리의 기도와 마음이 전해지길 기원합니다.

우리가 한 의료 선교사의 헌신과 기도로 오늘에 이른 것처럼, 우리의 기도와 헌금이 그들에게 위로와 용기가 되게 해 주시옵소서. 그리하여 제2, 제3의 의료 선교가 만들어지는 역사가 일어나게 해 주시옵소서. 우리의 마음이 우리의 기도 제목이 되며, 우리의 헌금이 우리 기도의 내용이 되게 해 주시옵소서.

하늘에는 영광이며 땅에는 평화라는 성탄의 노래가 육체적으로 병들어 신음하고 있는 환우들에게 위로와 용기가 되게 해 주시고, 우리 교직원들의 가정은 하늘의 소망으로 가득 채워 주시며, 우리 의료원과 병원 위에는 주님의 복음 전하는 의료선교기관이 되게 해 주시옵소서.

하늘에는 영광, 이 땅의 모든 사람들에게는 평화를 이루신 예수 그리스도의 이름으로 기도하옵나이다.

간호사가 건넨 이별의 편지

사람이 누군가를 사랑하면 마음 한구석에 그 사람의 자리가 생기는가 봅니다. 그 사람에 대한 신뢰가 깊어질수록 마음의 자리는 커지고 존재의 무게감도 더해집니다. 병원이라는 공동체 안에서 동료들을 가족처럼 생각하면 해를 거듭할수록 사랑과 신뢰가 쌓입니다. 그런데 부서 이동으로 동료들과 헤어지면 공허감과 상실감이 파도처럼 몰려옵니다. 사람들과 함께했던 빈자리는 다른 어떤 것으로도 채울 수가 없습니다.

사람의 마음을 움직이는 것은 지위나 금전적인 혜택이 아니라, 서로 간의 신뢰와 인격적인 대우를 바탕으로 한 인간관계가 아닌가 합니다. 내가 지쳐 위로받고 싶을 때 위로해 주는 사람, 내가 부족해도 단점보다 장점을 바라보고 존중해 주는 사람, 그런 사람들과 함께 있을 때 신뢰가 쌓이고 정이 깊어지는 것이지요. 그러한 관계를 맺은 동료 직원들과의 이별은 큰 아픔이 아닐 수 없습니다.

회자정리(會者定離)라는 말처럼 사람이란 만나면 언젠가는 헤어지게 되어 있습니다. 몇 년 동안 한 부서나 병동에서 서로 따뜻한 정을 쌓고, 목표를 향해 힘을 합치고, 어려울 때 한마음으로 일을 했습니다. 갑작스러운 인사 발령을 받아 다른 부서로 떠나거나 퇴직했을 때 간호사들에게 받은 이별 편지는 아직도 잊지 못할 아름다운 감동을 줍니다. 편지를 보며 오늘도 업무에 매진하고 있을, 보고 싶은 간호사 얼굴을 하나둘 마음에 담아 봅니다.

✦ 존경하는 파트장님께 – K 간호사가 보내는 글

예상치 못했던 소식에 요 며칠 괜히 마음이 조급해졌습니다. 선생님을 어떻게 보내드려야 하나! 근무 시간 내내 선생님과의 이별 생각에 가슴이 먹먹해져 옵니다. 평소 파트장님을 뵐 때마다 나도 모르게 떠올랐던 애틋함이 아쉬움으로 소록소록 변하고 있습니다. 언제나 그렇듯 이번에도 이별 소식을 접하고 나서야 부족한 나 자신을 돌아보게 됩니다. 그동안 내가 얼마나 모자란 사람으로 무관심하게 지냈나 하는 것도 반성하고 말입니다. 하지만 간호사로 병원 근무를 하면서 짧다면 짧고 길다면 긴 시간을 보냈지만, 이번만큼 이별이 아쉽고 속상했던 적은 없었던 것 같습니다. 이제야 함께한 시간 동안 잘해 드린 것 하나 없이 무지했던 제가 답답하게 느껴지네요. 경력 간호사로 부서 이동 와서 새로운 환경에 적응하면서 보낸 지난 1년은 참 힘든 시간이었습니다. 하지만 언제부터인가 흔들리고 주저앉고 싶을 때 늘 앞에서, 때로는 뒤에서 파트장님이 계셨습니다. 그렇게 따뜻한 눈길로 바라보고 격려해 주신 것이 얼마나 큰 힘이 되었는지 모릅니다. 지난 날 너무나 감사했습니다. 그 은혜 평생 잊지 않겠습니다. 무심한 성격이라 마음 한 번 표현 못 한 것이 아쉬워서 두서없이 몇 자 적어보았습니다. 어디서든 건강하시고 이루고자 하시는 뜻 모두 이루길 기원합니다. 그동안 감사했습니다.

✚ 보고 싶은 파트장님께 – M 간호사가 보내는 글

선생님! 선생님과 헤어지고 벌써 2년이 다가오네요. 나이를 먹어서 그런지 가을바람이 깊어질 때마다 저의 영혼과 마음도 낙엽을 떨어뜨리며 흔들리고 있는 듯합니다. 오늘따라 선생님을 뵙고 싶어 두서없이 펜을 들어 인사드립니다. 그러면서 지나온 인연들이 참 소중하다는 것을 새삼 되새깁니다. 선생님과 함께 환자 중심의 간호를 하겠다고 마음먹고 근무했던 기억도 점점 흐릿해지는 것 같아 아쉬움이 몰려옵니다. 선생님과 부서 발전을 위해 노력하며 재미있고 행복하게 지낸 기억들이 잊히지 않도록 마음에 사진이라도 찍어 놓고 싶습니다. 선생님! 세월이 빠르다는 것을 예전에는 몰랐어요. 요즈음에는 시간이 붙잡을 수 없을 정도로 속도를 내고 달려가는 것을 느낍니다. 정신을 차리고 보니 중년의 나이까지 전문 간호사로 일하고, 가을에 싱싱한 열매가 주렁주렁 달리듯 삶도 깊어지고 있습니다. 이 가을, 누군가에게 감사를 표현하며 살아야겠다는 다짐을 하는 것을 보니 철이 들려는 것일까요? 선생님! 바쁘신 중에도 기도하며 부서를 이끄시던 모습이 제일 기억에 남아요. 하나님 한 분만을 높이며, 드러내고 싶은 마음 내려놓고 살아가기가, '그분을 신뢰하며 살아가는 삶'을 살기가 쉽지는 않습니다. 그럴수록 선생님께서는 그분을 닮기 위해 더욱 몸부림치는 노력을 하셨습니다. 저도 그렇게 사는 날이 올까요? 늘 변화 없이 제자리에서 똑같은 삶을 살아가는 답답한 저도 언젠가 그렇게 살기를 원합니다. 선생님! 이 늦가을에 감사하고 감사합니다. 선생님과 함께했던 따뜻한 추억이 제겐 은혜의 시간이고 감사의 시간입니다. 보고 싶은 파트장님! 진도에서 해풍을 맞고 막 수확해서 담근 유자차를 선생님께 드립니다. 겨울에 한 잔씩 따뜻하게 드시고 추운 겨울 건강 돌보시기 바랍니다. 감사합니다.

✚ 어머니 같은 파트장님과의 이별 – S 간호사가 보내는 글

갑작스러운 이동 소식에 많이 서운한 마음이 듭니다. 항상 저희 부서의 어머니처럼 지켜 주시고 발전시켜 주신 은혜에 감사드립니다. 가까운 곳으로 가시니 가끔 찾아뵙도록 하겠습니다. 더 많은 시간 함께 근무했으면 좋겠다는 아쉬움을 간직합니다. 신규 간호사 시절도 많이 힘들었는데 파트장님 덕분에 잘 버틸 수 있었습니다. 항상 뒤에서 믿고 지켜봐 주시고 실수를 많이 한 것도 다 넘어가 주셨지요. 앞으로 더욱 건강하시고, 오며 가며 자주 뵈었으면 좋겠습니다. 선생님께서 이루신 좋은 제도, 편리한 시스템, 그리고 아낌없이 노력하시던 모습이 주마등처럼 스치고 지나갑니다. 선생님과 함께 근무하는 동안 정말 즐겁고 행복한 병원 생활을 했습니다. 나의 역량이 선생님을 통해 인정받았을 때, 나 자신의 존엄한 가치를 깨달아 더욱 간호에 전념할 수 있는 계기가 되었습니다. 선생님을 떠나 보내며 잠시 생각해 보니, 가지고 계신 모든 것을 쏟아 부으며 나눠 주시는 어머니 같으신 분이셨습니다. 사랑이 많으신 선생님을 가까이 모실 수 있었던 것이 행운이었습니다. 항상 건강하시고 행복하시길 기도드립니다. 정년까지 근무하셔서 병원에 큰 도움이 돼

주시고, 나중에 맛난 것도 많이 사 주세요. 건강하시고 그동안 많이 감사했습니다.

✦ 성장하게 도움 주신 파트장님 – J 간호사가 보내는 글

선생님을 만나서 전에는 힘들게 느껴졌던 일들을 쉽게 해결하는 방법을 찾았습니다. 하나하나 이름을 기억하고 개인을 성장시켜 주신 선생님, 항상 그 자리에 계셔서 그 자체로 격려와 위로가 되었습니다. 저희 간호사들이 가야 할 길을 열어 주셔서 진심으로 감사합니다. 선생님! 비록 우리와 이별하지만, 오늘도 선생님께 큰 힘과 용기를 얻었습니다. 특별히 제가 많이 부족했지요. 이런 저를 성장시켜 주시고, 사랑해 주시고, 예뻐해 주시고, 인정해 주셨으니, 이 모든 감사함을 어떻게 다 갚아야 할까요? 특히 파트장님께서 저에게 주신 큰 선물은 학회에서 발표를 할 수 있도록 추천해 주신 것입니다. 발표를 통해 정말 많은 것을 배울 수 있었습니다. 열정적이고 완벽한 발표를 하도록 듣는 이를 배려하고, PPT 자료는 수정에 수정을 거듭하며, 대중 앞에서 두려움을 없애는 방법은 오르지 발표 내용을 완벽하게 이해하는 것뿐이라는 것을 알려 주셨습니다. 발표 도중 유머는 물론 숨소리까지 치밀하게 계산하라는 선생님의 가르침 덕에, 정말 많은 것을 배울 수 있었습니다. 부족한 내가 역량을 발견하고 성장할 수 있었던 것은 모두 파트장님 덕분입니다. 파트장님! 떠나신 뒤에도 필요하면 언제든지 불러 주세요. 파트장님이 저를 성장시켜 주신 은혜의 보답으로 도와줄 것이 작게나마 있었으면 좋겠습니다. 그래야 저도 파트장님을 다시 뵐 수가 있지 않을까요? 그 동안 파트장님 곁에서 행복했고 감사했습니다. 건강과 행복을 기원 합니다.

✦ 부서 이동으로 떠나시는 파트장님 – H 간호사가 보내는 글

길다면 길고 짧다면 짧은 시간 동안 정이 참 많이 들었는데…. 갑작스러운 파트장님의 이동 소식에 놀랐습니다. 병동에서 이곳으로 처음 근무를 시작한 날부터 저의 손을 잡고 이끌어 주신 분이라 더욱 의지하며 지냈는데 아쉽습니다. 항상 애정과 관심으로 우리 부서의 든든한 지지자이셨던 파트장님이었기에 이동 소식이 적지 않게 아쉽습니다. 아침에 출근해서 파트장님을 찾아 가장 먼저 인사를 드리면, 하루를 따뜻하고 활기차게 시작하는 긍정의 에너지를 받을 수 있었는데 말이지요. 이제는 병원에서도 가끔이나 뵐 수 있다는 사실이 아직 믿어지지 않습니다. 어느 부서에 가셔도 최선을 다해 최고의 부서를 만드시는 파트장님, 다행히 가까운 부서에 계시니 자주 얼굴을 뵙도록 노력하겠습니다. 저는 이제 조금씩 업무도 익숙해지고 선배 간호사와 원만한 의사소통도 하며 업무도 미약하나마 일부분 해결할 수 있는 걸음마 단계입니다. 그래도 더 많은 시간 함께 근무했으면 좋겠다는 아쉬움이 듭니다. 보고 싶고 생각이 많이 날 것 같습니다. 신규 간호사 시절 많이 힘들었는데 항상 뒤에서 믿고 지켜봐 주신 파트장님 덕분에 잘 버틸 수 있었습니다. 저희 부서의 간호사들 잊지 말고 기억해 주세요. 그동안 정말 사랑해 주시고 격려해 주시고 돌봐 주신 것 감사드립니다.

✛ 파트장님과 이별의 아쉬움을 – G 간호사가 보내는 글

한가족처럼 지내던 파트장님을 다른 부서로 떠나보내려니 아쉬움이 큽니다. 하지만 파트장님이 가시는 곳마다 희망과 생기와 변화의 바람을 일으킬 것을 기대하고 보내드립니다. 파트장님의 힘찬 걸음걸음마다 주님의 축복이 있길 빕니다. 더 좋은 일로 많은 사람과 소통하시길, 그리고 저희를 따뜻한 마음으로 항상 기억해 주시길 소망합니다. 파트장님과 함께한 추억들 잊지 않을게요. 연락하면 만나 주세요. 저도 이젠 정신을 좀 차려 파트장님께도 잘하려고 했는데 기다려 주지 않고 다른 부서로 가시네요. 역시 있을 때 잘할 걸 정말 많이 아쉽습니다. 파트장님, 무엇보다 건강하세요. 그동안 부족한 저를 감싸 주셨던 것, 예전에 수술할 때 진심으로 기도해 주셨던 것 영원히 못 잊을 것 같아요. 다른 부서로 가지만 얼굴 자주 뵙고 인사드리겠습니다. 파트장님은 일하실 때 가장 행복해 보이는 열정적인 분이십니다. 그리고 간호사 개개인에게도 관심과 애정을 주셨고, 누구도 따라가지 못할 추진력과 리더십을 보여 주셨습니다. 함께 업무를 하면서 불편함 없이 편하게 일할 수 있도록 도와주시고 이끌어 주신 것 정말 좋았습니다. 통도 크시고 늘 격려하며 함께 소통하고 일하시는 모습도 멋지십니다. 항상 큰 사랑으로 우리를 보살펴 주시던 파트장님과 조금은 멀어진다는 것이 아직은 실감이 나질 않습니다. 항상 어떻게 하면 우리가 더 나은 환경에서 업무를 할 수 있을지 먼저 생각하셨지요. 부서가 변화할 수 있도록 힘써 주신 것 정말 감사합니다. 그동안 JCI 평가, 의료기관 평가를 함께해서 영광이었습니다. 간 이식도 파트장님이 계실 때 정착이 되어 수술할 때마다 많이 기억날 것 같아요. 늘 예쁘다고 격려해 주셔서 감사드립니다. 파트장님이 떠나셔서도 그동안 배운 것을 바탕으로 더 열심히 하는 간호사가 될게요. 지켜봐 주세요. 다음에 더 좋은 모습으로 우리 다시 만나면 좋겠습니다. 감사합니다.

✚ 그리운 파트장님께 – L 간호사가 보내는 글

선생님의 빈자리가 크게 느껴지는 8월입니다. 그동안 마음만 앞서고 표현이 서툴러서 섭섭하게 해 드렸던 것 같아 지나간 시간이 야속하기만 합니다. 인생 이모작 후반부를 더욱 행복하고 여유 있게 보내시라는 뜻으로 여행 다니실 때 필요한 필수품을 고민 끝에 준비했습니다. 그동안 받은 사랑에 비하면 너무나 약소한 마음입니다. 부족하지만 언제든지 제 도움이 필요하면 연락 주세요. 신앙인으로 본이 되셨던 선생님의 노고에 감사드립니다. 이렇게 퇴임의 시간이 빨리 온 것이 갑작스럽기도 하고, 그간 자주 찾아뵙고 해야 했는데 하는 아쉬움이 남습니다. 선생님 직장을 떠나시지만, 저희의 영원한 선배님이십니다. 연락 드릴 테니 앞으로도 시간 되실 때 가끔 찾아오세요. 선배님의 멋진 2라운드 이야길 들려주시길 기다리겠습니다. 모쪼록 앞날에 계획하신 대로 즐겁고 행복한 나날 보내시길 응원합니다. 사랑합니다.

6장

은퇴
Retired Nurse 간호사

은퇴의 아쉬움과 고뇌

간호사가 은퇴로 직장을 떠날 때

"호랑이는 죽어서 가죽을 남기고 사람은 죽어서 이름을 남긴다"라는 속담이 있습니다. 직장을 떠날 때가 되니, 오랜 기간 직장에 몸담고 청춘을 불사른 지난 시절을 회고(回顧)하게 됩니다. 지금 이 순간 영사기 필름에 감긴 사진을 돌려 보는 것처럼 아쉬움을 느끼는 이는 필자만이 아닐 것입니다.

누구나 직장을 떠날 때는 아름다운 '유종의 미'를 거두고자 합니다. 그러나 '유종의 미'는 떠나는 마당이 임박해서 인위적으로 노력한다고 해서 이루어지는 것이 아닙니다. 평소 직장에서 쌓은 노력과 열정 그리고 헌신에 따른 결과로 나타나기 때문입니다. "나는 그동안 병원을 위해서 무엇을 하였으며, 의미 있는 발자취를 남기고 가는가?"라고 자문하며, 바람직한 간호인상을 피력해 봅니다.

- 간호사가 직장을 떠날 때, "다시 함께 일하고 싶다"라고 말하는 동료가 있어야 합니다.
- 간호사가 직장을 떠날 때, "당신은 영원한 스승"이라 불러 주는 후배가 있어야 합니다.
- 간호사가 직장을 떠날 때, "당신은 최선을 다했다"라고 격려하는 상사가 있어야 합니다.
- 간호사가 직장을 떠날 때, "그동안 감사했다"라는 벗이 있어야 합니다.
- 간호사가 직장을 떠날 때, "아직 당신 손길이 필요한 환자가 있다"라는 말을 들어야 합니다.
- 간호사가 직장을 떠날 때, "가장 오랫동안 기억하고 싶은 상사"라는 말을 들어야 합니다.
- 간호사가 직장을 떠날 때, "달려갈 길을 다 이루었다"라고 스스로 고백할 수 있어야 합니다.

준비 없는 은퇴 간호사, 고생길?

병원에서는 매년 2월과 8월에 명예퇴직 신청을 받은 후, 대상자를 결정해 공고합니다. 필자는 만 30년을 채우고 명예퇴직을 할 것을 평소 계획해 왔지만, 뜻대로 되지 않는 것이 인생이다 보니 30년을 몇 개월 앞두고 아쉽게 퇴직을 하게 되었습니다.

퇴직하자마자 곧바로 글쓰기를 시작했습니다. 대학 병원에서 간호사로 재직하면서 경험하고 느낀 것을 책으로 써야겠다는 생각은 오래전부터 하고 있었습니다. '간호사, 30년의 현장 경험'이란 주제도 정해져 있었고, 예정보다 이른 조기 퇴직에 따른 보상심리가 작용해 집필을 서두른 것도 있습니다.

은퇴 후에 살아가며 꼭 이루고 싶은 버킷 리스트에는 (1) 한 권의 책을 쓰고 싶다, (2) 세계 여행을 떠난다, (3) 사회봉사자로 기여하고 싶다가 항상 빠지지 않았습니다. 만 30년을 채우지 못한 8개월 안에 책 한 권을 쓴다면 은퇴 후의 일상이 지루하지 않을 것으로 생각했습니다. 예전에는 은퇴 후 짧은 기간의 노년을 보냈습니다. 하지만 평균 수명이 100세가 된 지금은 은퇴 후에 길어진 노년을 준비하는 일이 꼭 필요합니다.

필자는 은퇴 후 아침 8시에 일어나서 집 뒤 불곡산으로 매일 2시간 정도 등산을 합니다. 그리고 점심을 먹는데, 평소 요리가 익숙하지 않은 지라 많은 시간 공을 들이고도 요리를 그르치는 날이 많습니다. 기껏 요리를 하고도 음식을 먹을 수 없는 날도 다반사입니다. 한 끼 식사를 해결하는 것이 그리 쉬운 것만은 아닙니다. 집에서 음식 만들기는 병원에서 새로운 과제를 받아서 기안을 만들고 실행에 옮기기보다 더 어렵다는 생각도 여러 번 해 보았습니다. 더구나 음식 만드는 일은 투입된 시간에 비례해서 성과도 실망스러우니까요. 이런 생각을 하며 겨우 점심을 먹고 커피 한 잔을 마신 후 읽다 만 책을 읽거나 글을 쓰며 오후 시간을 보냅니다.

성경 공부를 하거나 목자 모임에 참석해 기도하기도 합니다. 사회봉사나 교회 사역에 시간을 나누기도 합니다. 그리고 매일 한 시간씩 아파트 단지 내 헬스장에서 운동을 하며 몸을 단련시킵니다. 직장 다닐 때 챙기지 못했던 체력을 뒤늦게나마 유지하려는 몸부림은 은퇴 후의 바쁜 일과 중 하나가 되었습니다.

선배들이 말하기를 "은퇴 후 신혼처럼 행복한 기간은 6개월"이라고 합니다. 하지만 필자가 경험한 바로는 은퇴 후 행복한 기간은 2개월이면 충분합니다. 가고 싶은 세계 여행도 2개월이면 충분했습니다. 저 같은 사람에게는 자칫 은퇴 후의 생활이 지루한 나날의 연속일 수 있다는 생각이 듭니다.

가끔은 병원의 간호사들과 워크숍에 가서 발표하고 토론하는 꿈을 꾸다가 잠에서 깨어나기도 합니다. 꿈은 무의식의 반영이라는데, 병원에서 일하는 꿈을 자주 꾸는 것을 보면 아직도 가시지 않은 30년 병원 생활의 기억에서 벗어나는 일이 쉽지 않은 것 같습니다.

30년 병원 생활보다 짜릿한 소일거리를 찾을 수 있다면, 그날이 은퇴 후 지루함에서 해방되는 날이겠지요. 주위에선 흔히 "은퇴 했으니 편안하게 쉬세요!"라고들 합니다. 그러나 30년 동안 새벽에 일어나 허겁지겁 출퇴근을 반복한 간호사 생활을 접고, 몸과 마음 느긋한 일상으로 적응하는 것이 그리 쉽지만은 않은 것 같습니다.

어찌 보면 준비 없이 은퇴하는 것보다는 체력과 건강이 허락하는 한 움직일 수 있을 때까지 일거리를 갖는 것도 현명한 방법일 수 있습니다. 막상 누군가 "지루해 하지 마시고, 임상에 일할 자리가 있으니 다시 취직을 하시겠습니까?"라고 물어 온다면 퍽 갈등하겠지만요.

이젠 지난밤 꿈속에서 영화의 한 장면처럼 지나간 병원의 기억을 머리에서 지워야 합니다. 지루해할 것도 없습니다. 몸과 마음의 긴장을 풀고 "쓰다가 미룬 글이나 마무리 하자!" 하고 굳게 다짐을 합니다.

이제는 차고 있던 완장을 떼자

함께 은퇴했던 동료 남자 과장이 "퇴직 후 잘못하면 우울증에 걸리고 폭삭 늙으니 조심하라!"라고 당부했습니다. 이 말은 아무리 되새겨도 새삼스럽지가 않은 의미심장한 의미를 담고 있습니다. 이젠 소속감도 없어졌으니 직장에 최선을 다하며 모든 일상생활의 우선순위가 일이었던 시절의 사고에서 벗어나야 합니다. 많은 경우 은퇴와 맞물려 자식까지도 독립하여 부모 곁을 떠나기 때문에, 자칫하면 허탈해질 수 있습니다. 그래서 "과거의 일상에서 벗어나 현재의 처지에서 자신을 바라보아야 한다"라고 합니다.

가끔은 현재의 일상보다 지나온 일상 속에 머무르는 자신을 발견하기도 합니다. 하지만 곧바로 현실을 자각합니다. 그럴 때는 출근을 위해 서둘 필요 없이, 느긋한 마음으로 잠자리에 누워 이런저런 직장생활의 단면을 그리며 여유로운 시간을 보냅니다. 예전에는 새벽 5시 30분이면 자명종 알람이 울리기도 전에 벌떡 일어나야 했습니다. 서둘러 화장을 하고 출근 준비를 하느라 허겁지겁 분주한 아침을 보내야 했습니다.

지금 이 시간이면 병원에 출근해서 업무 협조에 관한 병원 메일 점검을 하고, 메일에 회신을 쓰고 있을 것입니다. 이어서 업무 시작 전 부서 미팅을 한 후 스트레칭으로 몸을 풀고 하루 업무 준비를 시작하고 있을 것입니다.

관리자 미팅 참석, 교육 참석, 계속 이어지는 병원에서의 반복적이며 일상적인 업무를 머리에서 떨쳐 버리기는 쉽지가 않았습니다. 몸은 침대에 누워 있지만, 머리는 예전의 책임과 업무를 맴돌고 있으니 말입니다. 하지만 그런 기억을 지우라고 옆에서 재촉하는 사람도 없고, 기일이 정해진 것도 아닙니다. 그러니 세월이 지나면 그것이 치료 약이 되어 하나둘씩 예전에 하던 간호사 일을 잊어버리겠지요.

노는 것도 놀아본 사람이 잘하는 것이지, 일만 했던 사람이 갑자기 놀려고 하면 병이 난다고 합니다. 이 말이 실감 나는 것은 아무리 휴식을 취하고 여유롭게 즐기려 해도 금방 지루함을 느끼기 때문입니다.

어느 날 문득 "머릿속에 떠오르는 예전의 일과 일상을 하나씩 둘씩 지워 나갈 방법을 실천해야 하루를 편안하게 보낼 수 있다"라는 작은 깨달음을 얻었습니다. 오랜 병원 생활이 채워준 간호사의 완장을 떼고, 이제 평범한 가정주부로 돌아가기 위해 변신을 해야 할 때입니다. 새내기 실습생에게도 나름의 고충이 있습니다. 준비할 것도 많고, 시행착오의 연속인 가사노동에 적응하기 위해 오늘도 고군분투하고 있습니다.

은퇴는 배터리가 남아 있을 때

직장 일로 탈진하거나 신체적·정신적으로 기력이 소진되었을 때, 나이가 많아 직장에서 버티기 버거울 때, 번아웃 증후군(burnout syndrome)으로 무기력하고 의욕이 저하되었을 때, "이젠 직장을 떠나야 할 때"라는 생각이 들 때 등, 회사를 그만두는 데는 여러 가지 생각과 이유가 있을 것입니다.

그러나 정신적·육체적으로 모든 에너지가 고갈된 상태에서 퇴직을 결심하면, 인생 2막에 새로운 일을 계획하거나 도전하는 데 필요한 동력을 가동하는 것이 힘겨울 수가 있습니다.

인생 1막을 돌이켜보면 30년 준비해서 30년 일을 했던 셈입니다. 퇴직 후 남은 30여 년도 방향과 목표는 다를지언정, 머리를 쓰고 몸을 움직이는 데 에너지를 필요로 합니다. 이를 미리 준비하지 않으면, 인생 2막의 성공을 보장받기는 어려울 것입니다.

정년인 60세를 채우고 퇴직을 하면 물론 바람직하고 감사할 일입니다. 그러나 1~2년 앞두고 조금 부족할 때 퇴직을 하는 것도 그리 나쁘지 않다고 생각합니다.

약간 부족할 때, 아쉬움이 남아 있을 때, 조금 떠나기가 섭섭하다고 생각할 때, 그럴 때 모든 것을 내려놓고 은퇴를 하는 것도 잘한 결정이라고 여겨집니다. 왜냐하면 인생 2막의 삶은 내려놓는 연습의 시작이기 때문입니다. 직장에서 1~2년 전심전력을 다해 사용했을 에너지를, 장차 하고 싶은 일에 투자하는 셈입니다. 그렇다면 정년을 조금 앞당기는 것은 오히려 인생 2막의 튼튼한 기반이 되어 몇 배의 가치가 있습니다.

필자 역시 아마 정년을 다 채우고 퇴직했다면, "부족함 없이 직장 생활을 꽉 채웠으니 느긋하게 쉬어도 된다"라고 스스로 만족해서 지금처럼 글을 쓰거나 독서를 할 생각을 못 했을 것입니다. "좀 쉬었다가 해야지" 하며 새로운 도전을 미루고 있었을지도 모릅니다. 정년까지 완주를 했다는 뿌듯함에 취해서 가볍게 시간을 낭비하고 있겠지요.

하지만 필자는 정년에 해당하는 60세가 될 때까지 매일 직장에 출근하는 심정으로, 누군가의 지시가 없을 때도 단 몇 분도 허송세월하지 않기로 했습니다. 직장에 실제로 출근해서 일하는 것처럼, 하고 싶었던 일을 스스로 시작한 것입니다.

세계 일주는 퇴직 후 모든 사람의 로망입니다. 그런 여행도 한 살이라도 젊었을 때 떠나는 것이 힘도 덜 듭니다. 볼거리 먹을거리에 대한 감각도 민감해 여행의 참맛을 느끼는 데는 적격이라는 생각도 듭니다.

정년을 2년 남겨 놓고 공직에서 퇴직한 남편도 매일 출근하는 심정으로 저와 함께 산에 오릅니다. 아파트 지하에 있는 헬스장은 시간 외 근무라고 생각하고 매일 1시간 정도 근력 훈련을 합니다. 인생 2막에 써먹을 기초 체력을 60세 정년까지 만들어 놓아야겠다고 생각하면 오히려 출근 시간보다 더 일찍 일어나게 됩니다.

배터리가 완전히 떨어지기 전에 퇴직을 하는 것도 좋습니다. 나머지 인생 2막에 펼쳐질 새로운 도전에 대비해서 배터리를 다시 충전한다는 생각으로 체력을 키우고 에너지를 보충하는 것도 의미 있습니다.

은퇴 간호사, 갈등과 고뇌의 끝

인생이 언제나 계획하고 목표한 대로 흐른다면, 삶은 재미없고 도전도 필요 없을 것입니다. 그러면 단조로운 생활의 연속이 되어 무료함을 느끼게 될지 모릅니다.

과거에 동료와 함께 설악산 등반을 따라나선 일이 있습니다. 산에 올라갈 때 보다 내려오는 길이 더 미끄럽고 넘어지기 쉽더군요. 다치는 사고도 잦고, 무릎에도 무리가 갑니다. 은퇴 이후의 삶은 등산길을 내려오는 것에 비유할 수 있습니다. 산을 오를 때보다 더 깊이 있게 판단하고 매사에 조심해야 하는 인생 후반전이 시작된 것입니다. 다시 제2의 도전이 시작됐습니다.

은퇴(retire)는 다시(re) 타이어(tire)를 바꾸어 끼고, 새로운 2막 인생을 위해 달리는 여정입니다. 그동안 바쁘다는 핑계로 돌보지 못한 가족의 건강을 먼저 신경 써야 합니다. 퇴직 1년 전에 본인과 가족의 건강검진을 통해 건강을 체크할 것을 권유합니다. 이렇게 앞으로 달려갈 길을 재정비해야 은퇴 후에 건강이 나빠져 계획에 차질을 빚는 불상사를 막을 수 있습니다. 병원에서 퇴직을 한 뒤에는 재직 중에 누리던 직계 가족의 의료비의 50퍼센트 감면이라는 혜택을 받을 수 없게 됩니다. 그래서 병원을 그만 둘 때도 "은퇴 후에 가족이 아프면 어떻게 하지?"라고 고민이 될 수밖에 없습니다.

그동안 눈만 뜨면 병원에 달려가 환자를 돌보았습니다. "간호사일이 하고 싶어 가슴앓이를 하면 어떻게 하지?"라는 걱정도 적지 않았습니다. 수십 년 함께 해 온 동료들, 나를 인정해 주고 따르는 간호사들과 기능원들, 내 능력이 부족하고 힘들 때 스승으로서 때로는 멘토로서 나를 이끌어 주신 간호국 부장님들과 국장님, 그들과 하루아침에 이별을 해야 하는 일 또한 쉽지 않았습니다. "진행 중인 업무를 마무리 못 했는데, 계획한 일은 멈춰야 하나?"라는 생각도 들어서, 온갖 생각이 꼬리에 꼬리를 물었습니다. 이렇게 생각이 이어지다 보면 답은 나오지 않았습니다. 은퇴 결정을 내린 뒤에도 "당장 내일부터 무엇을 하면서 보내지?"라는 생각에 마음이 무거웠습니다.

독일의 대문호 괴테는 "새벽 3시 아무도 모르게 칼스바트를 빠져나왔다. 그렇게 하지 않았더라면 사람들이 나를 떠나게 하려 하지않았을 테니까"라고 이탈리아 기행의 시작을 묘사하고 있습니다.

괴테의 생각은 일반 사람들의 생각과는 다르다는 것을 알 수가 있습니다. 괴테는《젊은 베르테르의 슬픔》으로 세계적인 명성을 얻었고, 남 부럽지 않은 명예와 지위가 있었습니다. 소위 잘 나가던 괴테지만, 창조적인 생각과 에너지가 고갈된 것을 알아차리고 이른 새벽 아무도 모르게 떠나지 않았을까 하는 생각이 듭니다. 주변에서 막더라도 괴테 자신만큼은 떠날 때를 알았던 것처럼, 병원을 떠날 때가 언제인지를 아는 사람은 바로 내 안에 있었습니다.

인생 100세의 시대입니다. 초년 30년은 미래를 위해 투자한 시절이고, 중년 30년은 국가와 사회를 위해 직장에서 일했습니다. 남은 노후 30년은 미련 없이 나를 위해 보내면 됩니다. 퇴직 결정을 잘했다고 결론짓고 나의 선택을 옹호해 봅니다.

병원을 떠나며 퇴직 인사

필자가 병원을 퇴직한 해는 '연금 개혁으로 직장을 떠나는 교사들'이라는 타이틀이 온라인 실시간 검색 1위로 오를 정도로 공무원 및 사립학교 교직원들이 술렁이던 해였습니다. 아울러 퇴직 신청자가 가장 많았던 해이기도 합니다. 필자가 근무한 병원도 사립학교 교원연금을 받다 보니, 그 해 많은 직원이 명예퇴직을 했습니다. 퇴임식 행사 당일 명예퇴직하는 직원을 대표해서 필자가 부족한 퇴임 인사를 하게 되었습니다.

✚ 명예퇴직 인사말

먼저 저희의 영예로운 퇴임식을 축하하기 위해 이 자리에 참석해 주신 모든 분께 퇴직자들을 대표해서 깊은 감사를 드립니다. 아울러 그동안 많이 부족한 저희를 이끌어 주신 선배님, 함께 근무한 동료, 믿고 묵묵히 따라 준 후배 여러분께도 이 자리를 빌려서 고맙다는 인사를 드립니다. 더불어 내가 나된 것은 하나님의 은혜로 생각하며, 오직 나와 함께하신 하나님의 은혜에 감사드립니다.

마음 같아서는 더 오랜 기간 근무하고 싶은 정든 직장이었습니다. 그러나 청년 실업자가 넘치는 고용 불안에 연금 개혁 등의 사회적 이슈가 더해져 정년까지 채우는 것이 다소 부담이 되었습니다. 그리고 "사람은 떠나야 할 때를 알아야 한다"라는 명언이 저의 퇴직 결심을 앞당기게 했습니다. 그러나 막상 퇴직을 앞두고 정들었던 직장을 떠나려 하니 온갖 상념과 함께 아쉬움이 남습니다.

1985년, 수술실 간호사로 첫 근무를 시작할 당시 저는 20대 풋내기 직장인이었습니다. 저의 첫 근무지인 수술실은 소규모였으나 지금은 3배로 늘어난 수술방을 확보하였고, 첨단 장비와 의술로 큰 성장과 발전을 거듭하였습니다. 저 또한 어느새 남편, 성장한 아들 둘의 가정을 이루었고, 초로의 중년으로 성장했습니다.

30년 가까이 근무했지만, 어려움보다 기쁨과 감사가 함께한 세월이었습니다. 야간 근무 후 마땅한 식당이 없어 병원 앞에 버스를 개조해서 만든 분식 버스에서 우동 한 그릇으로 피곤을 달랬던 일, 노사분규 때 눈물로 소통하고 화합했던 일도 새삼 기억이 납니다. 처

필자의 퇴임식

음에는 어렵기만 했던 의료기관인증평가와 JCI 인증은 이젠 일상이
되었습니다. 이러한 것들을 잊을 수 없는 추억으로 마음에 담아 갑
니다.

　최고의 가치와 문화를 확보해 다른 병원과는 비교할 수 없는 경
쟁력 있는 일터를 가꾸신 선배님들에게 감사를 전합니다. 저 혼자
로는 보잘것없는 간호사였지만, 선배님들이 있어 각 병원 간호사들
모임인 분야회 활동, 각종 교육, 세미나에서 자부심과 긍지를 가지
고 당당하게 활동할 수 있었습니다. 이는 모든 퇴직자분들도 공감
하는 부분일 것입니다. 최고의 커리큘럼과 간호 시스템으로 인정받

고 대외적으로 입지가 굳건한 간호국에서 파트장으로 근무했습니다. 훌륭한 동료들과 머리를 맞대고, 어깨를 나란히 하며, 지체로 섬길 수 있었던 일 또한 저한테는 좋은 경험이자 은총이었습니다.

이제 병원을 먼저 떠나는 선배로서 감히 두 가지 당부 말씀을 드리려고 합니다.

첫째, 병원에 출근하면 기도로 하루를 시작하십시오. 1분이면 가능한 일이고, 기도가 어려우면 주기도문으로 대체하시길 바랍니다. 날마다 기도를 하는 이유는 나를 돌이켜 보기 위함입니다. 내가 과연 조직의 목표를 얼마나 달성했는가? 내가 받은 월급의 성과를 냈는가? 내가 진심으로 직원들과 사랑으로 소통했는가? 이 세 가지 질문 앞에서 엎드려 기도하십시오. 날마다 기도하면 하나님의 놀라운 능력과 지혜를 경험하게 되고, 이는 병원이 추구하는 최고의 가치에 대한 실천이 될 것입니다.

둘째, "우리 병원에는 주인이 없다"라는 말을 하지 마십시오. 종종 "다른 기업 병원과 달리 우리 병원은 주인이 없는데도 잘되는 이유가 뭐지?"라는 질문을 받습니다. 직원들이 병원을 가리켜 "주인이 없는 병원"이라고 할 때도 있습니다. 누가 묻거든 "병원의 주인은 하나님이시고 또한 직원이 주인입니다"라고 담대하게 말씀하십시오. 이 또한 우리 병원이 발전하는 길이 될 것입니다.

무엇보다 상사, 동료, 후배, 기관을 위해 전 직원이 출근해 기도로 하루를 시작하는 것이 우리가 근무하는 동안 실현해야 할 진정 의미 있는 일이라 생각됩니다. 두서없는 당부지만 오늘 퇴임식 이

후 모두의 과제가 되었으면 합니다.

그동안 많은 도움을 주셨던 모든 부서의 동료 선후배 여러분께 인사를 못 드리고 떠납니다. 지금 이 순간 작별 인사를 하지 못해 눈에 밟히는 많은 직원이 있습니다. 일일이 마음속에 이름을 불러 봅니다. 그 오랜 세월 함께한 소중한 분들께 퇴직자를 대표해서 고맙고 감사한 마음을 전합니다.

마지막으로 퇴직하는 모든 분께 전합니다. 몸은 떠나지만 본 병원을 마음에 품고 언제 어디서나 기억하도록, 앞날의 발전과 무궁한 영광이 있도록 기도하며 응원하겠습니다. 감사합니다.

2014년 8월 27일

은퇴 간호사, 무엇을 할까?

세계 여행의 즐거움

필자 부부는 사표를 제출하고 유럽 12개국을 30일간의 패키지로 떠났습니다. 마침 두 아들도 방학이라 함께 여행을 가자고 제안하니, "친구들과 가는 여행이 더 재미가 있다" 하면서도 인심 쓰듯이 따라나섰습니다. 지면이 부족하여 유럽 여행 중 인상 깊었던 여행지 몇 곳만을 소개합니다.

✚ 첫 번째 여행지, 영국

런던 관광은 템스 강을 보는 것으로 시작했습니다. 헨델의 수상 음악의 배경이 된 곳이기에 낭만적인 강의 모습을 기대했었는데, 흙탕물이 세차게 흐르는 것을 보고는 실망하기도 했습니다. 그러나 대영박물관의 고고학 및 민속학 수집품, 그중에서도 초기 선사시대

초승달 모양의 금판은 4,000여 년이라는 기나긴 역사도 역사려니와 그 정교함이 보는 이로 하여금 절로 탄성을 자아내게 합니다. 그리고 자신도 모르게 보는 사람을 고개 숙이게 하는 힘을 갖고 있었습니다. 나의 존재가 한없이 작게 느껴지게 하며, 스스로 겸허함을 깨닫게 하는 경험이었습니다.

영화 〈천일의 앤〉의 주인공인 앤 불린과 《유토피아》의 저자인 토머스 모어가 최후를 맞은 런던탑도 그냥 지나칠 수 없는 곳이었습니다. 20세기 초까지도 런던탑에서 사형을 집행하는 날이면 앤 불린의 유령이 나타났다고 합니다. 이런 괴담이 더해져서인지, 보기만 해도 소름이 끼치는 건물이었습니다. 그도 그럴 것이 런던탑은 리처드 3세가 왕위를 찬탈하는 과정에서 두 조카인 에드워드 5세와 요크 공작을 죽인 곳이기도 합니다. 오싹하지만 놓칠 수 없는, 흥미진진한 곳이 바로 런던탑입니다.

무엇보다도 영국 여행에서 기억에 남는 곳은 런던의 중심가에 있는 왕립 공원 하이드파크입니다. 하이드파크의 넓이는 140헥타르이며, 그 옆의 켁싱턴가든과 합하면 250헥타르에 이릅니다. 어마어마한 넓이도 넓이지만 가꾼 듯 가꾸지 않은 듯, 자연스러움이 살아 있는 공원의 분위기가 마음에 들었습니다. 울창한 숲을 모처럼 부부가 함께 걸으며, 오랫동안 잊었던 여유와 행복을 맛보았습니다. 주변에는 버킹엄궁전, 내셔널갤러리, 런던아이 등이 있으며, 특히 버킹엄궁전의 근위병 교대식은 놓칠 수 없는 볼거리였습니다.

+ 두 번째 여행지, 프랑스

런던에서 파리까지는 해저 터널을 통과하는 유로스타로 이동했습니다. 유로스타는 1993년 6월 20일 시험 주행에 성공한 데 이어, 1994년 11월 14일 처음 운행을 시작했다고 합니다. 운행 횟수는 때에 따라 다른데, 여름과 겨울 휴가철에는 하루에 최고 24대까지 운영하며, 시속 300킬로미터로 런던-파리, 런던-브뤼셀을 각각 3시간 안에 주파합니다.

파리하면 으레 에펠탑을 얘기합니다. 그러나 필자가 파리에서 가장 가 보고 싶었던 곳은 무엇보다도 노트르담대성당과 뤽상부르공원이었습니다. '노트르담'은 '우리의 귀부인'이라는 뜻의 프랑스어로, 성모 마리아를 의미합니다. 1163년에 공사가 시작되어 1345년에 완공된 최초의 고딕 성당 가운데 하나지요. 1548년, 가톨릭교도와 개신교도 사이에 일어난 종교 전쟁인 위그노 전쟁 때는 개신교도들이 우상숭배의 대상이라며 외관을 파괴했다고 합니다. 그러나 여전히 종교적·예술적으로 범접할 수 없는 가치를 지닌 건물이자 인류 문화의 큰 유산입니다. 건물 바로 앞에는 파리가 시작되는 지점인 도로 원표가 있습니다. 이곳을 밟으면 다시 파리에 오게 된다는 속설이 있어, 우리 가족은 땡볕에 서서 장시간 기다리는 수고를 마다치 않고, 기다리고 기다려서 기어이 밟고 왔지요.

뤽상부르공원은 마리 드 메디시스 왕비가 앙리 4세 사후, 뤽상부르 공의 사저와 그 주변을 사들여 조성한 공원입니다. 프랑스 혁명 때 개방되어 지금은 일반 공원이 되었습니다. 꽃과 분수로 유명한

가족들과 파리 루브르 박물관에서

이 아름다운 정원에는 왕비와 예술가 등의 조상이 들어서 있기도 합니다. 한때 재개발 계획에 따라 철거될 위기에 처했는데, 파리 시민들의 열렬한 반대에 부딪혀 현재의 상태를 유지하고 있다고 합니다. 빅토르 위고의 명저 《레미제라블》에서 마리우스가 장발장과 함께 산책하는 코제트를 보고 한눈에 반한 곳이 바로 뤽상부르 공원이며, 소설의 많은 부분을 할애해 등장한 장소이기도 합니다. 지금도 이 공원에서는 많은 연인이 사랑을 나누며, 작품 속 낭만을 재현하고 있습니다.

✚ 세 번째 여행지, 이탈리아

이탈리아는 남편이 가장 좋아하는 나라였고, 또 볼거리가 가장 많은 곳이었습니다. 제일 먼저 도착한 로마는 '영원의 도시'로도 불립니다. 도시 전체가 온통 문화 유적이라 할 만큼, 어느 한 곳이라도 소홀히 지나칠 수 없는 문화 유적의 보고이기도 합니다.

그중에서도 압권은 판테온이라 할 수 있지요. 2,000여 년이 지난 지금도 최초의 원형을 그대로 간직한 건축물입니다. 기나긴 역사도 역사려니와 그 규모의 장대함에는 혀를 내두를 지경이었습니다. 수많은 사람들이 북적대는 가운데 우리 가족은 오랜 시간을 판테온에 머물며, 고대 로마인들의 기를 느껴 보았습니다. E. H. 카는 그의 명저 《역사란 무엇인가》에서 "역사란 과거와 현재와의 대화"라고 피력한 바 있습니다. 우리 가족은 판테온 관광을 통해 진정한 이탈리아, 그리고 로마와 대화를 나누었습니다. 로마를 안내하는 현지 가이드는 "로마는 세계 여행의 마지막에 보아야 한다. 로마를 먼저 보면 나머지 여행에 흥미가 떨어진다"라고 말했습니다. 정말 공감이 가는 말이었습니다. 남편은 로마를 보고 "로마를 보았으니, 이제는 죽어도 여한이 없다!" 하고 말했습니다

밀라노는 패션의 도시로 많이 알려졌지만, 빼놓을 수 없는 곳은 두오모성당이 아닐까 합니다. 14세기에 건축을 시작해 6백 년 가까운 공사를 거쳐 20세기에 와서야 완공되었습니다. 고딕 양식의 성당으로는 다섯 손가락 안에 꼽히는 세계적 규모를 자랑하며, 이탈리아에서 가장 큰 대성당이기도 합니다. 흰색의 대리석 건물이 내뿜는 화려함에는 보는 순간 저절로 탄성을 지르지 않을 수가 없었습니다.

물의 도시 베니스도 빼놓을 수 없지요. 로마인들이 게르만족의 침입을 피해 허허벌판의 습지에 나무 말뚝을 박고 도시를 건설하기 시작했다는 내력을 듣고, 위대한 도시는 그냥 만들어지는 게 아니라는 사실을 깨달았습니다. 한때는 무역의 중심지로서 세계의 부와 권력이 집중되었던 곳이었지만, 지금은 무심한 관광객들의 발길만이 이어지고 있는 것을 보고 세월의 무상함을 느낄 수 있었습니다.

이탈리아에서는 로마 다음으로 빼놓을 수 없는 곳이 피렌체일 것입니다. 르네상스의 중심 도시였던 피렌체는 도시 전체가 잘 만들어진 르네상스 박물관이라고 할 수 있습니다. 레오나르도 다 빈치, 미켈란젤로, 단테, 베르디, 푸치니 같은 유명한 예술가들 역시 피렌체가 낳은 위대한 인물이지요. 또 하나 놓칠 수 없는 것은 '꽃의 성모 교회'라고 불리는 '산타마리아 델 피오레'일 것입니다. 간단하게 두오모성당이라고도 합니다. 그 외에도 우피치 미술관, 베키오 궁전과 다리, 아르노 강, 피티 궁전 등 볼거리가 많으며, 그중에서도 미켈란젤로 언덕에서 보는 시가지 전경, 특히 야경은 놓칠 수 없는 볼거리입니다.

"나폴리를 보고 죽어라!"라는 말이 있습니다. 나폴리의 아름다움을 우회적으로 표현한 말이겠지요. 우리가 갔을 때의 나폴리는 아름답다고 하기에는 민망할 정도로 도시가 몸살을 앓고 있는 모습이었습니다. 경제불황의 여파로 도심의 재개발 및 정비가 이루어지지 않았고 곳곳에 쓰레기가 방치되어 눈살을 찌푸리게 했습니다. 그러나 나폴리 항구를 떠나면서 유람선에서 바라본 모습은, 앞의 표현에 충분히 공감이 갈 정도로 매력을 느낄 수 있었습니다. 성악을 전 공해 이탈리아에 유학 왔다가 가이드로 눌러앉은 현지 가이드가 불러준 이탈리아 민요들이 지금까지도 귓가에 맴돕니다.

✚ 네 번째 여행지, 동유럽 국가들

대표적인 나라는 체코, 오스트리아, 헝가리, 폴란드, 크로아티아 등입니다. 오스트리아를 제외하고는 아직도 공산주의 색채가 남아 있습니다. 따라서 비교적 물가가 저렴하고, 사람들도 순박한 편이 지요. 비용에 비해 여행의 만족도가 높기 때문에 최근 들어 관광객들이 선호하는 지역이기도 합니다. 프라하의 프라하 성과 비투스 성당, 카를 교와 몰다우 강, 체스키크룸로프가 기억납니다. 어부의 요새와 도나우 강 유람선에서 본 부다페스트의 야경, 그리고 폴란드의 아우슈비츠, 크로아티아의 두브로브니크를 빼놓을 수 없지요. 오스트리아만큼은 한두 마디로 끝낼 수는 없는 곳이기에 몇 자 더 적어봅니다.

음악의 도시 빈에는 성 슈테판 대성당 등 각 시대의 건축 양식을 반영한 교회와 쇤브룬 궁전, 빈 국립 오페라 극장 등의 문화 시설이 즐비합니다. 저렴한 비용으로 품격 있는 연주를 즐길 수 있는 곳이기도 합니다. 모차르트의 고향이자 영화 〈사운드 오브 뮤직〉의 배경이 된 잘츠부르크도 잊을 수 없습니다. 평소 음악을 좋아하는 남편이 모차르트의 생가 앞에서 흥분을 감추지 못하는 모습에서 덩달아 여행의 기쁨을 만끽할 수 있었습니다.

그동안 바쁜 병원 생활로 여유로운 여행은 꿈도 꾸지 못했는데, 이렇게 여러 나라를 여행하면서 문화도 익히고 역사도 배웠습니다. 잊지 못할 기억도 있습니다. 세상은 넓고도 좁다는데, 서유럽 여행 중 만난 일행이 필자의 대학 후배였던 것입니다. 모 간호대에서 아동간호학 교수를 하고 있다던 그에게 학창 시절 교수님의 안부도 묻고 간호사의 보람과 애환도 나누었습니다. 이렇게 낯선 나라에서 간호사와 공감할 수 있었던 우연한 만남은 잊지 못할 유럽 여행의 추억입니다.

사회에 기여하는 봉사자

젊었을 때는 용기와 패기로 똘똘 뭉쳐 자신의 꿈을 이루기 위해 집중했다면, 은퇴를 하고부터는 좋아하는 일이나 뜻 있고 가치 있는 일을 생각하는 게 일반적인 경향이 아닐까 합니다.

제가 몸담고 있던 병원에는 퇴직 후에도 봉사를 하며 귀감이 되는 선배들이 많았습니다. 그것은 쉽지 않은 결정임에 분명합니다. 아직 우리나라에서는 은퇴한 사람이 근무했던 직장에 다시 나와서 봉사한다는 것에 정서적으로 부담을 느낄 수도 있습니다. 그러나 병원의 부족한 봉사자 자리를 퇴직한 직원들이 채우며 하나의 공동체를 이루고, 병원의 발전과 지역 사회 발전에 이바지하는 것은 좋은 본보기가 될 것입니다.

그러기 위해서는 퇴직 후 자원봉사에 대해 구체적인 계획이 필요합니다. 몇 년간 할 것인지, 집에서 거리는 어느 정도인지, 몇 시간이나 할 것인지, 나와 맞고 보람을 느낄 수 있는지 등을 고려해 봐야 합니다. 본인이 근무한 경험을 바탕으로 역할을 찾되, 퇴직 전에 근무한 부서는 가급적 피하는 것이 기존 직원과 퇴직자 간의 갈등을 미리 방지하는 길입니다.

자원봉사를 하는 퇴직자에게 권장되는 업무는 병원에 찾아오는 환자에게 식당, 외래, 검사실, 병동, 주차장 등 병원의 위치를 안내하는 것입니다. 이러한 서비스는 퇴직자가 잘 알고 있으며, 병원에 찾아오는 환자에게도 큰 도움이 됩니다. 외래 진료를 위한 내원객 진료 도우미, 전화 서비스 상담, 환자 이송 도우미, 전화·고객 만족도 도우미, 병원 소모품 만들기 등은 자원봉사자들로 하여금 충분한 보람을 느끼게 합니다. 이외에도 봉사자의 손길을 기다리는 다양한 일들이 많이 기다리고 있어, 은퇴 후에도 다시 병원 문을 두드려 볼 만합니다.

필자가 퇴직 후에 하는 일은 거창한 사회봉사가 아닙니다. 다만 시간을 내어 한 영혼을 위해 삶을 나누고 이끌어 주기 위해 목자로서 지역 사회에 참여하고 있습니다.

마음 한편에는 "나도 사회를 위해 이 만큼 일을 했고, 그것도 30년 가까이 병원에서 환자를 돌보았으니, 이제 나 자신을 위해서 마음껏 놀아 보리라" 하는 생각이 없지 않았습니다. 그래서 여행도 다니고 즐겨도 보았지만, 눈이 즐겁고 몸이 편하다고 해서 다 좋은 것이 아니라고 새삼 느껴집니다.

먼저 퇴직한 선배의 말에 따르면, "퇴직 후 매일 같이 일에 몰입하던 사람이 먹고 노는 일에 적응하기란 쉽지 않다"라고 합니다. 매일매일 놀아도 보았지만 그러다 보니 서서히 마음에 부담이 오기 시작했습니다. "일하기 싫거든 먹지도 말라"고 했는데, 하루하루 의미 없이 보내는 시간이 문득 안타까웠습니다. "이렇게 한가하게 보내도 되는 것인가?"라고 스스로 자문하게 되었고, 의미 있는 새로운 것을 하고 싶다는 결론을 내렸습니다.

전에는 사회에 기여하는 것도 아니고, 어려운 사람들을 위해 봉사하는 것도 아니고, 이도 저도 아닌 게으른 나날로 세월을 보낸다는 자책감에 괴로워했습니다. 그래서 잠자리에 들어도 편안한 잠을 이룰 수가 없었습니다. 지금 당장 할 수 있는 일이 없을까 고민하던 중, 목장교회 사역 교육이 있어 등록을 하고 작은 꿈을 실천하기 시작했습니다

5~6명의 소그룹을 이루어 집을 개방하고 예배를 드렸습니다. 한 사람의 잃어버린 영혼을 위해 기도하고 진정한 목자로 거듭나기 위해 교육을 이수하는 등 작은 것부터 서서히 실천하려고 다짐을 했습니다. 소그룹 봉사자 모임에서 의견을 나눈 결과, 미혼모의 아이들을 돌보는 기관에 정기적으로 방문해 아이들과 놀아 주고, 일정에 따라 작은 봉사를 베풀기로 계획했습니다.

이제까지의 병원이라는 특수한 환경에서 아픈 환자를 돌보고 간호했습니다. 그러나 이제는 집 가까이 있는 지역 사회에서 가난하

고 소외된 이웃 사람들을 돌보고 위로하려 합니다. 작게나마 의미 있는 일들을 하나씩 둘씩 실천하면서, 인생 2막에는 이웃과 지역 사회를 위해 진일보한 항해를 다시 시작하려 합니다.

그리운 친구를 만나자!

누구나 직장 생활을 오래 하다 보면 친구를 잊고 살아갑니다. 그러나 퇴직 후에는 친구들과 자주 만나서 수다도 떨고 그동안 살아온 지난 추억을 회상하면서 따뜻한 차 한 잔을 마시기도 합니다.

간호사로 일하면서 업무 때문에 바쁘고, 가사 때문에 바쁘고, 그러다 보니 친구를 만날 여유조차 없이 살아온 지난날을 보상받기 위해, 인생 2막의 동반자인 친구들과 함께 걸어 보는 새 출발을 꿈꿔 봅니다. 은퇴 후에도 언제든 만나서 대화를 나눌 수 있는 친구야말로 가장 감사해야 할 선물 같은 이들이 아니겠습니까.

다음은 필자가 병원에 재직하던 시절에 친구들을 그리며 쓴 시와 간호대학 졸업 30주년을 맞아 낭독한 시입니다.

✚ 백의 천사 친구야
녹색 물결로 온통 들판이 일렁이던 날,
친구의 청보리피리 소리 들으며
다같이 백의 천사가 되는 푸른 꿈을 꾸었다.

그때 세상은 온통 초록빛으로 물들었건만,

지금 우리들의 초록빛 꿈은 아련하다.

나 푸른 초록을 찾아 어디론가 떠나리.

소리 질러 하늘에 외쳐보리라.

젊은 날에 가슴 뛰는 꿈을 꾸었노라고.

친구야!

환자와 보낸 시간이 너무 길구나.

강의실에서의 추억을 찾기에는

너무 오랜 시간이 흐른 것도 같다.

검은 머리 사이 흰머리가 거슬려서

에둘러 염색으로 가려 본다

친구야!

간호 현장에서 열심히 일하고 있을 너와

대학 시절의 우리가 그리워진다.

✚ 반가운 친구들에게 보내는 글

30년이 지난 오늘, 강산은 3번이나 변했는데

잊히지 않는 그리운 친구들이 있어

작은 용기를 내어 이렇게 한자리에 모였습니다.

많은 세월이 흘러서 얼굴이 변한 것은 물론이고

벌써 손자, 손녀를 본 친구들도 있습니다.

하루하루 간호의 열정으로

병원 일에 몰두하다 보니 세월 참 빠르게 흘렀습니다.

풋풋한 간호대학 시절의 애틋하고 아련한 기억들,

서대문 사거리를 우리 집 같이 온종일 누볐던 일,

마시지도 못하는 술을 마셨던 몹쓸 일탈까지

모두 행복한 추억으로 회상하고 싶습니다.

먼저 하늘나라에 간 안타까운 친구도 있고

아직도 현역에서 간호사로 소임을 다하는 친구도 있고

병원에서 은퇴를 한 친구도 있고

후학들에게 가르침을 전하는 친구도 있습니다.

사회에서 중요한 역할을 맡아 책임을 다하는

훌륭하고 멋진 친구들이 있어 얼마나 감사한지 모릅니다.

간호사를 그만두고 좋으신 하나님과 동행하며

목사, 전도사로 소명의 길을 가는

귀한 친구들이 있어 이 또한 축복입니다.

또한 동기들이 각 처소에서 당당하게 성실한 간호사로

인정받으며 근무할 수 있는 원동력이 되신 훌륭한 교수님,

망설임 없이 우리 모두를 잘 지도해 주신 교수님이

계시다는 것이 우리의 커다란 자랑입니다.

그동안 달려온 길에 수고 많았다고

진심어린 박수를 보냅니다.

이제는 건강도 챙기고 천천히 쉬는 연습도 하며

슬프고 기쁠 때 함께 나누는 진정한 우정을 쌓으며

복된 노년을 기약합시다.

오늘 우리가 만나서 참으로 기쁘고 행복합니다.

순금, 백금보다 우리가 함께하고 있는 지금이 최고로 소중합니다.

지금을 즐기고 인생 2막을 함께 걸어 봅시다!

희망과 소망이 되길

　훌륭한 선후배가 많은데 감히 저의 짧은 경험을 책으로 낸다는 것이 무모한 도전이었다는 생각도 들고, 부끄럽기도 합니다. 처음 글을 쓰기로 마음먹었을 때는 간호사의 30년 현장 경험을, 활화산 같은 열정으로 멋있게 써 보고 싶었습니다. 그러나 막상 글을 쓰기 시작하니 생각들이 마음속에 맴돌기만 할 뿐, 내 글이 어색하고 부족하게 느껴졌습니다. 지우고 고치기를 수십 번 하면서 때로는 '그만둘까?' 하는 생각도 했습니다. 그러한 가운데 자신을 다잡고 용기를 내어 완성하고 보니 미흡한 부분이 한둘이 아닙니다.

　능력에 비해 의욕이 과하다 보니 한정된 경험과 소재에 비해 너무 많은 정보를 담았습니다. 깊이 있게 다루고 싶었던 주제가 있지만 상세히 쓰지 못한 아쉬움도 있습니다. 글이 매끄럽지 못한 부분도 있고, 익숙한 의학 용어지만 우리 글로 표현하려니 어색함이 느껴지는 부분도 있습니다. 그런데도 끝까지 읽어주신 독자 여러분께 깊은 감사를 드리며 아울러 너그러운 양해를 구합니다. 부족한 부분에 대해 아낌없는 성원과 지적을 주시면, 앞으로 꾸준히 개선하며 보완하도록 하겠습니다.

필자가 처음 병원 근무를 시작했을 때와 비교하면 지금은 간호사의 근무 환경이 많이 좋아졌습니다. 그러나 아직도 많은 간호 인력이 열악한 환경에서 근무하고 있습니다. 필자가 근무한 대학 병원은 그나마 근무 여건이 비교적 양호한 편입니다. 필자가 근무했던 경험을 위주로 글을 쓰다 보니, 대학 병원에서 근무하지 않는 분들에게는 다소 이질적으로 받아들여질 부분도 있었을 것입니다. 이 또한 너그러운 양해를 구합니다.

문학적으로 멋진 글을 쓰려는 욕심이 있었다면 처음부터 용기도 내지 못하였을 것입니다. 그러나 필자는 다만 병원에서 간호사로 30년 근무하면서 느끼고 경험한 이야기를 통해 독자들과 공감하기를 원합니다. 단 한 명의 독자나 간호사에게라도 작은 희망이 되고 소망이 되길 간절히 바랍니다. 지금도 가난과 전쟁으로 힘들어하는 나라에 간호사 선교사로 일하고 있는 동료 간호사들에게 응원을 보냅니다. 아울러 이 책을 통해 지난 30년 동안 함께해 준 주위 모든 분에게 깊은 감사를 드립니다.